JN117298

テクストと戯れる

アメリカ文学をどう読むか

[編著]
高野泰志
竹井智子

[著]
中西佳世子
柳楽有里
森本光
玉井潤野
吉田恭子
島貫香代子
杉森雅美
水野尚之
四方朱子
山内玲

松籟社

PLEASURE OF TEXT READING CRITICAL ESSAYS ON AMERICAN LITERATURE

目次

第2部　テクストの中で

第3部　テクストの外へ

テクストと戯れる——アメリカ文学をどう読むか

まえがき

本論集は様々な方向からテクストにアプローチをする論文を集めたものであり、統一したテーマや方法論をあえて設定していない。各筆者それぞれの方法で多彩な対象テクストと絡み合い、戯れ合うことで、可能な限り色とりどりの模様を帯びた新たなテクストを織ることを目的としている。したがって各論考は作品の時代やテーマ、ジャンルなどではなく、テクストに向き合う方向によって配列している。

まず第1部では対象テクストの「外」にある作家の伝記というテクストから、対象テクストの「中」に切り込んだ論文を置いている。中西佳世子「ホーソーンの「幽霊」目撃体験と創作――「ハリス博士の幽霊」」は、ナサニエル・ホーソーンが幽霊を目撃した実体験を描いた「ハリス博士の幽霊」を論じる。その「幽霊」目撃体験の物語化のプロセスが一七世紀のピューリタンの著作に由来することを敷衍しながら、ホーソーンが「幽霊」との遭遇体験を自身の作家としての資質とどのように結びつけたいと願っていたのかを考察している。柳楽有里「告白の食卓――ジェームズ・ボールドウィンの『ウェルカム・テーブル』について」は、ボールドウィンのこの未発表の戯曲の狙いが、真実を明かすことではなく、真実を語ることの失敗と断片化にこそあると主張する。そしてその不完全な語りから他者の痛みを聞き取ろうとする聞き手を描くことで、聴衆をその交感に巻き込こもうとしているのだと論じている。

第2部は対象テクストのみにフォーカスを当て、そのテクストに密着しながら精読した論文である。森本光「死者と横たわること——ポーの『大鴉』をめぐって」は、エドガー・アラン・ポーの詩「大鴉」の最後の一文に使用されている"lie"という単語に注目し、この単語が大鴉の唱える"nevermore"に対抗する言葉として解釈しうることを指摘している。玉井潤野「名探偵の卵——トマス・ピンチョン『LAヴァイス』について」は、ハードボイルド的な意匠を持つピンチョンの『LAヴァイス』を扱い、ウォーターゲート事件、マンソン・ファミリーによる殺人、ヴェトナム戦争の問題と絡めて、ピンチョンがこの作品で描く家族像について考察している。吉田恭子「野球ゲームに詩はあるか?——ロバート・クーヴァー『ユニヴァーサル野球協会』の統計と詩学」は、ベースボールの歴史と記憶が統計と逸話によって織りなされていることに着目し、空想の野球リーグ創造を描いた『ユニヴァーサル野球協会』もまた、確率と逸話に依って想像世界の「もっともらしさ」を生み出していることを指摘する。

第3部は対象テクストを出発点にして、歴史状況や文化などテクストの「外」を指向した論文である。竹井智子「ヘンリー・ジェイムズの「ビロードの手袋」と孤独な共存」は、ヘンリー・ジェイムズ最後の短編集『ファイナー・グレイン』に収められた「ビロードの手袋」の色彩に注目する。一九世紀にジェイムズが経験したパリと二〇世紀のパリの現実が本作に二重に投影されていることを検証し、両方の時代の価値観の軋轢に執筆当時の作者の孤独と戸惑いが照射されていることを指摘している。島貫香代子「多様な人々、一様なふるまい――『野生の棕櫚』におけるジム・クロウの影響」はウィリアム・フォークナーの『野性の棕櫚』の異文化表象に焦点を当てている。本作品では多様な文化的・歴史的背景を持った人々が描かれる一方で、そのそれぞれが交わることはない。この論考ではその背景にジム・クロウの影響があることを指摘している。杉森雅美「ジェシー・レドモン・フォーセットの『プラム・バン』――人種なりすましとモダニズム」は、フォーセットの小説『プラム・バン』において、本来言語化が困難な不確定性・矛盾を孕んだ人種なりすましという現象を、作者がモダニズムの言語を用いていかに表象しようとしたかを明らかにしている。

第4部は対象テクストにもとづいて、作家の伝記というテクストの「外」を構築しようという試みである。水野尚之「「山」はいずこに――イーディス・ウォートンの『夏』再読」は、ウォートンの『夏』に描かれる山やその他の土地に関して現地調査を行い、その調査結果に基づいて対象テクストを精読している。その結果、ウォートンがいかにニューイングランドの風土を正確に描くことを重視していたかを明らかにしている。高野泰志「不眠症と神への祈り――ヘミングウェイの戦争後遺症再考」は、ヘミングウェイ作品に多く見られる不眠症の表象が作家の伝記的事実と混同されてきた状況に問題を投げかけ、登場人物の不眠症が実際にはヘミングウェイのいかなる伝記的事実を反映したものなのかを考察している。

第5部は複数の対象テクストを扱い、そのテクスト間にはたらく影響作用を検証する論文である。四方朱子「語り得ぬ亡霊——『こころ』と「ねじのひねり」」は、ヘンリー・ジェイムズの「ねじのひねり」と夏目漱石の『こころ』を併読し、「ねじのひねり」に出現する亡霊がそのまま他者へ伝達されようとしているのに対して、『こころ』では肉体を介してのみその伝達の可能性があることを論じている。山内玲「『フィラデルフィア・ファイア』における米国黒人男性版『あらし』と父子の沈黙」は、ジョン・エドガー・ワイドマンの『フィラデルフィア・ファイア』を扱う。作中の黒人男性による性差別的なキャリバン解釈を、作家と殺人を犯したその息子との父子関係に並置することによって、混血の問題から目をそらそうとするこの作品の構造を暴き出そうとしている。

本書に収録された論文は、以上のように共通したテーマを持つものではないが、一点において明確に共通している点がある。それはテクストの内外を出入りすることはあっても、すべての論文が対象テクストに強く密着したうえで、綿密に精読していることである。それぞれの方法で対象テクストに密接に絡み合ったテクスト同士が縦横に織り合わされることによって、本論集が最終的にどのような図像を描き出すテクストとなったかは読者の判断にゆだねたい。一見雑多な論文が無秩序に並んでいるように見えるかもしれないが、少し離れて全体を眺め、色鮮やかな絨毯の模様を楽しんでいただければ幸いである。

高野泰志

第 1 部　テクストの中へ

ホーソーンの「幽霊」目撃体験と創作
——「ハリス博士の幽霊」

中西佳世子

はじめに

ホーソーン作品では、出版後に作家自らが回収した最初の長編『ファンショウ』に始まり、晩年の未完の作品に至るまで、悪魔、森、魔女狩り、亡霊、メスメリズム、闇、地獄の炎、洞窟、錬金術、血痕など、ゴシック的要素には枚挙に暇がない。そうしたホーソーンが書いた幽霊／亡霊物語の中でも、作家の死後に出版された「ハリス博士の幽霊」は、彼自身の「幽霊」目撃の「実体験」を描いているという点で他の作品とは趣を異にしている。『緋文字』の半自伝的序文である「税関」では、ホーソーンとされる語り手が亡霊に遭遇し、同じく『旧牧師館の苔』の半自伝的序文である「旧牧師館」でも、館に出没する幽霊への言及がなされるが、それらはあくまでフィクション内のエピソードである。ところが「ハリス博士の幽霊」で描かれる出来事は、ホーソーンがボストン図書館で出会った実在のハリス博士にまつわる「事実」であり、作家は死後も図書館に現れる博士の「幽霊」と視線を交わしていたというのである。ホーソーンは婚約者ソファイアへの手紙や創作ノートにこの「幽霊」との遭遇を「実体験」として記しており、また旧牧師館に現れたハリス博士の「幽霊」にソファイアが怯えたという手記も残している。科学の発達した一九世紀に生きた作家であるが、「幽霊」の出現を、迷信、幻想、錯覚、心理現象などとして一蹴していたかというとそうでもないようだ。[1]

ホーソーンは「ハリス博士の幽霊」を世に出すつもりはなかったものの、奇想天外な幽霊譚ではなく、実話という体をとるフィクションとして無理なく読めるように作品の完成度を高めている。しかし、ここでは、「実体験」とする作家の言葉をまずは受容したい。ホーソーンの「幽霊」目撃体験が事実なのか、「幽霊」の正体は何なのかという議論は不毛である。しかしホーソーンが「幽霊」体験を、作家としてのキャリアにどのように位置付けたいと願ったのかを読み取ることは可能である。本論では、「ハリス博士の幽霊」における目撃体験の物語化のプロセスが、「作家たち」が登場するホーソーンの他作品にも見られること、そしてそのプロセスが一七世紀のピューリタンの著作に由来することに敷衍しながら、ホーソーンが「幽霊」体験をどのように捉えようとしていたのかを考察したい。

「幽霊」目撃体験の作品化

本節では、ボストン図書館に現れるハリス博士の「幽霊」を目撃したという、ホーソーンの「幽霊」体験にまつわる出来事を確認する。

ホーソーンが「幽霊」を目撃したボストン図書館は一八〇七年の設立で、その読書室は、一八二二年から一八四九年までパール通りにある地元の有力者ジェイムズ・パーキンズの大きな屋敷内に設置されていた。また出資者は、少額の料金で読書室の利用者を二名招待できるしくみになっていた(MacLeod 3)。ホーソーンは一八三六年にボストンで『アメリカ有用娯楽教養雑誌』の編集に携わり、読書室を利用し始めているが、姉のエリザベスに宛てて、読書室を利用しているものの本の借り出しはできない旨の手紙を書き送っている(CE 15, 234)。[2] 一八三九年にボストン税関職に就任してからは、出勤後に手紙を投函し、特に計測の仕事がなければ図書館に出向き、昼頃まで新聞や書評を読むのを日課にしていると婚約者ソファイアへの手紙に書いている(CE 15, 416)。図書館では彫刻や絵画の展示も行っており、ソファイアも絵画を出品したことがあった(MacLeod 6)。その広間にはラオクーン像とベルヴェデーレのアポロ像が置かれていたが、一八四二年に結婚して旧牧師館に居を構えたホーソーンは、読書室の雰囲気を漂わせるベルヴェデーレのアポロの胸像を書斎に飾った(MacLeod 4)。『トワイス・トールド・テールズ』で実名による作家デビューを果たし、ソファイアとの結婚も成就させたホーソーンにとって、この時期に図書館で過ごした時間には殊の外思い入れがあったといえる。

ボストン図書館で作家がその「幽霊」を見たというサディアス・メイソン・ハリスは、ボストン郊外のドーチェスター在住のユニテリアン派の牧師であった。「ハリス博士の幽霊」に書かれているように、博士の死の当日に彼の訃報を聞いたホーソーンは、その日に読書室ですでに死んでいたはずの博士を見かけたことを奇妙に思う。つまり、博士が死んだ一八四二年四月三日が、作家がその「幽霊」を目撃した初日ということになる。また、ホーソーンは一八四二年の創作ノートに、ハリス博士の葬式の説教で言及された逸話を記している。大学生の時にシャツを買う金にも窮した博士がボストンに向かう道すがら、切り取った木の枝を手にして歩いていると、その枝先に何かがくっつき、よく見ると「無事を祈る（God speed thee, friend）」と書かれた金の指輪であったというものだ（CE 8, 229）。

ホーソーンは婚約者ソファイアに、こうしたハリス博士にまつわる不思議な出来事を話していたようだ。一八四二年六月二〇日、結婚の段取りを相談する手紙で、作家は次のように彼女に書き送っている。

旅立ちは朝にしよう。このような記念すべき日に半日もいつもの生活を送るなど、妙なことで待ちきれない。そうなれば、身体を持たずに魂が出歩くハリス博士とは逆に、僕は魂の抜け殻のような身体で町を歩くことになるだろう。これで思い出したが、ここのところ彼は姿を現していない。彼に話しかけなかったとは本当に馬鹿なことをした。彼は結婚生活を始めようとしている僕たちにその秘訣を伝授しようと望んだだろうし、僕たちが永遠にお金の心配をしなくて済むほどの古い金貨の山のありかを教えてくれたかもしれないのに。結婚生活の忠告はともかく、お金に関してはとりわけ歓迎したいところだった。（CE 15, 630）

ハリス博士の「幽霊」の出現について、それまでに話題になっていたこと、それを周知の「事実」としてホーソーンとソファイアが共有していたことがわかる。

また、ホーソーンは一八五九年の創作ノートに、新婚時代に旧牧師館で起きたハリス博士の「幽霊」事件について記している。

ある晩の一一時頃のこと、まだ妻も私も眠りに落ちる前だが（その直前まで一緒に話をしていた）、彼女が突然、どうして肩を触ったのかと私に尋ねた。次の瞬間、触ったのは私ではなく、第三の何者かであると彼女は直感した。彼女はひどく怯えて私にしがみついた。そこで私はベッドから出て、部屋と隣接の戸口を探したが何もみつからず、その手の感触は想像上のものだろうと結論付けた。しかし妻は超自然現象だと確信しており、ボストン図書館の読書室で毎日私の前に姿を見せていたハリス博士の幽霊ではないかと考えた。博士の幽霊についても、奇妙な手の感触についても、私は今でも疑わしく思っている。（CE 14, 419）

ここでホーソーンは、ハリス博士の「幽霊」の存在を疑っているのではなく、旧牧師館でソファイアに触れた手が博士の「幽霊」のものだということに疑念を抱いているのである。ソファイアとホーソーンとでは捉え方は異なるが、ふたりとも図書館の「幽霊」の出現については、現実のこととして受け入れている。

作家がこの「幽霊」体験を大っぴらにしたのは、「幽霊」との遭遇から一三年後の一八五五年、駐英アメリカ領事を務めるリバプールで催された晩餐会の席であった。晩餐会の主催者ヘイウッド夫人からその話を書き下ろして欲しいと所望されたホーソーンは、翌年、彼女のアルバムに幽霊話を書き写して進呈する。彼女の死後、一九〇〇年にヘイウッド夫人の妹が、『ナインティーンスセンチュリー』紙に寄稿したことにより、「ハリス博士の幽霊」の存在が知られることとなった（CE 23, 664）。

「ハリス博士の幽霊」

つぎに「ハリス博士の幽霊」のテクストをみていこう。作家の没後四〇年近くを経て発表されたということもあり、批評においてもあまり注目されることのない作品(3)であるので、まず概要を確認したい。

語り手である作家は、この幽霊話はそもそもそれにふさわしい効果がある場所で語られたと述べ、紙面に書いたのでは色あせてしまうのではないかと懸念する。また、事実というには不適切なものも多少は織り交ぜたと述べて、本体の幽霊譚に入る。

ボストンの古い図書館の読書室に通っていたころ、作家はユニテリアン派の牧師である老ハリス博士を見かけ、噂に聞いていた彼に関心を向けるようになる。博士は毎日のように読書室に来て『ボストンポスト』紙を読む。ある夜、友人から博士の死亡の事実を知らされた作家は、その日もいつもと変わらない博士を見かけたことを不思議に思う。翌日も博士は読書室に現れ、自分の訃報が掲載されているはずの新聞を読んでいる。作家以外の誰も彼の幽霊に気づいていないようなのだが、少なくとも数週間、博士の幽霊は姿を見せる。そのうち、作家はときおり幽霊が自分を見つめることがあるのに気づく。幽霊も作家も互いに話しかけることのないまま、やがて、もの言いたげで悲しく落胆した視線を作家に向けたハリス博士の幽霊はそれを最後に現れなくなる。この奇妙な出来事を思い出すたび、幽霊の落胆した表情が目に浮かぶが、すでに手遅れだと作家は悔やむ。

以上が「ハリス博士の幽霊」の概要であるが、出版の意向はなかったとはいえ、ホーソーンは作品の仕上げにまる一日を費やし（CE 23, 663）、一流作家が地元の有力者夫人に進呈する小編にふさわしく、それなりの質を有する作品に仕上げている。

たとえば、本体の幽霊話の前置きとしてゴシック的な雰囲気を醸し出す工夫をしている。作家は、この話が語られた時は夜更けで、「シャンデリアのぼんやりした明かりが作り出す程よい薄闇の中で、暖炉の炎のくすんだ赤い輝きが広がって」おり、「イングランドの迷信」や「戸口に血の足跡の残る古屋敷」などの怖しい話がまず紹介され、幽霊話をするのに「ふさわしい環境」が整っていたと説明する（CE 23, 382）。そして「芸術効果を高めるために」（382）、「正真正銘の事実として語る話」には「不適切かもしれない些末なもの」（383）を盛り込んだと断りを入れ、話の信憑性を担保する。

一方、本体の物語は幽霊話につきものの恐怖感を与える要素はほとんど見られない。読書室にいるのは多くが現役を退いた老人で、彼らは「握りしめた新聞を通してしか世の中とのつながりがほとんど無く、いわば夢の国との境界に座して」まどろみながら過ごす（383）。また、博士の幽霊が現れるのは

「日中でもっとも明るい真昼」(388) であり、「幽霊界のきまりに従って」作家に話しかけられるのを待っている。しかし、作家の側では、「読書室での会話は厳禁」であることに加え、「幽霊に劣らず内気な」こともあり、彼もまた「最初に自分から話しかけない」という幽霊界の法則に従っている (387)。紹介手続きを踏まずに話しかけるのは不躾であり、相手が幽霊だからといって「社交界のマナーが無効になるとは思わなかった」(387) のである。このように全体を通してユーモアが盛り込まれており、前置きで準備されたゴシック的効果と本体の明るい調子はそぐわないのだが、序文や前置きと本体の内容を矛盾させるのはホーソーンがよく使う手法である。『七破風の屋敷』では呪いの成就の予告に反して幸運な結末を迎えたり、『ブライズデイル・ロマンス』では、登場人物たちに「変幻の如き道化を演じさせる」(CE 3, 1) と序文で宣言するのとは裏腹に、信頼できない語り手が、登場人物の行動や心情を把握できなかったりなど、その例には事欠かない。

　さて、本論で問題にしたいのは、ホーソーンが自身の「幽霊」目撃体験をどのように捉えているかという点である。作中の作家は、幽霊に違和感や恐怖、悍（おぞ）ましさを覚えず、日常の出来事としてさりげなく扱っていたこと、幽霊の正体を明らかにしたくなかったことを何度も念押しする。

　たとえば、すでに死んでいたはずのハリス博士に会っていたことが分かった時も、作家は「ほとんど狼狽しなかった」(CE 23, 385) し、翌日、読書室で新聞を読んでいる博士の姿を見かけても「大きく胸が騒ぐとか、何であれ、尋常でない感情といったものを抱かなかった」(385)。そうした自らの平静さについて彼は次のように述懐する。

おそらく、幽霊というものが我々の世界にやって来るとすれば、通常の出来事の流れに合わせ、馴れ親しんでいるものの中に溶け込むが故に、我々の方では幽霊の出現に驚かされたりしないものなのだ。ともかく、そうした状況だったのだ。私はいつも通り新聞に目を通し、雑誌のページをめくり、普段と同じようにその内容に関心を注いだ。確かに、一、二度はページから目をあげて博士の方を見たかもしれないが。(385)

昔の体験を振り返る作家が鮮明に記憶しているのは、この「ほとんど無関心といえる冷静さ――これほど不可思議な謎をちらりとみるだけで、ひとまず放っておいた、さりげない自分の態度」(386)で、今さらながらそのことに驚く。そして「背筋が凍るような震え、怖れ、嫌悪といったいかなる感情も持たなかった」(386)と、あくまでも日常の一部になっていたことを再度強調する。そのうちに、作家は幽霊を「新聞を読みながらうとうとしている他のお年寄りたちと同様にみなす」(386)ようになり、さほど気にしなくなる。全般に織り込まれたユーモアに富む描写によって、いっそう平穏な雰囲気が醸し出され、眠気を誘う静かな読書室で、作家もくつろいで読み物に耽っているかのようである。

しかし、本当に作家は幽霊に対してさりげなく無関心であったのだろうか。少なくとも数週間、ハリス博士の幽霊の出現を目撃し続けた作家は、幽霊が自分に「特別な注視」(387)を向けていると思い始める。ボストン図書館はハリス博士が生前から「特別に足繁く通った場所(His especial *haunt*)」(384 強調引用者)で、その幽霊もまた同じ場所で同じ椅子に座っていたと作家はその様子を説明する。しかし、それはとりもなおさず、作家の側も読書室に通い詰め、同じ場所に陣取り、博士の幽霊を逐一観察していたことを意味する。作家が幽霊の存在に気づくというよりも、彼が強い関心と期待を持って見やると幽霊が出現しているといったほうが正しいだろう。作家が「さりげなさ」や「無関心」を強調すればするほど、雑誌や新聞のページ越しに博士をじっと見つめる作家の姿が浮かび上がってくる。

やがて幽霊は姿を見せなくなるが、そっけない自分の態度にその原因があったのではないかと作家は悔やむ。

その幽霊が、眼鏡の奥から私にじっと向けてきた悲しくもの言いたげな落胆した視線を思い出す。それは、どうしようもないといった陰鬱な表情で、もし私の心臓が舗装石ほど固くできていなかったら、とても耐えられなかっただろう。しかし私は持ち堪えた。そしてこの表情を最後に、彼を見ることは無くなったのだったと思う。幽霊の濁ってかすんだ目と私の目が合ったときの彼の表情が、そのまま記憶にこびりついている。[……]こんなに訴えたにも拘わらず、希望はむなしく潰えたといった表情で座っている彼の姿が目に浮かぶ。今となってはもう遅すぎるのだが。(388-89)

そして、当初は冗談めかして「図書館の規則」や「自身の内気」を幽霊に話しかけなかった理由としていた作家が、それとは異なる真面目な調子で次のように自身の心情を述べる。

おそらく、私はその幻影を壊すこと、これほど素晴らしい幽霊譚を失うことに気が進まなかったのだ。それは何らかのよくある方法で解釈されてしまうかもしれなかった。結局のところ、古くからの迷信というものへの怖れを密かに抱いていて、本能的な警戒心からそれに無関心を装って胸に収めておこうとしたのかもしれない。(386-87)

この語り手の心情は、ホーソーンの生の声と言っていいだろう。ホーソーンにとって「幽霊」との遭遇は物語世界の不思議を地でいく体験であり、現実的な方法でそれを確かめたり、合理的な解釈を他から加えられたりしたくなかったのである。そして一九世紀当時では迷信とされる現象に対する恐れもどこかにあったのだという。作家はハリス博士の「幽霊」の目撃体験を単に作品の素材といった類のものとしてではなく、もっと深いレベルで創作に関わる出来事として捉えていたようだ。

結局、ホーソーンはその体験を小品として書き下ろすことになるのだが、その作品化のプロセスに「読む／聞く→見る→語る／書く→読む／聞く→見る」というサイクルがあり、「幽霊」あるいは「幻影」を見るという体験が組み込まれていることに注目したい。すなわち、読書室の雑誌や新聞を読んだ作家が「幽霊」を目撃し、その話の聞き手／読み手が「幽霊」を脳裏に描くという創作のサイクルである。実際に、ホーソーンから「幽霊」目撃体験を聞いたソファイアは、ハリス博士の「幽霊」に怯えることになる。次節では、「幽霊」や「幻影」の目撃体験を挟む創作サイクルが、他のホーソーン作品の「作家たち」に受け継がれていることをみていきたい。

目撃証拠と創作[4]

ホーソーンはアメリカのゴシック・ロマンスの代表的作家として位置付けられてきたが、その理由のひとつとしてアメリカ特有のピューリタン社会の風習や出来事を創作に用いたことが挙げられる。作家はピューリタニズムにまつわるゴシック的要素をさまざまなレベルで創作に用いるのだが、彼の魔女や悪魔が用いる魔術は、大抵は対象となる人物に「幻影」を見せるものである。[5]また「作家たち」が登場する作品には往々にしてゴシック的要素が含まれるが、そこでも「幻影」が鍵となり、「読む／聞く↓見る↓語る／書く↓読む／聞く↓見る」というサイクルがみてとれる。「ハリス博士の幽霊」には魔術や魔法、ピューリタニズムの要素はないように思えるが、ホーソーンのゴシック・ロマンスの系譜に連なる特徴を備えているようだ。本節では、『緋文字』、『おじいさんの椅子』、「アリス・ドーンの訴え」などにも上述の創作サイクルが描かれており、そこに「目撃証拠」を重視するピューリタンの著作の特徴が反映されていることをみていく。

一七世紀のピューリタンの著作はアメリカン・ゴシックの源流とされるが、[6]一六九二年のセイラムの魔女狩りに大きな影響を与えたコットン・マザーの『魔法と神懸かりに関する忘れ難き神の摂理』もそのひとつである。その冒頭でマザーは次のように宣言する。

全能の神の特別の采配と摂理により、正に驚くべきいくつかの魔術と神懸かりに関する少しばかりの出来事が今や世界に知られるようになっている。それらの一部は私自身の目撃観察（Ocular

Observation）によるものであり、また部分的には私が得た疑いようのない情報によるものである。私はこれを同朋に伝えて注意を喚起しなければならないと考えた。（Mather 93-94）

ここで注目すべきは、「私自身の目撃観察」が強調されている点である。これに続いて「目撃証拠（Eye Witness）」（112）、「証拠」という言葉を繰り返しながら、マザーは魔法と神懸かりの実例を紹介する。マザーのようなピューリタンにとって「魔女の存在と神の存在とは不可分な問題」（八木　四八）であり、魔術や神懸かりを自分の目で見ることと、神の存在を確認することとは表裏一体であるのだ。こうした認識方法からは、神の奇跡を実感するために、悪魔や魔女の仕業を目撃することを期待するという倒錯した状況が生じるであろうことが予想される。ホーソーンはしばしばマザーを作品に登場させており、その著作から影響を受けていることは知られているが、ここでハートマンの『プロヴィデンス物語とアメリカ文学の誕生』を援用し、ピューリタンが「目撃証拠」を重視した背景を確認したい。

プロヴィデンスは「神の摂理」と訳されるが、ハートマンは、聖書を典型とする、奇跡、祈りの成就、予言などの神の行為に関連する物語を「プロヴィデンス物語（providential tales）」とする。イギリスでは新科学の発展や宗教改革などによる社会変化に伴って、実証主義、懐疑主義、無神論が社会に広まり、その宗教危機に対処する中、旧来の「プロヴィデンス物語」に大きな変化が起こる。新しい「プロヴィデンス物語」では、神の奇跡の目撃を科学的な手法で記述し、特定の場所、名前、時間を詳細に記載し、その証拠の信憑性を高めることが求められた。また印刷技術の発展で大量販売が可能になったこの新しい「プロヴィデンス物語」は、センセーショナルな内容を伴い、純粋に科学的でも宗教的でも娯楽的でもないものとなる。新大陸に渡ったピューリタンは、さらに新大陸の驚異や新国家の建設という言説が加わったアメリカ特有の新しい「プロヴィデンス物語」を広めることとなる（Hartman 1-2)。

こうしてニューイングランドのピューリタンの指導者は「目撃証拠」を重視することになるのだが、セイラムの魔女裁判で採用された「亡霊証拠」は、その認識方法がもたらした最たる過誤といえるだろう。驚異があるから見るのではなく、見るところに驚異が出現するのであり、証言者が「見た」と言えば、その「目撃証拠」が魔女の確証とされたのである。「若いグッドマン・ブラウン」が「亡霊証拠」の認識方法を取り入れていることは批評で指摘されてきたが[7]、他のホーソーン作品に登場する多くの魔女や魔法使いが、対象となる相手に「幻影」を見せるのは、こうした「目撃証拠」を重視するピューリタンの認識方法を創作に用いたものだといえる。

しかし、ホーソーンの「プロヴィデンス物語」への関心は、その認識方法だけにあるのではない。彼がさらに関心を向けているのは、「プロヴィデンス物語」の創作のサイクルであり、そのテクストが持つ強力な影響力である。『緋文字』の中の彗星が天空に巨大なAの緋文字を描く場面では、アメリカ特有の「プロヴィデンス物語」の特徴とそれが流布される経緯がよく表されている。

こういう予兆がおおぜいの人によって目撃されることはまれではなかった。しかし、たいていの場合、目撃者はひとりで、その信憑性は目撃者を信じるかどうかにかかっていた。孤独な人物はそういう驚異を、想像力という色つきで、ものを拡大したり歪曲したりする媒体をとおして眺め、しかもあとで考えなおしていっそう明確にするからである。国の運命が天空にえがかれる荘厳な象形文字によって顕現するというのは、まことに壮大な考えである。神が一国の民の運命を書きしるす巻物として、空が広すぎることはなかろう。こういう信念をわれわれの先祖たちが好んで抱いたのは、いまだに幼い自分たちの共和国が格別に親身で厳しい天の加護（Providence）のもとにある証拠であると考えたからである。（CE 1, 154-55）[8]

ここでは個人的体験が、驚異の目撃の証言、すなわち「プロヴィデンス物語」として再生されていく経緯が示されている。まず共同体の言説に基づく信仰や心情があり、それに基づく解釈が個々の驚異／幻影の目撃体験に付与される。その証言がさらに共同体の言説として流布され、新たな目撃を促す。この「幻影」の目撃を挟む「読む／聞く→見る→語る／書く→読む／聞く→見る」というプロセスを経て「プロヴィデンス物語」は更新され、再生産されていくのである。

さて、『緋文字』では、セイラムの魔女狩りが背景に用いられているが、ホーソーンは『おじいさんの椅子』で、魔女狩りの狂気を煽ったマザーについて次のように説明する。

ニューイングランドの創設期より、あらゆる疑惑や困難について助言を求めて牧師に頼るのが住人の慣習であった。彼らも今やその手段に頼ったのだが、不運なことに、無学の人々よりも聖職者や賢人のほうがより惑わされやすかった。学識豊かで傑出した牧師であったコットン・マザーは、天国への希望を棄て去って魔王との契約に署名した魔女や魔法使いが、国中に跋扈していると信じたのだった。（CE 6, 78）

作家は一九世紀の観点からマザーなどの聖職者の過ちを批判するのだが、続けてマザーの「作家」という側面に焦点をあてて、その様子を描写する。

マザーは「大変な本の虫」で「時には大部な本をむさぼり読み、時には同じくらい大部な本を書きなぐった」(93)。そして、彼は魔女狩りの「騒動の主犯」になったのだが、「書斎の隙間や片隅に悪魔がひそんでおり、夜にたくさんの本のページをめくっていると、そこから悪魔が覗きだすと、マザー自身が思い描いていた」(94) のである。つまり、マザーは大量の読書から「幻影」を見る。その「目撃証拠」を記した書物を読んだ人々は恐怖を煽られ、彼らもまた魔女の「幻影」を目撃する。その証言が新たな「プロヴィデンス物語」となって広まる。この循環的プロセスを経て共同体が狂気に陥ったのだ。

「アリス・ドーンの訴え」にもマザーが登場するが、この作品では作家志望の若者が、マザーと同様に彼の聴衆に「幻影」を見せる。物語の前半、若者は二人の女性に、魔法使いが登場人物に「幻影」を見せる物語を聞かせる。その後、彼は催眠術効果を用いて、セイラムの魔女狩りを再現した「幻影」を彼女達に見せ、そこにマザーを登場させたうえ、彼こそが「悪魔の権化」(CE 11, 279) だと非難する。魔女として処刑される者よりも、マザーの方が人々に「幻影」を見させた悪魔だというのであるが、この物語では作家志望の語り手、魔法使い、マザーがそれぞれ人々に「幻影」を見せるという入れ子構造になっている。すなわち、作家志望の青年はマザーと同じく、聴衆に「幻影」をみせる実験を行っているのだ。悪魔のように「幻影」を見せ、物語世界に対象を引き込む青年作家の試みとは、ホーソーン自身の創作の試みであるといえる。『七破風の屋敷』に登場する「魔法使い」の末裔ホルグレイヴも、アリス・ピンチョンの物語の「幻影」をフィービーに見せている。ホーソーンは自身の創作に「プロヴィデンス物語」の特徴を取り入れる一方で、そのプロセスに魔術的要素があることを示唆するのだ。

このように、ホーソーンは自身の分身ともいえる「作家たち」に「幻影」を想起させる魔術的な力を与える。一方で、現実世界の作家であるホーソーンにとっては、創作に必須の「幻影」はフィクション内にしか存在しない。そうした作家にとって、「幽霊」の目撃は、分身の「作家たち」に付与した「幻影」を見る／見せる能力を、彼自身、何ものかから授けられたことを意味する。その意味で、ホーソーンにとって「幽霊」の目撃は、自身の創作のプロセスに関わる得難い体験であり、だからこそ「幻影を壊すこと、これほど素晴らしい幽霊譚を失うことに気が進まなかった」のである。

「幽霊」との対話

ホーソーンはハリス博士の「幽霊」に話しかけなかったことを悔いている。彼にとって「幽霊」との遭遇が創作のプロセスに関わる貴重な体験だとすれば、叶わなかった「幽霊」との会話に何を期待したのだろうか。ソファイアへの手紙には「幽霊」に「金貨の山のありか」を聞きそこなって残念だなどと冗談めかして書いているが、実際に何らかの心残りはあったのだろう。ここでは、ホーソーンとされる語り手が亡霊と対話する「税関」のエピソードにそのヒントを求めてみたい。

「税関」に描かれる『緋文字』の執筆経緯にも、これまでみてきた創作のサイクルが見られる。まず語り手がセイラム税関の二階で緋文字Aにまつわる記録を読む。するとピュー氏の亡霊が現れ、その勧めに応じて語り手が『緋文字』本体の物語を書く。そしてそれを読んだ読者の脳裏には緋文字Aが「辟易するほど」こびりつく（CE 1, 259）。このように他のホーソーンの「作家たち」がたどるのと同様のプロセスが見られるのだが、「税関」ではそこに亡霊との会話が挟まれる。

「そうしたまえ、利益はみなお前のものだ！　お前はすぐに金が必要になる。私の時代には役職は一生もので、ときには相続もできたが、君の時代にはそうはいかない。ところで、この老女プリンの件については、理の当然ながら、お前の先輩の記憶に全幅の信頼を置くように命ずる！」そこで私は検査官ピュー氏の亡霊に言った――「そういたします！」と。（33-34）

ホーソーンは、『七破風の屋敷』の序文で「不可思議を混ぜる時は、ほんのわずか、あるかなきかの隠し味で使うべき」（CE 2, 1）と主張している。作品に「超自然現象を使うには慎重に」（リンジ 二一三）すべきだと自重しているはずなのだが、それに鑑みると、ここで語り手が亡霊と会話を交わす設定にやや違和感を覚えないだろうか。作家はそれまで周到に「中間領域」の雰囲気を醸し出し、事実と想像上の出来事との境界を曖昧にしている。ピュー氏が差し出した緋文字の資料を受け取るところまでは、語り手の想像上のこととして自然な流れの中で受容できる。しかし、ピュー氏との金や経済にまつわる実際的な内容の会話を挿入することで亡霊の出現が現実のものとなり、作家の自伝としての設定が突如崩れるように思われる。語り手の心の声や独り言と解することもできなくはないが、巧妙に語り手と作家の距離が曖昧にされてきた流れからすると、そこからの逸脱に若干の不自然さを感じるのだ。

しかし、ピュー氏の亡霊との遭遇に、ハリス博士の「幽霊」を目撃した作家の体験が反映されていると考えれば、半自伝的要素からの唐突な逸脱にはならず、納得がいく。「税関」では、作家がセイラム税関を解雇されたいきさつが辛辣に描かれるが、その事件をギロチン台のイラスト入りでセンセーショナルに書き立てた『ボストンポスト』紙(Reynolds 227)は、「幽霊」になってもハリス博士が手にしていた彼の愛読紙だ。「税関」を執筆中に、作家が八年ほど前の「幽霊」目撃体験を念頭に置いていたことは十分考えられる。「ハリス博士の幽霊」からは、ホーソーンが「幽霊」との対話に期待した内容を読み取るのは難しい。だが、少なくとも「税関」執筆時点では、作家は、博士の「幽霊」の落胆の視線に、創作の手がかりの申し出を退けた自分への失望という解釈を加えていたと考えられる。「旧牧師館」のホーソーンと思しき語り手もまた、その館の住人であった牧師の幽霊が、自分の説教を編集して出版することを彼に望んでいたと解釈している(CE 10, 17)。何か霊的な存在が自分に関心を持ち、貴重な創作の手がかりを授けようとしていると考えることは、作家を天職と考えたいホーソーンにとって心強いことではないか。素材とインスピレーションを与え、利益を約束し、創作を促すピュー氏の亡霊には、そうした作家の思いと「幽霊」目撃体験が投影されているのだ。

ここまで、ハリス博士の「幽霊」の目撃から作品化に至るプロセスに、ホーソーンの分身としての「作家たち」が行う魔術的な創作サイクルが共有されていることをみてきた。その過程で特に重要なのは、人には見えないものを見る能力、読者の想像力に強く働きかける才能を持つことだ。マザーのような一七世紀のピューリタンにとって「魔女の存在と神の存在とは不可分な問題」であったのと同様、ホーソーンにとって「幽霊」を目撃することは、作家としての才能と資質の現れであったといえる。それは自分の見る「幻影」を読者の脳裏に想起させる悪魔的要素を持つ創作の才能である。セイラム魔女裁判の判事を先祖にもつホーソーンは、創作という形でピューリタン的才能を受け継いだことに、誇りと罪意識を持っていたのかもしれない。ホーソーンはハリス博士の「幽霊」との遭遇を、作家としての資質、手法、命運に関わる出来事として捉えていたのだ。

本論は、「幽霊」を目撃したというホーソーンの言葉をまずは「事実」として「ハリス博士の幽霊」を考察した。一九世紀の暮らしでは電灯も未だなく、夕刻になれば屋内は薄闇につつまれる。筆者は、災害時の備えにと、遠い昔に父母がしていたように、かまぼこ板にろうそくを一本立てて真っ暗な部屋で灯してみたことがある。小さな橙色の光が照らす手の平の影が壁から天井いっぱいに広がり、呼気と微かな空気の対流で、その巨大な影がゆらゆらと闇の中で不気味に躍った。なにか怖しい気分になってろうそくの火を吹き消したのだが、二一世紀の私たちでも、非合理的なものや非科学的なものをすべて否定できるかというとそうでもない。ホーソーンは「幽霊」との出会いを壊したくなかったという。霊的なものとの関わりに創作の力を感じると同時に怖れもあったのだ。ホーソーンの「中間領域」は空想小説に必要な場であり創作の手法だが、作家の日常生活にも、この世の境界を跨ぐ領域が紛れ込むことがあったのかもしれない。あるいは、そうした機会をどこかで期待していたのではないだろうか。いずれにせよ、グッドマン・ブラウンと同様、ホーソーンにとって「幽霊」の正体は問題ではなく、「幽霊」との遭遇が彼の創作に影響を与えるものであることが重要であったのだ。

*本稿はJSPS科研費JP17K02567の助成を受けた研究成果の一部である。

注

(1) 八木は一九世紀の顕著な科学の進歩としてパノラマ、ファンタズマゴリア、ディオラマ、ダゲロタイプなどの光学装置の発明、骨相学や類似療法や社会科学などの発展を挙げている(八木 一九五)。

(2) ホーソーン作品に言及する際にはセンテナリー版の全集によるものとし、本文中に巻数と頁数を記載する。

(3) グレン・マクレオドはボストン図書館の読書室の彫刻について説明する際に「ハリス博士の幽霊」での描写に言及し(MacLeod 4)、ロバート・J・スコルニックは「ハリス博士の幽霊」で『ボストンポスト』紙が取り上げられていることに言及している(Scholnick 165-66)。但し両者とも作品を分析するものではなく素材の紹介にとどまっている。

(4) 本節は拙著『ホーソーンのプロヴィデンス――芸術思想と長編創作の技法』の第二章第一節(中西 六六-七五)における議論を用いており、多くの箇所で重複する内容を含むことをお断りしたい。

(5) リンジは「ホーソーン以前のどのアメリカ作家も、彼ほど広範囲に悪魔を作品に用いたり、ピューリタン的材源に大きく依存しようとしたことはない」(リンジ 二一二)と述べ、そこでは幻影を生み出すために光が効果的に使われており、作家特有の「ゴシック的舞台装置」(二一〇)として機能しているとする。

(6) 八木はゴシック文学を「恐怖と夢想を共通項」にするものとする。そして「夢と悪夢が裏腹に共存し、光と闇とが強烈に交錯する」アメリカのゴシック的風土を形成したものが「ピューリタンたちのしたたかな理念と情熱」に由来すると述べ(八木 六-七)、ウィリアム・ブラッドフォード、ジョン・ウィンスロップ、ジョナサン・エドワーズの著作や魔女裁判の記録をゴシックとして取り上げている。

(7) David Levinの“Shadows of Doubt: Specter Evidence in Hawthorne's ‘Young Goodman Brown’”を参照。

（8）『緋文字』の翻訳は『完訳　緋文字』八木敏雄訳（岩波書店　一九九二年）を参照し、必要に応じて変更を加えた。

引用文献

Hartman, James D. *Providence Tales and the Birth of American Literature*. Johns Hopkins UP, 1999.

Hawthorne, Nathaniel. *The American Notebooks*. *The Centenary Edition of the Works of Nathaniel Hawthorne*, edited by William Charvat, et, al., vol. 8, Ohio State UP, 1972.

——. *The Blithedale Romance*. *The Centenary Edition,* vol. 3, Ohio State UP, 1964.

——. *The French and Italian Notebooks*. *The Centenary Edition,* vol. 14, Ohio State UP, 1980.

——. *The House of the Seven Gables*. *The Centenary Edition,* vol. 2, Ohio State UP, 1965.

——. *The Letters, 1813-1843*. *The Centenary Edition,* vol. 15, Ohio State UP, 1984.

——. *Miscellaneous Prose and Verse*. *The Centenary Edition,* vol. 23, Ohio State UP, 1994.

——. *Mosses from an Old Manse*. *The Centenary Edition,* vol. 10, Ohio State UP, 1974.

——. *The Scarlet Letter*. *The Centenary Edition,* vol. 1, Ohio State UP, 1962.

——. *The Snow-Image and Uncollected Tales*. *The Centenary Edition,* vol. 11, Ohio State UP, 1974.

——. *True Stories from History and Biography*. *The Centenary Edition,* vol. 6, Ohio State UP, 1972.

Levin, David. "Shadows of Doubt: Specter Evidence in Hawthorne's 'Young Goodman Brown.'" *American Literature*, vol. 34, no. 3, 1962, pp. 344-52.

MacLeod, Glen. "Nathaniel Hawthorne and the Boston Athenaeum." *Nathaniel Hawthorne Review*, vol. 32, no. 1 (Spring 2006), pp. 1-29.

Mather, Cotton. *Memorable Providences Relating to Witchcraft and Possessions*. 1689. *Narratives of the New England Witchcraft Cases*, edited by George Lincoln Burr, Dover, 2002.

Reynolds, Larry J. "*The Scarlet Letter* and Revolutions Abroad." *On Hawthorne: The Best from American Literature*, edited by Edwin H. Candy and Louis J. Budd, Duke UP, 1990.

Scholnick, Robert J. "'The Ultraism of the Day': Greene's 'Boston Post', Hawthorne, Fuller, Melville, Stowe, and Literary Journalism in Antebellum America." *American Periodicals*, vol. 18, no. 2, 2008, pp. 163-91.

中西佳世子『ホーソーンのプロヴィデンス――芸術思想と長編創作の技法』（開文社出版　二〇一七年）

八木敏雄『アメリカン・ゴシックの水脈』（研究社出版　一九九二年）

リンジ、ドナルド・A『アメリカゴシック小説――19世紀小説における想像力と理性』古宮照雄ほか訳（松伯社　二〇〇五年）

告白の食卓
――ジェームズ・ボールドウィンの『ウェルカム・テーブル』について

柳楽有里

序論

ジェームズ・ボールドウィンは、通常、自伝的小説『山に登りて告げよ』や、『次は火だ』のようなエッセイで知られている。しかし、晩年にフランスのサン・ポール・ド・ヴァンスの自宅でボールドウィンが取り組んでいたのは、戯曲『ウェルカム・テーブル』だった。作品の着想自体はそれより以前のトルコ在住時に遡ることができるが（Zaborowska, "From Istanbul" 189）、死を予期していた彼が、この戯曲を世に送り出そうという意欲を持っていたのは確かである。彼はそれまでにも、『アーメン・コーナー』や『白人へのブルース』という二つの戯曲を発表しているが、この『ウェルカム・テーブル』は未発表のままであり、現在も一般に入手できるような形で出版されてはいない[1]。

一九八一年、ボールドウィンの最初の戯曲『アーメン・コーナー』の最終公演の日に、ボールドウィン自身が、新しい戯曲に取り組んでいると、演出を務めたウォルター・ダラスに語っている。この時点で既にタイトルも『ウェルカム・テーブル』に決定していた新しい戯曲に関しても演出を務めてくれるようボールドウィンはダラスに依頼している。現在残されているタイプ原稿のもっとも古いものがいつごろ書かれたのかははっきりしないが、一九八四年、そして八六年にボールドウィンは推敲し修正したタイプ原稿をダラスに送っており、この数年の間にも二人はやりとりを重ね、当時フランスに移り住んでいたボールドウィンのもとにダラス自身も訪れている。この時、アマチュアを含む役者たちで、非公式ではありながらも戯曲の読み合わせを行なっており、また、紙ナプキンに舞台設定をデザインした。つまり、結果的に未発表に終わり残念ながらいまだ公刊されてこそいないものの、戯曲『ウェルカム・テーブル』は完成しており、ボールドウィン自身もその発表を望んでいたことがうかがえる。伝記作家ジェイムズ・キャンベルは、いくつかの会話を互いに暗示的に関連させている手法に言及しつつ、『ウェルカム・テーブル』は素晴らしい作品であると一定の評価を示している（Campbell 273）。

本稿で明らかにしたいのは、ボールドウィンにとって戯曲という形式は大変重要なものであったこと、そして彼が究極的に目指していた芸術的な意図がこの『ウェルカム・テーブル』に読み取れるということである。『ウェルカム・テーブル』における「語り」が断片化していること、そしてその断片的な語りの中でも、特に主要な登場人物であるイーディス・ヘミングスとピーター・デイヴィスの交わすダイアローグによって浮かび上がる親子関係の問題に着目し、他の二作の戯曲とも比較しながら、戯曲家としてのボールドウィンの最後の試みを読み解いていきたい。

ボールドウィンと戯曲

ここからは、ボールドウィンが戯曲という形式をどう捉えていたのかを、彼が残した二つの戯曲とエッセイから考察していくこととする。一九五四年に発表されたボールドウィンの最初の戯曲『アーメン・コーナー』はハーレムの教会を舞台としている。養父が説教師だったこともあって、ボールドウィンにとって教会は馴染みある場所だが、それ以上にボールドウィンにとって教会を舞台とすることは重要であったと考えられる。ボールドウィンにとって戯曲は、片手間に執筆できるものでも、またそうすべきものでもなかった。演劇が彼にとって大きな意味を持つことを、『アーメン・コーナー』に関する覚書で、ボールドウィン自身が明確に「歴史的に言って、教会の儀式の中から、劇場における演技、コミュニオン（communion）が生まれてきていることを私は知っていたが、コミュニオンとは劇場なのだ。そして、自分が劇場でやりたいと思っているのは、少年説教師だった私の思い出の瞬間を再び作り出すこと、人々を彼らの意に反してでも巻き込み、奮い立たせ、そして願わくは彼らを変化させることなのだ」（*Amen Corner* xvi）と述べている。舞台の上の俳優たちを観るために人々が集まる劇場と、信者たちが集まる教会は、本質的に同じものを目指していたのである。ボールドウィンにとっての演劇は、それを鑑賞する者たちが単なる外的な観察者ではなくなり、彼ら彼女らの自己同一性にまで変化をもたらすような強い感応を必要とする。ここで、通常「聖体拝領」などの訳語が当てられる鍵語“communion”

の意味について検討しなければならないだろう。

ボールドウィンは、エッセイ『悪魔が映画をつくった』において、映画と演劇を比較しつつ演劇の本質に触れている。映画の観客は彼ら自身の幻想をスクリーンの上に投げかけその中に浸りがちであるのに対して、劇の観客は生身の俳優とかかわり観客と俳優との間には独特の緊張関係が生じ、劇場では「映画館のようにスクリーンの影たちに取り囲まれているのではなく、そこではおのれ自身の血肉に対して反応している。劇場において、我々は互いを蘇生させている」(*Devil Finds Work* 31) とボールドウィンは語っている。劇場で観客が目にするのは、それぞれの役柄を演じているとはいっても、あくまでも実際に生きている他者であり、観客と俳優との間に独特の化学反応のようなものが起こり、そのために双方がそれまでとは違った人間として作り変えられるということである。こうした緊張関係が観客と俳優との間に成立すれば、一方の存在が他方に影響を与えざるを得ない。言い換えれば、ボールドウィンがコミュニオンと呼んでいるのは、単に一方から他方へと情報がやり取りされるコミュニケーションではなく、関わりあう複数の存在が一緒くたに交じり合うような、刺激的で滅多にない事態ということになる。「私たち全員が、お互いの血肉である」とボールドウィンはさらに語っている (31)。つまり、あなたの肉体がそのまま私の肉体であるかのように、二人あるいはそれ以上の人間が同じひとつの肉体をもち、他人が感じる痛みが、私自身の痛みにもなるような、そんな状態が、ボールドウィンの言うコミュニオンなのだ。

このように考えると、ボールドウィンの遺作となった『ウェルカム・テーブル』の意義がより鮮明に見えてくる。『ウェルカム・テーブル』の舞台は、ボールドウィン自身が暮らしたフランスのサン・ポール・ド・ヴァンスを思わせ、彼は実際に客人たちを迎え食卓を囲んでいた。また、タイトルにもなっている客人を迎える大きなテーブルも実際に存在していたようだ。庭のオリーブの木の下にあったダイニングテーブルと室内にあったダイニングテーブルをボールドウィンがウェルカム・テーブルと呼んでいたようで(Farber 69)、ヘンリー・ルイス・ゲイツ・ジュニアが記者として実際にこの邸宅を訪れた際、ボールドウィンとジョセフィン・ベーカーと共にこの食卓で楽しく食事していた様子を記している(Gates 12)。同じひとつのテーブルについた人々が、同じものを飲んだり食べたり、そしてお互いの思いを語り合う。コミュニオンとは宗教的には聖体拝領や聖餐式を意味するが、これはキリストと一体化することである。他者を招き、その他者と同じものを口にして、お互いの真実を語り合うこと、つまり告白(confession)によるコミュニオンこそがボールドウィンが目指したものであり『ウェルカム・テーブル』もその観点から理解できる。

真実を語ること――『アーメン・コーナー』と『白人へのブルース』における親子の関係

ここからは、『ウェルカム・テーブル』と比較するために、戯曲『アーメン・コーナー』と『白人へのブルース』における舞台設定と二つの作品の根底にある親子関係というテーマについて考察していく。『アーメン・コーナー』は、ニューヨークのハーレム地区にある教会で日々雄弁に説教を行うシスター・マーガレットを中心とした三幕構成をとる。マーガレットにはかつて夫ルークがいて、彼との間の息子デイヴィッドはジャズ奏者である父の血をひいてか音楽の才に恵まれているが、ルークとマーガレットはデイヴィッドが幼い頃に別離している。マーガレットは教会で圧倒的な権威を有しているが、突然彼女とデイヴィッドの前にルークが現れる。『アーメン・コーナー』は、清廉潔白と思われていたマーガレットの権威が揺らぎ、彼女が会衆の前で決定的にその地位を追われるまでを描いた母の失墜の物語である。夫ルークがマーガレットの下を去ったことになっていたが、真実は異なっていたためである。

『アーメン・コーナー』の物語が進むにつれて、マーガレットは夫ルークを捨てた自らの過ちを悟る。取り乱し半狂乱のマーガレットが、彼女の自宅とつながっている教会に歩み入ると、そこには彼女に取って代わったシスター・ムーアと信者たちが待ち受けている。既に父ルークの真実を知りこれ以上母の元で教会のピアノを弾くことはできないと決意したデイヴィッドはその場には現れなかった。この場面でマーガレットは、半ば正気を失い、それを目撃されたことで決定的に信徒たちの共同体から排除されることになる。しかし、自らが激烈な痛みとともに悟った真実をマーガレットが語るのもまたこの場面である。「主を愛するということは、主のすべての子供たちを愛するということ――そのすべて、一人ひとりを！――そして彼らとともに苦しみ彼らとともに喜び、決して損得など考えないことだわ！」(*Amen Corner* 88)。ボールドウィンにとって真実とは発狂と孤立を伴う危険な真実である。

マーガレットが最後に絶叫する、この「主を愛するということは、主のすべての子供たちを愛するということ」という真実は、それだけを取り出してみれば決して突飛でも意外でもなく、むしろ凡庸にすら聞こえる。言い換えれば、『アーメン・コーナー』だけを見ると、ボールドウィンにとっての真実が、それを手にした者になぜ極めて残酷な帰結をもたらすのかが理解しにくい。より政治的な主題が前面に押し出されている『白人へのブルース』と『ウェルカム・テーブル』を重ね合わせてみることで、深淵たる「真実を語ること」と「親子の関係」が一層色濃く浮かび上がってくる。

『白人へのブルース』は、旧弊な南部の町を出てニューヨークで暮らした後に帰郷した黒人青年リチャードが、白人店主ライル・ブリテンに射殺された事件とその裁判を扱っている。この戯曲は一九五五年にミシシッピ州で起きた黒人青年殺害の事件から着想を得ているとボールドウィン自身が語っている。黒人に対する白人の側の優越感や、それをまったく当然のこととして受け入れる彼らの振る舞いを観客は目の当たりにする。しかし、ボールドウィンが単に「黒人文学」という文脈を超えた重要性を持つのは、肌の色を根拠に黒人を蔑み殺しさえする、この惨めなまでに差別的な白人に対してすら、ボールドウィンがある種の同朋意識を抱いているところにある。ボールドウィンは次のように書いている。

しかし、すべての人間が兄弟だというのが本当なら、そして私は本当だと信じているが、それなら、我々にはこの惨めな人間をも理解しようと努める義務がある。それに、おそらくそういう人間を解放してやれる望みはもてないにしても、彼の子供たちの解放に向けて働きかける必要がある。［……］白人と黒人とが互いに愛し合ったときにも、種族からの追放という刑罰を振りかざして、その先触れとなる行動を受け入れようとはせず、その先触れとなる行動に喜びを見出すことも、それを善用することも禁じてきたのは、我々である。（*Blues for Mister Charlie* xiv-xv）

この引用部で「我々」と語っているボールドウィンは黒人であるが、彼の言う「我々」は、黒人だけでなくあらゆる人間を含んでいる。ボールドウィンは、偏狭な差別意識から黒人青年を射殺する白人店主ライル・ブリテンですら、ボールドウィン自身を含む「我々」の一員であると明言する。

なんといっても、我々アメリカ国民がそういう人間を創り出したのであり、そんな人間は我々の召使なのだ。彼の手に家畜追い棒を握らせているのは我々アメリカ国民であり、彼の犯す犯罪の責任は我々にある。彼を肌の色という牢獄に閉じ込めてきたのは我々である。黒人は無価値な人間であり、自分の種族の名誉と純潔を守るのが白人としての神聖な義務であると彼に教え込んできたのは我々である。（xiv-xv）

白人と黒人を「奴ら」と「我々」で区分して、一方が他方を、本質的には悪魔のような非人間的な存在とみなすことが今にもましてありふれたことだったはずの時代に、そのような区分を超えて、最悪の行為に手を染めた者ですら「我々」が創り出した、いわば「我々」の子供だとボールドウィンは語っている。白人が黒人を虐げることに、黒人の側にも責任があるなどといえば、もちろんそれは反動的な差別主義者と見なされかねない危険な発言だろう。しかし、『白人へのブルース』における白人の新聞編集長パーネル・ジェイムズに関するボールドウィンの描き方は、差別と憎悪の鎖が、「我々」からその子供を生み出したように、親から子へと伝播していくことの悲劇を強く示しているのだ。

殺された息子リチャードの棺を前に、『白人へのブルース』のメリディアン牧師は神に訴えかける。

メリディアン：［……］主よ、現在のありさまでは、子供たちが私の元に来て、歩むべき道を尋ねますとき、私の舌はどもり、私の心は萎えます。私はこの地を捨て去ろうとは思いません——異国の地ではあるにしても、今は私たちの祖国なのですから。けれども、かつては主人であり、今は、真の意味では、肉親であり、兄弟姉妹でも、両親でもある者たちから、加えられるこのような冷酷さに、永遠に耐え忍べとは、私としても、子供たちに求められましょうか？（77）

悲惨な現実を自ら体験し耐えることと、まだそんな現実を知らない子供たちにそれを伝えること、これらのうちどちらが子供を持つ親にとって辛いことなのか、それを決定することはできないとメリディアンは問いかけている。これは『白人へのブルース』の覚書の一節において、「現在のわが国の人種問題をめぐる事態の、恐ろしい、絶望的といってもいい点は、我々の犯してきた犯罪が口にも出せないほどのあまりにも大きなものであるがために、その認識が文字通り狂気に導きかねないところにある」(xiv) とボールドウィン自身が明確に語っている点にも共鳴している。人は単に未熟さや間違いによって真実から離れているわけではない。真実はそれに直面した人間を狂わせ殺しかねないものだからこそ、いわば条件反射的に人は真実から目を背ける。

真実を語ること――『ウェルカム・テーブル』における親子の関係

先行する二つの戯曲の検討を踏まえて、ここからは『ウェルカム・テーブル』の内容について考察していく。アルジェリアからフランスへ移住したラファージの九三歳を祝うパーティが、女優イーディス・ヘミングスのフランスの自宅で行われることになっている。イーディスは、アメリカのニューオリンズ出身のクレオールである。その日、アメリカからインタビューにやってきた黒人記者ピーター・デイヴィスもそのパーティに加わる。パーティの準備で忙しい中、様々なバックグラウンドを持つ参加者たちはお酒を片手に久しぶりの再会を楽しむ、というのが戯曲のあら筋である。戯曲は、ピーターがフランスのホテルに到着するシーンから始まり、インタビューが完結しないままパーティが終了し、出席者たちがおのおの帰路に就くところで終了している。

この『ウェルカム・テーブル』の最大の特徴は、それまでの戯曲とは異なり、何か決定的な出来事にむけて物語が進んでいくわけではないというところである。舞台上の物語のいくつもの筋にプロット上の明確な優先順位をつけにくくなり、結果的に、観客はまさにイーディスの自宅で開かれているパーティに紛れ込んだかのように感じるだろう。記者であるピーターが取材にやってはくるものの、実際には二人、もしくはそれ以上の登場人物が雑談とも思える会話を交わしており、突然会話に加わったり、また去ったり、入れ替わり立ち替わり登場人物たちのさまざまな会話が聞こえてくる。本稿では、特に主要な登場人物となっているイーディスとピーターに論点を絞るが、他にもイーディスの従姉妹であるラヴァーン、イーディスの旧友レジーナ、イーディスの恋人ロブ、ロブのもう一人の恋人マーク、アルジェリア人の庭師ムハンマド、同じくアルジェリア人家政婦アンジェリーナ、元革命家のダニエル、写真家テリーが登場する。ラファージはボールドウィン宅のフランス人オーナーであるジャンヌ・フォーレが、黒人ジャーナリストのピーターは実際に記者としてボールドウィン宅に取材に訪れたヘンリー・ルイス・ゲイツ・ジュニアがモデルとなっており、その他の登場人物も彼の友人がモデルであったことなどが指摘されている（Zaborowska, *Turkish Decade* 252）。ボールドウィン宅のウェルカム・テーブルで実際に繰り広げられた会話がそのまま舞台上で再現されているような感覚を覚えるのも不思議ではない。

このような構造を考慮に入れると、戯曲『ウェルカム・テーブル』におけるボールドウィンの狙いは、登場人物たちの会話やその行動というより、それが観客に提示される形式の方から読み取るべきではないだろうか。この戯曲は、本来聞き手になるはずのピーターの人生が冒頭から断片的に語られ、さらに、インタビューが進むにつれ、イーディスとピーターが交互に自分の物語を語り出す。彼らは、はっきり語られないにせよ何か辛い過去を抱えており、肝心なことは明らかにされないまま終わりを迎える。つまり、『ウェルカム・テーブル』とは、真実を語ろうとする二人の人間による断片的な語りの戯曲である。イーディスとピーターに焦点を当て、この二人の断片的な対話を「母になれなかったイーディスと父として失敗したピーター」のつたない告白として考察を進めていきたい。

ここで改めて強調しておきたいのは、『ウェルカム・テーブル』は、真実が明かされるという期待とともに、観客をその真実の目撃者にすべく進んでいく戯曲ではなく、むしろ真実を語り損ねる言葉の断片に耳を傾けることを観客に強いる作品であるということだ。こうした語りの断片性は、『ウェルカム・テーブル』全体にいきわたっている。劇の冒頭、パリについたばかりのピーターは電話で、アメリカにいる元妻と話しているが、「あの子が自分の問題を見つめる助けを、僕らがしてやれるなら――本当に、それを見すえられたら――あいつは自分でそこからぬけだすだろうよ」(*Welcome Table* 3) と言われているその息子の身に今何が起きているのか、具体的にはわからない。かといってこれは、情報を少しずつ明かすことによって観客の興味を持続させるというよくある手法とも異なっている。デイビッド・リーミングは、ボールドウィンの伝記において、ウォルター・ダラスとの交流やトルコ滞在時に受けたチェーホフの影響にも言及し、『ウェルカム・テーブル』は日常の何気ない一幕の演劇であって、語られていないものが重要な意味をもつと指摘している (Leeming 373)。つまり、『ウェルカム・テーブル』においては、一見何の脈略もなく会話が飛び交っているという見かけの背後に、何か重大な事柄が語られないままにとどまっている。

肝心の真実をあえて完全には明かさないにせよ、特にイーディスとピーターの会話は間接的な「告白」とも読みとれる。というのも、「告白」は、リーミングも認めているように、ボールドウィンの人生において重要な位置を占めていたのは確かであり (375)、半自伝的作品ともいわれるこの『ウェルカム・テーブル』におけるイーディスとピーターの会話には重大な事柄の告白の一歩手前といった緊張感が満ちている。キャンベルによれば、従来名声を隠れ蓑にして自己逃避していたイーディスはピーターの手によって、「告白」へと促されている (Campbell 273; Leeming 375)。とはいえ、以下でみるようにこうした視点はピーターとイーディスの会話をやや単純化している。イーディスは自己欺瞞によって何かを隠していたわけではなく、またピーターもイーディスに何かを告白させる以上の役割を持つからである。

まずボールドウィンにとっての告白の難しさを確認しておきたい。ボールドウィンの考える真実というものは、『アーメン・コーナー』と『白人へのブルース』の分析において見たように、単なる情報とは違いたやすく受け入れたり言葉にしたりできるものではない。白人と黒人が、肌の違いのために互いを憎み、そんな状況を打破することもできないアメリカという国の現実はあまりにも残酷であり、それゆえ「人間は、自己を護ろうがために、目をつぶり、強迫観念に支配されてその犯罪を繰り返し、なんとも筆舌に尽くしがたい精神の闇に落ち込む」とボールドウィンは述べている（*Blues for Mister Charlie* xiv）。

自分の犯してきた罪や過ちという真実を直視することはなかなかできないものだ。しかし、もちろんそれこそどうしても認識し、告白しなければならないものでもある。ある意味で、それが自分にかかわることでなければ、他人の真実を語ることはそれほど難しくないだろうし、筋道だったかたちで明確にそれを言葉にすることもできるだろう。しかし、それが自分自身にも深くかかわることであればどうだろうか。その時、私たちはおそらく、たどたどしく断片的にしかそれを語ることができないのではないだろうか。ボールドウィンは、真実に直面しそれを告白することのできない人間の弱さを知っているがゆえに、『ウェルカム・テーブル』を断片的な告白によって書き上げたのではないだろうか。

イーディスとピーターの身に起こった出来事について二つのダイアローグをもとに分析していきたい。イーディスは現在女優として成功し、一応はスターとして注目される存在ではあるが、過去に恋人ロミオとの間にできた子供を堕胎している。イーディス自身はクレオールとはいえ、肌の色だけで見ればほぼ白人といっても通用するのだが、ロミオの方はより色が黒かったとされている。おそらくはこうした肌の色の違いのため、ロミオはある日イーディスのもとを去り、その後妊娠が発覚したものの、イーディスは堕胎を選択している。愛するロミオとの間の子供を生まれる以前に自分の手で殺してしまった、とイーディスは自分自身を責めつづけているようだ。他方で、ピーターは、現在は新聞記者をしているが以前は広告業界で働いていて、キャッチコピーを考えたりしてそれなりの収入を得ていた。しかし、彼の最愛の息子ピートは、おそらくは父であるピーターに反発して、親子の間の関係はかなり絶望的な状況であることが察せられる。『ウェルカム・テーブル』で最も重要なのは、それぞれの事情から、母になれなかったイーディスと、父として失敗したピーターの対話である。

この戯曲の設定はあくまでも女優イーディスに対するインタビューというものであるが、本来イーディスの話を引き出すはずが、ピーターは徐々に彼自身についても語ってしまう。最初に、自分は自分の子供を殺してしまった、と苦しげにイーディスが語り出すシーンを見ていきたい。第二幕の終わりごろの大変重要な告白が続くシーンである。

イーディス：そして私はお腹の赤ちゃんを苦しめた。殺したのよ。

ピーター：僕たちはわからない。まだ。僕も子どもが一人いるよ。僕も子どもを死ぬくらい苦しめたかもしれない。僕はあの子に父親のことを誇りに思ってほしかったんだ。知らなかったんだ——あの子は実は僕のことを誇りに思っていたなんて。あの子は、僕が自分のようになってほしいと思っていると考えていたんだ。僕のようになりたいやつがいるなんて想像もできない。僕自身、自分みたいになりたくないんだ。

イーディス：あなた、息子さんのことを愛していたの？

ピーター：ああ、もちろん。何よりも。自分の魂の救済を願うよりもね。まあ、それも子どもを失ってしまったら無理だけど。

イーディス：息子の母親を愛していたの？

ピーター：それは、ロミオが君を愛していたかということかい？　君は分らないのか？

イーディス：彼は私たちよりも黒かったのよ。私たちは探さないといけなかった――合う方法をね。ロミオはペーパーバックテスト[2]にパスできないほどだったわ。(*Welcome Table* 51　強調原文)

自分自身の息子について語り始めたピーターに対してイーディスは、あなたはその子の母親を愛していたのかと尋ねている。文字通りには、ここでイーディスが尋ねているのは、ピーターとピーターの息子の母親つまり劇の冒頭でピーターが電話で話していた彼の元妻のことを指している。しかし、ピーターはその質問に直接答えず、それはロミオが君を愛していたかということか、と聞き返している。

ピーターの反応は的外れではないだろう。というのも、ここでイーディスが本当に知りたがっていることは、自分のもとを去ったロミオが彼女を愛していたのかということだからである。何故自分は、ロミオとの子供をあきらめたのか。ロミオが自分のもとを去ったのは、彼がはじめから自分を愛していなかったからなのか、という彼の愛に対する不安感だけでなく、クレオール社会に存在する肌の色に対する人種観念も深く関与していたといえるだろう。ロミオが「ペーパーバックテストにパスできな」かったと言及されており肌の色が比較的黒かったと推測される。二人の関係が社会から祝福されたものではなかったこと、生まれてくる子どもの肌の色が大きな不安要素の一つであったことなどが察せられる。イーディスはこのような答えのない問いを発し続けてきたのだろう。だからこそイーディスは、彼女自身とロミオについての真実に近づくため、それをピーターとピーターの元妻に重ね合わせて問いかけているのだ。一人では近づくことのできない真実、自分自身のこととしてはうまく言葉にできない真実を語るため、ボールドウィンは、そのような弱さを抱えた二人の人間が対話によって、いわばお互いに手を差し伸べあうことによってかろうじて真実を語ろうとする姿を描いている。

では、ピーターの過去はどう語られているのだろうか。ピーターの息子は、父親のことを誇りに思っていたようである。しかし、父親であるピーター自身はむしろ、息子には自分のようになってほしくないと思っていた。ここで、ボールドウィンにおける人種の問題と親子の問題が共鳴する。

ピーター：僕は昔、広告の仕事をしていて、キャッチコピーを書いていたんだ――言わせてもらえれば、薄汚い商売だよ。［……］どこかの、ハイ・ジョン・ザ・コンケラー・クロックは、みんなの髪のためのもの――多元的社会のためのものだ。ハッハ！　いいかい、あの子は僕に、それは本当なのかと聞いたんだ。（*Welcome Table* 52-53）

ピーターがかつてキャッチコピーを書いたのは、おそらく黒人の縮毛矯正用の製品だったと考えられる。そして、こうした製品のターゲットが、もって生まれた髪の毛を恥ずかしく思う黒人であることは容易に想像がつく。にもかかわらず、キャッチコピーは、互いの違いに優劣をつけず認め合う多元的社会をうたっているのだ。黒人として生まれたことを恥じ、黒人としての特徴をときに否定してまで白人中心の社会に生きるよう促すことにピーターは加担していたことになる。

こうした安っぽい広告の文句を書くことを職業としていたピーターに対し、おそらく息子はある時点で失望したと考えられる。息子を養わねばならないピーターを責めるのは酷かもしれないが、息子はそうは思わなかったのだ。ピーターは、「僕はちびのピートに、あいつに必要だと思ったものはすべて与えようとした。だけどあいつは、そのために僕を愛したりはしなかった。あいつにして見れば、あいつの父ちゃんは嘘をついて生計を立ててたんだ。」(53) と語っており、子供を育てるため嘘をつくという罪を犯さねばならないピーターの苦境が読み取れる。

ピーターが陥っているジレンマは、ボールドウィンが『白人へのブルース』ですでに描いていたものだ。白人と黒人が憎みあい、黒人であるというだけで無慈悲に殺されることすらあるという現実を、子供たちになんといって伝えればいいのかと牧師メリディアンが問いかける場面はすでに引用した。つらい真実を、それを知らない子供たちに伝えることは、その真実を自分で受け入れることよりもつらいことなのだ。子供たちの心が絶望で砕けてしまわないようできることならそんな真実は伝えたくない。ボールドウィンにとって、同じ人間同士が差別し合う白人と黒人の問題は、親子の問題と結びついている。『ウェルカム・テーブル』においては、黒人の父親であるピーターそしてクレオールの母親イーディスが苦しみ続ける親と子供に関する答えのない問いが浮かび上がってくる。ボールドウィンが舞台の上にのせる親たちは、いわれのない差別や耐え難い貧困に満ちた世界に子供を生み出すことが果たして正しいことなのかという、深淵のごとき暗い問いを背負って苦悶している。

結論

『ウェルカム・テーブル』が提示するのは、現在行動している人物というより、自らの過去の行動を苦心して語ろうとする人物である。目の当たりにした辛い真実は不完全な形でしか言葉にはできないが、目の前の他者が語るに語れない痛みを抱えていると感じた時、その不完全な告白を聞き取った者は、相手の真摯さに対する応答として自らもたどたどしく何かを語り始める。語るには辛すぎる真実を断片的にでも語り、そしてその断片から言葉にならない相手の痛みを聞きとることで、真実を完全には言葉にできない無力感を引き受けながら、つかの間ではあれ、イーディスとピーターとの間に他者とのつながり（communion）が生じる。究極的には、舞台を前にした聴衆をもこの危うい告白と交感の渦に巻き込んでいくことが晩年のボールドウィンの狙いであったと考えられる。

注

（１）二〇一八年現在ハーバード大学のホートン図書館に三つのタイプ原稿が保存されている。本稿は推敲後のものと推測される原稿をもとにしている。

（２）ブラウンペーパーバックテストのことを指す。アフリカ系アメリカ人のコミュニティー内にあった肌の色の濃淡による差別のことで、茶色の買い物袋より白いか黒いかを基準にしていた。

参考文献

Baldwin, James. *The Amen Corner.* Random House, 1998.

——. *Blues for Mister Charlie.* Vintage, 1995.〔『白人へのブルース』橋本福夫訳（新潮文庫、一九七一年）〕

——. *The Devil Finds Work.* Vintage, 2011.〔『悪魔が映画をつくった』山田宏一訳（時事通信社、一九七七年）〕

——. *The Welcome Table.* Manuscript. Harvard Library, Boston.

Campbell, James. *Talking at the Gates: A life of James Baldwin.* U of California P, 2002.

Farber, Jules B. *James Baldwin: Escape from America, Exile in Provence.* Pelican Publishing Company, 2016.

Gates, Henry Louis Jr. "The Fire Last Time." *Bloom's Modern Critical Views: James Baldwin,* edited by Harold Bloom, Infobase Publishing, 2007, pp.11-22.

Leeming, David. *James Baldwin: A biography.* Simon and Schuster, 2015.

Zaborowska, Magdalena J. "From Istanbul to St. Paul-de-Vence: Around James Baldwin's *The Welcome Table.*" *James Baldwin: America and Beyond,* edited by Bill Schwarz and Cora Kaplan, U of Michigan P, 2011, pp.188-208.

——. *James Baldwin's Turkish Decade: Erotics of Exile,* Duke UP 2009.

——. *Me and My House: James Baldwin's Last Decade in France,* Duke U P 2018.

第２部　テクストの中で

死者と横たわること
――ポーの「大鴉」をめぐって

森本光

はじめに

癒されることのない喪失の傷――これは「大鴉」を論じる際、決まって口にされてきた言葉である。論者によって少しずつ字面は違っていたとしても、同じことは現在まで変わることなく言われ続けてきた。[1] たしかに、この詩の通奏低音であるネヴァモアという一語によって読者が繰り返し意識させられるのは、愛するものとの離別による永遠の悲しみなのであり、その印象は次に引用する最終連の最後の二行でも、一見、変わることはないだろう。

そして私の魂が、床に横たわって浮かんでいるその影から、
ふたたび起き上がることは——もう二度とない！（369　強調引用者）[2]

ところが、ここで大鴉の影に使われている「横たわる（lie）」という言葉の意味については、従来の批評では十分に明らかにされなかったように思われる。〈横たわる〉ことは、ポーの詩や小説において頻出する重要な身振りであり、本詩においてもこの単語の理解が作品全体の解釈に影響をおよぼす可能性があるにもかかわらず、先行研究においてこの点は未だ十分に考察されてはいない。したがって、本稿は、「大鴉」の最後の二行においてこの言葉が使われることの意味をつぶさに検討する。それによって、喪失の傷を癒すことはいかにして可能かを問いなおす試みである。

創造的な誤読

「大鴉」を読むにあたって補助線としたい挿絵があるので、まずはその説明から始めたい。聖書、神曲、ドン・キホーテ、失楽園など、多くの文学作品のイラストを手掛けた画家ギュスターヴ・ドレ。その生前最後の仕事は「大鴉」の挿絵を描くことだった。画家は本の完成を待たずに五一歳で亡くなったが、一八八三年、遺された二六枚の絵をもとにした木版画は詩の本文とともにロンドンとニューヨークで出版された。[3]なぜここでドレによる挿絵を取り上げるのかと言えば、それが原作の模倣的な視覚化ではなく、ひとつのアダプテーションとして、「大鴉」を読みなおすうえで大事な視点を提供しているよ

うに思われるからである。(4)

とくに見逃せないのは、〈横たわる〉ことをテーマにしている点だ。たとえば、ドレの挿絵では、死者である恋人レノーアが語り手の前に姿を現すのだが、それは仰向けに寝た姿勢によってである（図1）。また、最終連における挿絵では、まるで眠っているか、あるいは死んでいるかのように、血だまりのようにも見える大鴉の影に恋人と同じポーズで倒れている語り手の姿が描かれている（図2）。さ

図１
"Then, upon the velvet sinking, I betook myself to linking
Fancy to fancy."

図２
"And my soul from out that shadow that lies floating on the floor
Shall be lifted — nevermore!"

図3
冒頭のヴィネット――擬人化された大鴉。

らには、本文の冒頭に置かれた楕円形のヴィネットだ（図3）。この絵のデッサンの余白に、画家は次のように書き残している。

> この一枚はテクストの始めに置くのにふさわしいように思う。なぜなら、この詩の全般的な意味を伝えるものだからだ。それは、大鴉というものを擬人化した黒い姿である。（Kaenel 94）

ここで、ドレが「この詩の全般的な意味」とするテーマは、画面上部にギリシャ語で「アナンケ（Ananke）」と記されていることから、その言葉の意味する「（運命の）不可避さ」だとひとまず読みとることができるだろう。しかし同時に目を惹くのは、中央における大鴉の化身が、雲のうえに仰向けに寝た姿勢で描かれていることだ。カラスにはおよそ似つかわしくない姿勢である。ドレがこのヴィネットで自身がテクストから読みとった作品全体の意味を伝えたかったのだとすれば、それは「（運命の）不可避さ」であると同時に、やはり〈横たわる〉ことなのではないだろうか。[5]

「大鴉」の本文には当然、恋人レノーアはもちろん語り手についても、身体的に〈横たわる〉といった描写があるわけではない。にもかかわらず、ドレはあえてこの姿勢を強調して描いているのである。とくに、最終連で語り手が現実に〈横たわる〉ことは重要だ。たしかに原文とは異なるものの、これが大事な問題を提起していることを見過ごしてはならないだろう。[6] 画家がこの姿勢を視覚化した事実は、「大鴉」という作品に潜んでいる問題を、逆に照らし出しているように思われる。

身振りで読む「大鴉」

それでは、ドレの挿絵を頭の片隅に置きつつ、あらためて作品を読んでみたい。その際、語り手および大鴉による身振りの描写にとくに注目する。

ポーの詩「大鴉」は、眠りのジレンマによって幕を開ける。

> 昔むかし、荒涼たる夜中のこと、私はやつれ疲れはて、忘れられた知恵についての珍奇で風変わりな書物をいくつも開いて、思いをめぐらせていたら――
> ついうたたねして、こっくりと、うなずいていたみたいだ、ふと部屋の外から誰かが、ドアをそっと、こつ、こつ、と、叩いている音がひびいてきた。(364)

この第一連においては、本を開いてもの思いに耽りつつ、居眠りしてしまう語り手の様子が見られる。「うたたね (napping)」と、それを妨げるかのような、誰かがドアを「こつ、こつ、と叩いている音

(tapping, rapping)」の押韻は、眠りそうになりつつ、しかし眠らない、というまどろみの状態に語り手が置かれていることを読者に印象付ける。

もっとも、この人物は、とつぜん現れた訪問者がドアを叩くがゆえに眠れないわけではない。第二連で、語り手は恋人レノーアに思いを馳せる。

　ああ、はっきりと覚えている、あれは吹き荒れる一二月のこと、
尽きかけてくすぶった残り火が、床に思い思いの影を描いていた。(365)

「尽きかけてくすぶった残り火（dying ember)」が床に投げかける「影（ghost)」の向こうは、おそらく「死者（ghost)」の世界につながっているだろう。事実、次の二行で亡くなった恋人について語られる。

　夜が明けるのを切に願いつつ、――私は虚しく本を開いたのだった、
喪った悲しみを慰めるため――死んだレノーアへの悲しみを――［……］(365)

悲しみを抱えた語り手は、真夜中であるにもかかわらず、ベッドに横になることもせず、本を開いたまま夜明けが来るのをただじっと待っている。ここで注意したいのは、語り手は〈座った〉姿勢で本を読んでいるにちがいないことである。なにしろポーは、〈座って〉読むことに強いこだわりを持っていた作家なのであり[7]、ここでも当然、語り手は椅子に掛けて本を読んでいると想像される。だが、次の連

では、訪問者を出迎えるため「立ち上がって」（365）ドアを開ける。しかし、そこに誰もいないことを見てとると、その口からは——敷居のうえで立ちすくんだまま、闇に包まれた虚空に向かって——思わず、死んだ恋人の名前「レノーア？」（365）が漏れ出してしまう。

そして、第七連で大鴉が訪れる。ここでも注目は、大鴉がパラス像の上に〈座る〉ことである。

> 鴉は部屋のドアの上方の、パラスの胸像の上にとまった
> とまって、そして座った、それ以上は何もない。（366　強調引用者）

その後、大鴉の侵入をきっかけに死者への思いをさらにふくらませていく語り手もまた、大鴉を模倣するかのように、その心理状況にふさわしい姿勢にふたたび身を落ち着ける。

> そしてベルベットの椅子に身を沈め、それからそれへと紡がれる
> 空想の糸にこころをゆだねた［……］（367　強調引用者）[8]

この第一二連で、語り手はわざわざ椅子を「大鴉と胸像とドアの前」（367）に入念に配置しなおしたうえで、そこに〈座る〉。そうすることで、大鴉との対話に身をゆだねるのだ。そして、「飲めよ、飲め、このありがたいネペンテスを」（368）や、「ギレアデに香油はあるのか？」（368）などのように、神話や旧約聖書における語句を引用しながら、[9] 喪失の傷を癒すことは可能かという疑問を、語り手は延々と

問いつづける。当然、〈座った〉状態のまま、である。

ようやく第一七連で、語り手はおもむろに「立ち上がって」(369)、真夜中の闖入者に部屋を立ち去るように命じる。だが、大鴉はまったく動じる気配がない。そして、詩は以下の第一八連で幕を閉じる。

> だが大鴉は飛びたつことなく、じっと*座っている*、今でもじっと*座っている*、
> 部屋のドアの真うえにおかれた、生気のないパラスの胸像のうえに。
> そのふたつの瞳は、さながら夢をみている悪魔のよう、
> そして灯りは大鴉のうえに降りそそぎ、その影を床に投げている。
> そして私の魂が、床に*横たわって*浮かんでいるその影から、
> 　ふたたび起き上がることは――もう二度とない！(369　強調引用者)

「創作の哲学」で語られなかったこと

この最終連を、ごくありきたりに解釈してみよう。部屋から立ち去ることのない大鴉は、尽きることのない恋人を失った悲しみを象徴しており、語り手はネヴァモアという鳴き声を聴くたびに、死者をふたたび見ることは叶わないと意識せざるをえない。床に落ちた影から魂が二度と浮き上がらないという最後の一行は、その悲哀が決して鎮まることはないことを表している。つまり、語り手はなお生きなが

ら、永遠に恋人の死に思いをめぐらせ続けるのだ――おそらく、これが真っ当な読み方だろう[10]。

だが、画家ドレはこの連において大鴉の影に用いられる「横たわる」の単語を深読みしたのだろうか、空っぽになった椅子を描くとともに、語り手を床に寝かせるのだ（図2）。そうすることで、冒頭で居眠りをしていた語り手が最終的に眠りにつくという読みを提示しているのである。また、そうだとするなら、魂がふたたび影から起き上がることはない、という最後の一行は、眠ったまま目を覚ますことがない、つまり死を意味することになるだろう。語り手は恋人レノーアと同じ姿勢で、眠るか、あるいは死ぬのである[11]。

しかし、そもそも原文ではただ、魂が床に漂っている影から浮き上がることはない、というだけだ。また、この詩は一人称の回想の形式で書かれているが、最後の第一八連だけは現在形が使われている。すなわち、うたたねしている時間と魂が影に囚われる時間のあいだには、大きな空白がある。したがって、語り手が最終的に眠りにつくとすると、この時間のギャップを説明することがむずかしく、どうにも辻褄が合わないのである。

それでは、ドレの提示した読み方がまったくの誤読かと言うと、そうとも言い切れない。現在形で書かれている第一八連には明らかに異質な時間が流れている。大鴉が訪れてからあまり時間が経っていないようでもあり、同時にずいぶん時間が経過しているようでもある。したがって、時間の亀裂を考えることなく、全体を連続する一息の語りとして読むのなら、冒頭ですでにまどろんでいる語り手が最後に床に倒れて眠りにつくとする読みは、たしかに理解できなくはない。それどころか、すでに見たように、この作品において〈座る〉〈立つ〉などの身振りが入念に描きこまれていることを考えると、最終連において語り手が身体的に〈横たわる〉ことは、むしろ当然の結果のようにさえ思える。

実際、作者は「創作の哲学」で、そのように作品をひとつのまとまりとする読み方を強く推奨する。ポーにとって理想的な詩の長さとは、一度椅子に〈座って〉ふたたび立ち上がるまでに読み終える長さである。[12] すなわち、作者が意図したひとつの効果を十全に感じとるためには、読者は最初から最後まで一息に読むことこそが肝心だということだ。ポーが述べるとおり、全体で単一の効果が意図されていると考えると、やはり、冒頭におけるうたたねや丹念に描き込まれた〈座る〉〈立つ〉などの身振りといった「伏線」が、最終盤において実を結ばないというのは考えにくい。

しかしそうであれば、ひるがえって、なぜ作者は第一八連をわざわざ現在形で書こうと思ったのか。ここでの時制の変化はどこか不自然であり、実際、それが語りの時点の曖昧さを露呈させてしまっている。考えられる理由は以下のとおりである。作者は、ひとりの人間が眠りにつく、あるいは死に至るまでの時間をフィクションの中で読者に体験させたい。しかし、一人称の回想の形式を採用した時点で語り手が最後に死ぬことはありえない。単に眠りにつくとすることはできるが、そうすると全体の意味を弱めてしまう。だが、最終連で現在形を導入すれば、語り終えたあとに眠るあるいは死ぬという読みを、少なくとも可能性としては残すことができる。[13]

もう少し「創作の哲学」を参照したい。この散文は、「文学作品は後ろ向きに書かれる」という有名なテーゼで始められる。「大鴉」もまたそのように書いたと作者は仄めかすが、実際に最初に書き出したと述べているのはじつは最後の一八連ではなく、第一六連である。つまりこの連で「大鴉」は一度クライマックスを迎えているのである。この内容を信じるならば、残りの二連はあとで付け加えられたことになる。それでは、この二連はなぜ必要だったのだろうか。

二つの要素が決まって必要である——第一には、ある程度の複雑性、より適切に言うならば脚色が、そして第二には、一定程度の暗示性が——いかに意味がおぼろげなものであろうとも、底流には含みが不可欠なのである。[……]

こういう理由で最後の二連を付け加えて、そこにおける意味の暗示が、先立つ物語全体をおおうようにした。(70)

なるほど、ではそこにおける複雑性や暗示されているものとは一体何なのだろうか。作者はひとつひとつ積みあげていくように「大鴉」を創作した過程を解説してきたが、ここに至ってその精妙さを——たとえ当初から見せかけであったとしても——とつぜん失い始める。

「私の心臓から」というフレーズは、この詩の最初の隠喩表現を含んでいることが分かるだろう。この言葉と、それに対する「二度とない」という応答は、これまで語られてきたことのすべてに何か意味を探し求めたい気にさせる。ここで読者は、大鴉を何か象徴的なものとみなし始める——しかし、それが永遠に終わらない死者への哀惜の念の象徴であるとはっきりと意識させられるのは、最後の連の最後の一行においてである。(70)

まず、第一七連の「私の心臓から（その嘴を抜け！）」（369）という表現は、この詩の最初の隠喩では決してない[14]。さらに言えば、大鴉が死者への哀惜の念を象徴していることなど読者はもっと早くに気が付くはずであり、それは複雑性にも暗示性にもなり得るはずがない。したがって、ここで述べられている言葉をそのまま鵜呑みにするわけにはいかない。しかし終わりの二連における意図について作者は明言を避けたまま、詩の最終連を引用して筆をおいている。

結局、最後の二連で暗示されているものとは何なのか。そこにはやはり、〈横たわる〉ことが関係しているように思われる。しかし、それについて述べる前に、この作家のその他の作品において〈横たわる〉ことがどういった意義を有しているのかを、ここで確認しておきたい。次節では、〈生きながらの埋葬〉と〈美女の死〉という二つのテーマに大別してその意味を概観する。

死の想像的経験

「大鴉」の最終連における「横たわる」の単語の背後に、読者は何を読むべきなのか。この詩のみを単独で読んだ場合、それは他の単語と変わらず、自然と文の中におさまっているかに見える。しかし、視野を作家全体にまで広げると、この一語は他の単語と等価ではありえないだろう。

この視点から真っ先に思い浮かぶのは、〈生きながらの埋葬〉のテーマである。初期の短編「息の喪失」にはじまって、ポーは多くの小説の中でこの題材を用いてきた。〈生きながらの埋葬〉とは、何らかの理由で一時的に意識が停止した人間を、息を引き取ったとかんちがいして生き埋めにしてしまう状況を表すが、これは言うなれば、〈横たわる〉姿勢の類似から起こる、眠りと死のとりちがえである。

実際、「大鴉」の前年に発表された短編「生きながらの埋葬」の、「強硬症」(962)と呼ばれる病気をわずらう語り手は、「目覚めると墓場の住人になっていたら」(963)と考えて、眠ることをまるで死そのもののようにひどく恐れる。この人物は、自分が生き埋めの犠牲になるようなことがないように細心の注意を払って生活しているが、それにもかかわらず、ある時ふと目覚めると、墓のような場所に自分が寝ていることに気が付く。とうとう生き埋めにされたかと思って震えあがるのだが、しかし、じつは前日、狩猟に出かけた帰りに嵐に見舞われ、川辺に停泊していた小型の帆船の真っ暗な船室で眠ってしまったことを忘れていただけなのであった。

こうして要約すると、なんとも間が抜けたエピソードに聴こえてしまうかもしれないが、この小説でもっとも大事な読みどころとなるのは、その後にこの人物の内に生じてくる心的変化である。


だが、そのとき私が味わったのは、本当に墓に埋められたのとまったく同じくらいの苦痛であった。それは想像もできないくらい恐ろしい、ぞっとするような体験だった。しかし、災い転じて、結果、良い方へ向くこともある。あまりにもひどい苦痛だったので、私の心の内に、必然的にその反動が起こったのだ。私の魂は調子を回復し、冷静さを取り戻した。遠出をしたり、精力的に体を動かすようになった。天上の自由な空気を吸い、死とは別のことを考えるようになった［……］。早い話が、私は生まれ変わって、人間らしい生活を送るようになったのだ。その忘れられない夜から、死にまつわる不安は完全に解消され、それと同時に強硬症の発作も無くなった［……］。(969)

なぜ、語り手は「死にまつわる不安」から解放されたのだろう。死とは本来的に一回性の出来事であって、誰しも自分自身の死については経験しえない。その意味で生と死の間には深い溝があり、死の不可知さが恐怖や不安の源泉となる。しかしながら、〈生きながらの埋葬〉は、生と死の中間に仮死というカテゴリーを作り出す。仮死体験をすることは、本来は体験し得ないはずの自分自身の死のリハーサルという意味合いがある。それを経験した語り手は一回性の死の価値を相対化し、その恐怖を解消することができたのだと考えられる。言い換えれば、この出来事は「生と死の境目など、しょせん影のようにぼんやりとしたものにすぎない」（955）と語り手が認識するための契機だったのである。

同様の側面は、「アッシャー家の崩壊」にも見られる。[15] 物語の終盤、〈生きながらの埋葬〉の犠牲となったマデラインが自らの二本の足で立ち上がり、ロデリックのいる部屋まで階段を上がってくる。そして、マデラインはついに兄に襲いかかる。注目したいのは、妹とともに床に倒れて命を落とす瞬間、ロデリックが「あらかじめ予想した通りの恐怖の犠牲になった」（417）という一節が添えられていることである。すなわち、ロデリックは体験したことがないはずの自らの死の恐怖をあらかじめ知り得ていることになる。どのようにしてロデリックは自身の死について知りえたのだろう。それはおそらく、まだ息のあった妹を自らの手で葬った経験に起因している。すなわち、分身のような存在である双子の妹を生きたまま葬ったことで、ロデリック自身も仮死を体験したということだろう。このように、〈生きながらの埋葬〉の意味は両義的であり、一方で激しい恐怖を喚起しながらも、それがしばしば死にまつわる負の感情からの解放をもたらしている。

次に〈美女の死〉を題材とする作品を見ていきたい。このテーマにおいても〈横たわる〉ことは同様に大きな意味を持つものの、〈生きながらの埋葬〉の場合とは多少ニュアンスが異なっている。前述したように、〈生きながらの埋葬〉では姿勢の共有によって眠りと死が混同されていたが、一方、〈美女の死〉の場合には愛と死が結び付けられるのである。[16] そうした特質は、一連の恐怖小説よりも、晩年の詩において容易に見て取れる。

もっとも明瞭なのは、やはり、死後に発表された詩「アナベル・リー」である。「大鴉」と同じく、この作品は恋人アナベル・リーを亡くした悲哀が基調となっているものの、最後の二連ではそれ以前と明らかにトーンが変化している。[17]「だが（But）」（479）という逆接の接続詞で始まる第五連では、死別によっても引き裂かれることのない恋人との魂の結びつきが強調される。そして最終連の最後の四行で、語り手は恋人の墓に赴くことになるが、そこに読むことができるのは必ずしも恋人との永遠の別れに対する嘆きや悲しみばかりではないだろう。

　だから夜ごとに、愛するひとの傍に横たわるのだ
　ああ、愛しいひと、私の生命で、花嫁であるひと
　　彼女は海辺の墓所の中にいる――
　浜辺の傍の、彼女の墓の中に（479　強調引用者）

語り手は夜ごと、墓場で死者の傍に「横たわる」。これは第一には、アナベル・リーのいない世界に絶

望し、自らも死を求めることを意味するだろう。しかし同時に、詩の冒頭で「乙女（maiden）」（477）と呼ばれていたはずの女性が、ここで「花嫁（bride）」へと変わることも、見落としてはならない細部である。つまり語り手は墓場で死者の亡骸と寝る——自ら想像的に死を体験する——ことによって、現実には不可能な亡き恋人との交渉を果たしていることになる。語り手は屍体とともに〈横たわる〉という恐ろしい体験によって想像的に死者と一体化し、喪失の傷を癒しているのである。[18]

続いて、同じく晩年の詩である「アニーのために」を取り上げたい。この詩は厳密には〈美女の死〉をテーマとする作品ではないものの、死と女性への愛が不可分に結びついている点では共通している。この詩が描いているのは、端的に言えば、生と死という二つの世界のちょうど境目にいる人の声である。最後から二番目の連を引用する。

いま私は、とても安らかに横たわっている
　自分自身のベッドで
（アニーに愛されていると知りつつ）
だから、死んでいるように見えるだろう——
いま私は、とても満ち足りた気持ちで休んでいる
　自分自身のベッドで
（アニーの愛を胸に抱きつつ）
だから、死んでいるように見えるだろう——

私を見ると、人はぞっとして震える
なぜなら、死んでいると思うから――（459　強調引用者）

ここでは、「横たわっている」という姿勢が、端からは「死んでいるように見え（you fancy me dead）」ながら、しかし意識は存在しているという仮死状態を作り出している。あるいは、「陰鬱な部屋」の「狭いベッド」に「ひとつの筋肉さえ動かない」まま寝ているというところから（456-57）、この詩の語り手が置かれた状況は〈生きながらの埋葬〉を連想させもするが、興味深いのは、そのような状況下において、奇妙にも語り手の感情は平静として安らいでいることである。語り手は死の苦痛を味わったあげく、仮死状態における意識の残滓の中で、生者が感じるあらゆる不安や恐怖から解放されて、アニーの愛撫に恍惚としながら彼女の胸で眠りに就こうとしている。

以上のように、〈横たわる〉ことは眠りと愛という生者の営みを死の風土と結びつけつつ、生と死の境に仮死という領域を生み出している。仮死体験の意味は常に両義的であり、死に等しい恐怖や苦痛をともないながらも、同時に何らかの救いや癒しの感覚がもたらされている。

否定される大鴉

さて、「大鴉」に戻りたい。「創作の哲学」で語られていた、作者が最後の二連に仕掛けたという複雑さや暗示とは一体何だったのだろうか。多くの批評家たちは、作者が明かしている自作の制作過程をアイロニカルに読むべきだと主張し、このような疑問を真剣に捉えない傾向にある。しかしながら、これまで述べてきた内容を踏まえてこの作品の最後の二連を読みなおすと、第一七連における以下の一節が重大な意味を帯びて見えてくる。

　嵐のただ中へ、そして闇夜の冥府の岸辺へ帰るがよい！
　おまえの魂がついた嘘の証となる、黒い羽を残さずに！（369　強調引用者）

悲痛に耐えかねた語り手が、ついに大鴉に部屋から立ち去るよう命じるセリフである。ここに至るまで、語り手は大鴉に、喪失の傷は癒せるのか、死後に恋人との再会は果たせるのか、などと延々と問いかけ、その都度、不条理に否定されてきた。しかし、語り手はここで、大鴉が一貫して返してきた否定の言葉を拒絶し、「おまえの魂がついた嘘」という。大鴉が呪文のように唱えてきたネヴァモアという否定語を、真っ向から否定するのである。否定語を否定する――このような捉え方で論じられたことはこれまでなかったように思われるが、これは最後の二連における重要な変化だろう。

しかも否定は、「嘘（lie）」という言葉によってなされている。ここですぐさま考えられるのは、第一八連の終わりの二行に使われている「横たわる」と、ここでの「嘘」が呼応している可能性である。[19]「創作の哲学」において、作者自身、この詩を最初から終わりまで計算し尽くして書き、「どんな部分も、偶然や直感に頼ることは一切ない」（61）と豪語している。また前述したように、最後の二連について「いかに意味がおぼろげなものであろうとも」（70）暗示が不可欠であると述べていたことも忘れてはならない。作者の言葉を真に受ける必要はないが、この詩の場合は、やはりこうした細部の対応も偶然に帰せず、意図を読み取るべきではないだろうか。

当然、これらの単語が綴りや音を共有しているという理由のみによって呼応すると主張するわけではない。それでは、意味のレベルではどのように絡み合うのだろう。大鴉が唯一発するネヴァモアという言葉は、そもそも鳥の鳴き声にすぎない。語り手自身、最初はそう認識していたにもかかわらず、次第にそこに意味を読み込みはじめ、徐々に幻想にとらわれていったのだった。しかし、「嘘」という言葉で大鴉を否定した語り手は、その錯覚に気が付いて空虚な鳴き声にすぎなかったと思考を後戻りさせているわけではない。「嘘」という言葉はむしろ、夢想へのさらなる没入を示唆している。前節で述べたとおり、〈横たわる〉ことは生と死のあいだに仮死という領域を作り出していた。仮死体験は、本来は知りえないはずの自分自身の死について知る手段となり、また、死者との不可能な再会を仮想的に可能にしていたのである。そう考えると、この作品においても語り手は、大鴉の言葉に読み込んだ死の一回性や不可逆性といった価値を否定し、〈嘘〉によって生死の間を架橋しようとするのかもしれない。

以上のように考えるとき、「大鴉」の最終連は従来とはちがった相貌を帯びてくる。ここでもう一度、最後の二行を引用したい。

> そして私の魂が、床に**横たわって**浮かんでいるその影から、
> ふたたび起き上がることは——もう二度とない！（369　強調引用者）

第二連で示唆されているように、床に漂っている影の奥には死者の世界が広がっている。あるいは、「生きながらの埋葬」における一節――生と死の境目など、しょせん影のようなものにすぎない――を想起しても、やはり「影」は生死の境界である。そこに魂だけを浸すという行為は、したがって、死を想像的に経験するということに等しい。魂だけが影の中に〈横たわる〉ことによって、仮想的に死者と一体化する。もはやその経験なくしてはいられないのである。

空想によって現実における喪失に対抗する姿勢は、作者の人生そのものとも重なるかもしれない。しばしば言われるように、幼いころに経験した母の死はポーの作品に影を落としているが、それは「大鴉」にも当てはまるだろう。「昔むかし」の「一二月」を回想するという、この詩のおとぎ話を思わせる設定には、遠い記憶の中にある、母親を亡くした「幼年時代」の「一二月」を追想するという思いがおそらく込められているのだ。[20] やはりポーは、幼年期における喪失の傷に対処するためにこそ空想世界を生み出し、それをやがて芸術へと発展させた作家なのだろう。その空想の営みにおいてこそ、詩人は癒しえない傷を癒すのである。[21]

注

（1）たとえば、バーバラ・ジョンソンは「この詩は喪失のトラウマを、癒すことのないまま封じ込めた」(Johnson 99) と述べる。より近年の例で言えば、ジェローム・マッギャンは「大鴉」は「私たちがはまり込む情動の暗闇に対して、痛みを和らげることもなく、抵抗する余地も与えなければ、癒したり、浄化したりするようなことはもっとない」（McGann 136）とする。その他、「大鴉」の批評史についてはエリザ・リチャーズによる論文を、それからテクストの細部に関する情報に関してはケヴィン・J・ヘイズ、ジェームズ・M・ハッチソンによる注釈を参照（Richards 200-01; Hayes 374-84; Hutchisson 60-64）。

（2）ポーの作品からの引用については、トマス・オリーヴ・マボット編集のテクストを使用する。ただし、「創作の哲学」については、スチュアート・レヴァインとスーザン・レヴァインによる編集のテクストを使用した。翻訳はすべて筆者自身の手によるものだが、「大鴉」については阿部保訳『ポー詩集』（新潮文庫、一九五六年）を、「創作の哲学」については八木敏雄訳『ポー評論集』（岩波文庫、二〇〇九年）をそれぞれ参考にした。なお、以下では、ポーの作品からの引用はすべて、括弧の中にページ数のみを記載する形をとる。

（3）ドレの挿絵に関する基本的な情報については、『オクスフォード・ハンドブック』に収められたバーバラ・カンタルーポのエッセイを参照（Cantalupo, "Poe's Visual Legacy" 684）。図1〜3はニューヨーク版の *The Raven* (Harper and Brothers, 1884) から作成したものである。

（4）アダプテーションの定義については、岩田ほか編『アダプテーションとは何か——文学／映画批評の理論と実践』を参照。武田悠一は、「アダプテーションは、原作のコピーではありません。それは、原作の創造的な翻訳＝解釈であり、原作に『死後の生』を与え、そこに潜在していながらこれまで気づかれることのなかった〈未来〉を顕在化させるのです」（武田 八）と述べている。

（5）ドレは、ポーの原文ではなく、ボードレールもしくはマラルメのフランス語訳を読んだ可能性があるが、いずれの翻訳でも英語の "lie" に対応する単語として "gésir" が使われており、「横たわる」という意味に変わりはない。

（6）原文に忠実ではないためか、ドレによる挿絵はこれまで学問的な考察の対象とはあまりみなされず、いくつかのエッセーや論文を除くと、研究書の一部でごく簡単に触れられている程度である。主要な先行研究として、ラフカディオ・ハーンによる先駆的なエッセイ、セゴレーヌ・ルマンによる論文がある（Hearn 85-89; Le Men 4-21）。そのほかに、ドレの研究書で「大鴉」に関して記述されている箇所を参照した（Kaenel 93-94, 260; Zafran

105-07)。

（7）ポーは後述する「創作の哲学」のほか、ホーソーンの『トワイス・トールド・テールズ』の書評においても、「一度座って、立つまでのあいだに（at one sitting）」読み終えられる長さが文学作品として理想であるという考えを表明している（*Essays and Reviews* 571-72）。また、短編小説を瞥見しても、たとえば「ベレニス」で図書室に座る語り手や、「群集の人」の冒頭で新聞をひざにのせたままカフェに座っている語り手、「アッシャー家の崩壊」の終盤で椅子に座って本を読み聴かせられるロデリックなど、やはり〈読む〉ことと〈座る〉ことはこの作家の文学的感性において密接に結びついている。

（8）ドレの挿絵で、レノーアが床に寝た姿勢で語り手の前に姿を現す絵（図1）は、この二行に対応して描かれたものである。この一節における〈座る〉身振りに注目したのだろう、ドレは〈座る〉語り手と〈横たわる〉レノーアを対照している。

（9）ネペンテスとは、ホメロス『オデュッセイア』にも登場し、古代のギリシア人が、悲しみや苦痛を忘れさせると信じていた薬である。ギレアデの香油も癒しの効果をもち、旧約聖書のエレミヤ書に典拠がある。ハッチソンによる注釈を参照（Hutchisson 60）。これらの引喩は、〈癒し〉がこの詩の主題であることを示している。

（10）批評家たちのあいだでも未だこのような読み方が大半である。試みに、ベンジャミン・F・フィッシャーによるポーの概説書を開くと、最終連について、語り手が「大鴉の影の中で沈黙してじっと座ったままでいることが表しているように、彼の人生から光は消え、感情の暗闇に投げ込まれた」（Fisher 45）と解釈されている。

（11）ドレは詩の最後の一文をただ視覚的に表現しただけで、語り手は眠るのでも死ぬのでもなく、ただ大鴉の影の中に〈横たわる〉のだという見方もあるかもしれない。しかし実は、この最終連の絵のあとに、さらにもう一枚、冥府の岸辺で死者の眠る棺のそばに佇む語り手が描かれたヴィネットが存在する。これは夢の中か、あるいは死後の世界としか考えられないので、やはりドレは、語り手は眠るか、あるいは死ぬと解釈したにちがいない。本稿で詳述することはできないが、最後の一枚のヴィネットに登場するスフィンクスはドレの《エニグマ》を彷彿とさせ、その意味についてはさらなる考察の余地がある。「大鴉」の挿絵と《エニグマ》の関係については、カエネルの文献を参照（Kaenel 94; 170-72）。

（12）リーランド・S・パーソンによる論文は「大鴉」と「創作の哲学」の鏡像的関係について論じているが（Person 1-15）、興味深いことに、椅子に〈座って〉目の前の手紙や書物などを〈読む〉という行為は両作品において反復されている。

（13）ポーの作品には、実際、死の間際に書かれたという体裁の小説や詩がいくつも存在する。「黒猫」や「瓶の中の手記」、あるいは「ライジーア」の挿入詩、などである。

（14）たとえば、第二連の床に落ちた「影（ghost）」は「死者」の隠喩であり、また、ネヴァモアという言葉の「反復（burden）」（367）は心の「重荷（burden）」の隠喩である。ほかにも隠喩と思しき表現は第一七連よりも前にいくつも存在する。

（15）紙幅の関係上、詳述はできないが、「アッシャー家の崩壊」には〈横たわる〉ことの詩学が凝縮されている。たとえば、ロデリック・アッシャーは最初の登場場面で「それまで体を長々と伸ばして横たわっていたソファから身を起こして」（401）語り手に挨拶する。また、ロデリックの描いた絵画を目にした語り手はそのタッチをヘンリー・フュースリに喩えるが（405）、しばしば指摘されてきたように、この場面で作者が頭に描いていたのはおそらくフュースリの代表作《悪夢》だ。《悪夢》はまさしく、〈横たわる〉女性を描いた絵なのである。「アッシャー家の崩壊」と《悪夢》の関係についてはカンタルーポの著書を参照（Cantalupo, *Poe and the Visual Arts* 50-53）。

（16）これまで多くの論者が指摘してきたように、ポーの文学において性愛と死は切り離すことができない。たとえば、渋澤龍彦のエッセー「優雅な屍体について」を参照（渋澤　八二－九三）。

（17）伊藤詔子も、第五連に「リズムとスタイルの転調」を見出し、「彼女（her）」と「私（me）」の分離がここに到って「私たち（us）」に融合し、「死を経て愛は初めて観念的なものからむしろリアルなものに成熟してゆく」と指摘している（伊藤　八二）。

（18）「大鴉」は癒しが不在だとされる一方、「アナベル・リー」に癒しや慰めを読みとる論者は多い。たとえば、フィリップ・エドワード・フィリップスの小論を参照（Phillips 80）。

(19)「横たわる」と「噓をつく」を重ねる手法はシェイクスピアの時代からすでに用いられていたが、この詩の場合は、その結びつき方が独特であり、その意味の連関を読みとるのは必ずしも容易ではない。

(20) 一二月という設定がポーの母親エリザベスが亡くなった月を示唆するという読みは、ハッチソンの註釈による（Hutchisson 60）。

(21) フロイト「詩人と空想すること」を参照（フロイト 八一–八九）。フロイトは、詩作の営みを子供の遊びに類するものとし、現実において不可能な事柄を虚構に仮託して願望充足を得ることにその本質があるとしている。余談であるが、「詩人と空想すること」における詩的創造に関するフロイトの説と、「創作の哲学」において見られるポーの詩作に対する態度を比較すると、その考え方が一部重なっていて興味深い。両者とも、詩人の営みを「演劇（play）」になぞらえ、現実であれば到底楽しめるはずのない題材でさえ空想活動の中においては喜びや興奮の源泉となる、と考える点で共通する。

引用文献

Cantalupo, Barbara. *Poe and the Visual Arts*. The Pennsylvania State UP, 2014.

——. "Poe's Visual Legacy." *The Oxford Handbook of Edgar Allan Poe*, edited by J. Gerald Kennedy and Scott Peeples, Oxford UP, 2019, pp. 676-99.

Fisher, Benjamin F. *The Cambridge Introduction to Edgar Allan Poe*. Cambridge UP, 2008.

Hayes, Kevin J., editor. *The Annotated Poe*. The Belknap P of Harvard UP, 2015.

Hearn, Lafcadio. "The Raven." *Edgar Allan Poe Scrapbook*, edited by Peter Haining, New English Library, 1977, pp. 85-89.

Hutchisson, James M., editor. *Edgar Allan Poe: Selected Poetry and Tales*. Broadview Editions, 2012.

Johnson, Barbara. *A World of Difference*. The Johns Hopkins UP, 1987.

Kaenel, Phillippe. *Doré: Master of Imagination*. Fllamarion, 2014.

Le Men, Ségolène. "Manet et Doré: L'Illustration du Corbeau de Poe," *Nouvelles de l'estampe*, no. 78, 1984, pp. 4-21.

McGann, Jerome. *The Poet Edgar Allan Poe: Alien Angel*. Harvard UP, 2014.

Person, Leland S. "Poe's Composition of Philosophy: Reading and Writing 'The Raven.'" *Arizona Quarterly* 46, 1990, pp. 1-15.

Phillips, Phillip Edward. "Teaching Poe's 'The Raven' and 'Annabel Lee' as Elegies." *Approaches to Teaching Poe's Prose and Poetry*, edited by Jeffrey Andrew Weinstock and Tony Magistrale, MLA of America, 2008.

Poe, Edgar Allan. "Annabel Lee." *Complete Poems*, edited by Thomas Ollive Mabbott, U of Illinois P, 2000, pp. 468-81.

——. *Essays and Reviews*. Edited by G. R. Thompson, Library of America, 1984.

——. "For Annie." *Complete Poems*, edited by Thomas Ollive Mabbott, U of Illinois P, 2000, pp. 452-61.

——. "Philosophy of Composition." *Critical Theory: The Major Documents*, edited by Stuart Levine and Susan F. Levine, U of Illinois P, 2009, pp. 55-76.

——. "The Fall of the House of Usher." *Tales & Sketches Volume 1: 1831-1842*, edited by Thomas Ollive Mabbott, U of Illinois P, 2000, pp. 392-422.

——. "The Premature Burial." *Tales & Sketches Volume 2: 1843-1849*, edited by Thomas Ollive Mabbott, U of Illinois P, 2000, pp. 953-72.

——. "The Raven." *Complete Poems*, edited by Thomas Ollive Mabbott, U of Illinois P, 2000, pp. 350-74.

——. *The Raven*. Illustrated by Gustave Doré, Harper and Brothers, 1884.

Richards, Eliza. "Poe's Lyrical Media: The Raven's Return." *Poe and the Remapping of Antebellum Print Culture*, edited by J. Gerald Kennedy and Jerome McGann, Louisiana State UP, 2012, pp. 200-24.

Zafran, Eric, et al., editors. *Fantasy and Faith: The Art of Gustave Doré*. Yale UP, 2007.

伊藤詔子『アルンハイムへの道』（桐原書店、一九八六年）

渋澤龍彦「優雅な屍体について」、『エロスの解剖』（河出文庫、二〇一七年）八二–九三頁。

武田悠一「アダプテーション批評に向けて」、『アダプテーションとは何か――文学／映画批評の理論と実践』、岩田和男・武田美保子・武田悠一編（世織書房、二〇一七年）三–二二頁。

フロイト、ジークムント「詩人と空想すること」、『フロイト著作集3』、高橋義孝訳（人文書院、一九六九年）八一–八九頁。

名探偵の卵
――トマス・ピンチョン『ＬＡヴァイス』について

玉井潤野

はじめに

『競売ナンバー四九の叫び』と『ヴァインランド』に続き、またしても六〇―七〇年代のカリフォルニアを描くトマス・ピンチョンの『ＬＡヴァイス』には、懐かしい固ゆで卵(ハードボイルド)の匂いが漂う[1]。私立探偵ドクを訪ねた彼の昔の恋人シャスタは、建設業界の大物ミッキー・ウルフマンと不倫関係にあり陰謀に巻きこまれている。探偵小説の下位区分としてのハードボイルドは極めて男性的なジャンルであり、「銃弾と精液の発射のもたらすカタルシス」（野崎　五二一）によって男性の自己愛を慰撫する性具に堕することもある。『逆光』でピンチョンは、真に自由な共同体では「何が一番良いことなのかは俺たちが知ってる」（*Against the Day* 934）という幻想を男たちが捨てねばならないとある登場人物に語らせていたが、だとすれば、探偵ドクが男根と弾丸のカタルシスから遠いことも想像がつく。

以下に続く『LAヴァイス』の読解は、男たちの冒険の傍らの女性たちとその影響に注目する。探偵だというのに早々に殺人事件の現場で昏倒した状態で発見され署まで連行されたドクは友人の弁護士ソンチョに電話するが、弁護士は弁護士で、ちょうど観ていたドナルド・ダックのアニメに興奮してそれどころではない。海を漂流するうちに、この世界一有名なアヒル（オス）には無精ひげが生えていた。

「ドナルド・ダックなら、いつも同じイメージを持ってるだろ？　日常生活もいつも見た目はあんな感じだろうって思ってるだろ。だけど実は、あいつ毎日くちばしのひげを剃ってたんだ。僕が思うに、これはデイジーにちがいない。てことはさ、ほら、あのメスがあいつに、その他どんな身だしなみ（grooming）を命じているのかってことさ、だろ？」（*Inherent Vice* 28　強調原文。以降、本作からの引用は括弧内にページ数のみ記す）

アヒルのカップルの間でのことなので“grooming”は「毛づくろい」でもよいが、要点は、それ自体で完成されているかに見える男性のイメージの影にある女性の働きかけと、それが失われることで生じる変化である。

無精ひげのように微細なものに注目することが私たちの読解方針となる。『ヴァインランド』において、生き別れの母を探す旅に出た少女の不安が「THOあるいは十代青少年毛髪強迫症（ティーン・ヘアー・オブセッション）」（*Vineland* 98）

として彼女を襲うように、肉体の表面を覆う毛はピンチョン文学において時に、その人物の心理や存在そのものの換喩である。シャスタと再会し、ウルフマンの危険性について叔母のリートから警告された夜にドクが最後にやったことといえば、以前は彼の秘書だった女性ソルティレージの「髪型を変えれば人生も変わる」(12)という忠告に従うことだった。ドクの前に「彼の記憶よりもだいぶ短く」(1)なった髪で現れたシャスタは最早かつてのシャスタではなく、そして彼女の変化がすでに暗示するように、ハメットやチャンドラー風の匂いを漂わせてはじまりはしても、『LAヴァイス』がハードボイルドとは似て非なるものであることを示すことが本稿の目論見である。

それ自体がまとうハードボイルド的な意匠に対する違和感という観点から『LAヴァイス』を読むという本稿の試み自体は目新しいものではない。例えば、チャンドラー『長いお別れ』や、コーエン兄弟監督の映画『ビッグ・リボウスキ』等と比較して、『LAヴァイス』のドクの奮闘を資本主義への抵抗として読み解くような研究も存在する(Carswell 123)。こうした読解は有意義なものだが、『LAヴァイス』がハードボイルドというジャンルへの批判を内在させているのなら、ピンチョンとも類似が指摘されるル(のパロディ)にこだわる必要はない。以下では特に、作風の点でピンチョンとも類似が指摘されるフィリップ・K・ディック、およびピンチョン自身が序文を寄せたジョージ・オーウェル『一九八四年』を一瞥する。他方でこれもまたすでに指摘されているように、『LAヴァイス』と目下ピンチョンの最新作である『ブリーディング・エッジ』は、ハードボイルド風の展開等を含め互いによく似ている。重要な差異は、後者において探偵が女性として設定されているということであり、この点からしても『LAヴァイス』を男性的な価値観の批判として読むという読解の方針は妥当なものと言える。とはいえ、やはりこの観点から『ＬＡヴァイス』を読んだ先行研究はドクとシャスタの関係を重視しており、それ以外の女性人物の重要性はいまだ明らかではない（Backman 21-27）。事件に対するドクの関与は当初シャスタの要請によるものではあったが、彼は最終的には赤の他人であるハーリンゲン一家を守るために行動する。それは、『ＬＡヴァイス』の真の主題が、孤独な男女間の恋愛というよりも、より広い他者との共生関係であることを暗示しており、本稿は特に「家族」に焦点をあててこのことを明らかにする。

男には向かない職業

ピンチョン文学の登場人物たちはしばしば探偵的な役割を強いられる。しかし、彼らは謎を雲散霧消させるのではなく、その不透明な霧の中で生きることを運命づけられている。ピンチョンを語るうえで誰もが口にするパラノイア的な想像力とは、想像もつかないほど巨大で、ややもすると冗談かフィクションにしか聞こえないような謎のメカニズムがこの世界と人々の運命を暗く染め上げているのではないかという不安である。そして、巽孝之が指摘するように、ケネディは暗殺されニクソンは盗聴に手を染めまでした時代から出発したのがピンチョンという作家である以上、彼の荒唐無稽な作風は決して現実離れしているわけではない。巽は同時に、『逆光』の殺し屋デュース・キンドレッドから、フィリップ・Ｋ・ディック（Ｋは「キンドレッド」）へのピンチョンのオマージュを読み取っている（巽 一九七―九八）。まずはディックの作品を比較対象として、謎や陰謀と戦いはするが、快刀乱麻それらを断ち切ることのできない不能の探偵たちが住まう世界について概説しておこう。

奇しくも『ＬＡヴァイス』が描く一九七〇年頃に書かれその後推敲されたディックの『流れよわが涙、と警官は言った』では、全国的な有名人でありながら突然、友人知人を含め誰一人彼を知らない世界で目覚めた男タヴァナーを三人称で描く物語は途中から、彼を怪しむ警察署長バックマンに適宜視点を切りかえ、バックマンと近親相姦的な愛憎で結ばれる妹（あるいは妻）のアリスも登場する。一体何を考えているのかバックマンにも読者にもつかみきれないこのアリスが鍵となる。何故か唯一タヴァナーを知っているアリスが兄の思惑も無視してタヴァナーに接触すると事態は急転直下に収束し、実はアリスこそ、世界を自らの妄想のまま作り替える薬物を飲んでタヴァナー（とバックマンその他の人々）を彼女の世界に引きこんでいたことが明らかになる。アリスの急死によりあっけなく男たちは元の世界に復帰するが、作品全体はディック特有の言いようのない不安定さに満ちている。

『流れよわが涙、と警官は言った』に現れている性差と謎の関係は、ハードボイルド探偵小説（のパロディ）として『ＬＡヴァイス』を読むうえで示唆に富む。バックマンとタヴァナーを結びつける謎――世界中のデータベースにタヴァナーの記録が存在しない――の中、追う者と追われる者として騙しあいを演ずるとはいえ、彼らは二人とも事態の進展に対しなす術がなく、語り手は二人の男たちの煩悶や困惑を描くばかりで、彼らをその不条理に直面させたアリスは彼らから見た外面的な姿しか描かれない。しかしすでに見たあらすじからも明らかなように、アリスの内面こそが二人の男を翻弄する謎の核心であり、あたかも彼らを模倣するかのように、語り手もまた彼女の内面に踏み込むことができない。彼らに対する女性アリスの一方的な優位に比べると、バックマンとタヴァナーの違いはほとんど意味をなさない。

比較的よく知られたことだが、自らの犯行を隠すため知恵を絞る犯人と、それを見抜き暴露する探偵は、ほとんど見分けがつかないほど似ていなければならない。シャーロック・ホームズの宿敵モリアーティ教授は「ホームズの分身、名探偵が姿を映し出す鏡」である（バイヤール 一四二）。探偵が知性ではなく己の肉体と豪胆さで陰謀と対決するハードボイルドでも探偵＝犯人の二重性は変わらない。ヘーゲル哲学における主人と奴隷の弁証法を論じたアレクサンドル・コジェーヴが強調するように、動物を超えた人間としての自己意識は、自らの死の可能性を知り、死を恐れず他者と対決することによって確立される（コジェーヴ 四一－四二）。ところが、人間としての尊厳をかけて対決した結果として、死を恐れ屈服した者が奴隷に、死を恐れなかった側が主人になるとしても、主人は自らを主人とする奴隷を生かしておかねばならず、そして、本当に死を恐れていないことを証明するには、自ら死なねばならない。死をも恐れぬ勇気が、いかにも男性的な理想であることは言うまでもない。それは、男性が自らの男性としての真価を証明することが究極的には不可能であることを意味する。己の死という絶対の限界を超えられない点で主人と奴隷の差は根底では流動的であり、両者は交換可能なものとなる。『流れよわが涙、と警官は言った』では、謎の事態を創出し自らの死によってそれを解消するアリスだけが犯人かつ探偵であり、潜在的には交換可能な二人の男は等しく彼女に翻弄されるにすぎない。

ハードボイルドの場合、男性の欲望の特権的対象である女性を獲得することが、探偵が男性的英雄として自己を確立するための条件となる。危険な状況から救い出した女性が探偵と結ばれるというささか通俗的な展開もありうるが、ハードボイルド小説がそれ自体を拘束する男性的美学を批判するとき、女性という謎を前にむなしく足掻く男（たち）という構図が出現する。諏訪部浩一が示したように、このジャンルでの典型的な女性像は、性的魅力や金銭で男たちを誘惑する「ファム・ファタール」と、無償の愛という膝の上に男を抱きよせる「母」である（諏訪部 三一九-二二）。「ファム・ファタール」は「娼婦」と呼び変えてもよい。「娼婦」は金次第で男の欲望を満たすが、金がありさえすればどんな男にも肉体を任せる市場の女であり、他方で家庭の女たる「母」は息子にあたる男を唯一無二の存在として愛するが、その愛は男の側の選択によるものではない。他の誰とも交換不能な「私」が自らの意志で一人の他者を選び、愛し愛される自由かつ平等な関係を築くという、ちょうど婚姻に似た理想に照らして、「娼婦」と「母」はいずれも不適格である。それは、この二者を弁証法的に総合する――「妻」を娶る――ことの困難を意味する。庇護者たる「母」のもとを離れ一人前の男として振舞おうとすれば「娼婦」の取引相手の一人にすぎない存在へと卑小化され、「娼婦」の誘惑を退けて「母」の待つ家庭に逃げ込んだところで、自らの意志では出られない避難所は牢獄と大差ない。金で買ったに過ぎない相手を運命の恋人と誤認するか、乳離れに失敗しておきながら自分が父親になったと錯覚するか、同じ幻想の両面であるこれらを退けて孤独の痛みに貫かれるか――ハードボイルドな探偵という職業は、男には向かない。

『ＬＡヴァイス』のドクは禁欲的に幻想を退けるわけではないが、かといって男としての自己愛に浸ることもできない。調査のためいかがわしい風俗店に向かったドクはあっさりと気絶させられ、目覚めてみればウルフマンの護衛だった白人男性グレンが死んでいて、ドク自身が容疑者として連行される。この展開だけでも犯人＝探偵の二重性は暗示されているが、ここでは、やはりウルフマンの護衛の一人で、のちにドクに情報を提供する男ボリスとの会話に注目しよう。その日はピコ・リヴェラにいる婚約者ドーネットに会いに行っていたので現場にはいなかったと前置きしながらも、ボリスはグレン殺害の経緯を見てきたように語る。


「おっと、あんたまるで、ピコ・リヴェラにいたんじゃなくあの現場にいたみたいに聞こえるぜ」

「わかった、わかった。ドーネットが気に入ってるあの紫のやつ、あれを取りにちょっとだけ寄ったんだよ。ほら、バ、ス、タ、ブ、に、入、れ、る、と、バ、ブ、ル、が、出、る、あ、れ、だ（you pour it in the bathtub, it makes bubbles）」

「バ、ブ、ル、バ、ス、だ、ろ（Babble bath）」

「それだ。で、ちょうど真っ最中ってところに立ち寄っちまったんだ。いや、待てよあんた――あんたもあそこにその間ずっといたって言ってたよな、意識を失ってたんだか何だか、じゃあなんで俺あんたを見なかったんだ？」

「ほんとは俺がピコ・リヴェラに行ってたかもしれないぜ」

「俺の婚約者にちょっかいだしてなきゃなんでもいいけど」二人は訳が分からなくなり座ったまま顔を見合わせた。（152　強調引用者）

事件の真相を追うドクに協力するボリスは探偵の側に近いが、情報を提供しうるということは彼が事件現場にいあわせたことを意味してしまい、探偵と犯人の区別はやはり不安定になる。ドクに「バブルバス」という答えを与えられる以前にほとんどその言葉をボリス自身が言ってしまっているところにも現れているように、彼らはほとんど互いの分身であり、両者の差異は、婚約者の女性ドーネットとの関係性にある。以下、ドクと女性との関係を軸にさらに分析をすすめていく。

相談相手の恩寵と悔恨

『LAヴァイス』は、ピンチョンが男性探偵の限界を見極めるための試みである。実際ドクの周囲には、彼よりもはるかに探偵としての資質に恵まれているように見える二人の女性が存在する。すなわち、かつてはドクの事務所で働いていたが、恋人であるヴェトナム帰還兵のスパイクのため仕事を辞めたソルティレージと、ドクの母方の叔母リートがそれにあたる。ソルティレージは「見えない力と交感し感情的であれ身体的であれあらゆる類の問題を解決できた」(11)とされ、リート叔母はといえば、「土地のこと、証書やとりわけ結婚がらみの契約書には滅多にのらない物語、何世代分もの家族間での大小さまざまな憎悪、あるいは水の流れ方についての、超能力すれすれの知識」(7)を誇る。ソルティレージが恋人スパイクとの暮らしを選んだのは、ドクにとって実は大きな損失というべきだろう。リート叔母はすでに離婚して自ら不動産業界で働き、息子のスコット(ドクの従兄弟)と共に暮らしている。リート叔母の離婚は、「ボウリング場のバーで見かけるような、どこか満たされない風情の主婦たち」(6)を相手にした元夫の浮気が主な原因らしいが、リート叔母とソルティレージはいずれも、男性に虐げられることも逆に虐げることもない関係を築いて、彼らと共に生きている。
ドクの探偵としての弱点は、女性との共生に不向きであるところにある。シャスタが今は方々を転々としていると聞いたドクは即座に思う。「ドクはほとんど、『うちなら泊まれるぞ』と言いかけたが、実際にはそんなスペースはなかった」(4)。雑然とした彼の部屋を見てシャスタの顔にはどこか嫌悪感すら浮かぶ。ドクは(昔の)恋人シャスタを保護することができず、彼女を巻き込む陰謀を明晰な頭脳で解決することもできない。彼女とウルフマンの失踪ばかりか一人また一人と人が死に、ドクの混乱は悪化する。「そして今、ドクの脳みそという散らかった納屋の前庭のへりを、はぐれ者の鶏のように引っ掻き回すものがあった」(267)。この「はぐれ者の鶏(rogue chicken)」は、名探偵未満のドク自身でもあるだろう。

性差と探偵としての能力に関連して、ここで小説における語り手の問題を考慮せねばならない。ハードボイルドは、探偵自身の一人称で語られることも、原則として探偵以外の内面は描かない三人称で語られることもあり、『LAヴァイス』は後者に近い。ピンチョンによる原作小説と映画版『インヒアレント・ヴァイス』(ポール・トーマス・アンダーソン監督、二〇一四年)を比較した波戸岡景太が興味深い指摘をしている。原作では、土地利用に関するリート叔母の幅広い知識は「イヴニング・ニュースでよく言うように、砂漠から海まで」(6)をカバーしていると語り手が語っていたのだが、ニュース風のその言い回しが映画版では、ウルフマンについてドクに説明するリート叔母自身の台詞に組み込まれている。さらに、原作ではあくまでも一人の脇役だったソルティレージが映画版では一種の語り手として登場する(波戸岡　一三四-三六、一四六-四八)。

これを監督の批評性の現れとみるかはともかく、探偵的な資質と語り手との親近性が、いずれもリート叔母とソルティレージに現れているのは意義深い。小説の語り手はその性質上、物語を構成する情報の開示の仕方や順序を操作できる探偵的な存在だからだ。何故それを知っているのか首をかしげたくなるような事柄を語るソルティレージやリート叔母は、ちょうど登場人物の内面をあっさり言語化する(匿名あるいは人称を持たない)語り手に似ている。より正確には、語られる登場人物の水準と、固有の人格を付与される必要がなく、一種の機能体として要請される語り手の水準を往還することが探偵の必須条件であり、探偵とその言動を記録する助手という組み合わせも、自ら語り手を務めるか、ほぼ語り手と一体化したハードボイルドな探偵もこれに当てはまる。

『LAヴァイス』は非人称の語り手が主としてドクの視点から物語を紡ぐのだが、単に登場人物としてのそれを超えた受動性が彼を特徴づける。例えば作品の冒頭、ビーチで暮らしていた頃とはうって変わった装いのシャスタがドクの前に現れた時の二人の会話は以下のように書かれている。

今夜の彼女は全くフラットランド風のいでたちで、彼の記憶より髪はだいぶ短く、あんな風には絶対ならないと言っていたまさにその通りの格好をしていた。

「お前か、シャスタかよ?」

「この人、幻覚だと思ってるわ」(“Thinks he’s hallucinating.”)

「その新しい恰好のせいだろ」(1)

シャスタがドクに向けた言葉では、動詞"thinks"が示すように、省略されているもののドクを指す主語は三人称である。つまりシャスタは、ドクを前にしてあたかもドクではない第三者に話しかけるかのように、ちょうど語り手のように語る。それでいてそこで話題にされるのもドクである。

ドク自身ではない二人（あるいはそれ以上）の人間が彼について語るのを聞くということは、表面上彼に対して語りかける人間にとって彼の存在が実質的には何ほどのものでもないということでもある。凶悪な男パックの恋人トリリウムは、失踪したパックの捜索をドクに依頼する。「あの人はもう刑務所には戻れないのよ、ドク。戻ったら死ぬわ」（222）と語るトリリウムの言葉はドクに向けてのものだが、それを聞いたドクが「理想の女の子に手が届かない」（222）状態だと悟るように、彼女は彼女の目の前にいる男の恋心に気づいてすらいない。刑務所にいた頃からアイナーという男とも交際している同性愛者パックについて気を揉んだ過去を、トリリウムはドクに語る。

「どうして私、あなたにこんなこと話してるのか、わからないわ」

ドクだってわからなかったが、とはいえ、誰かが思わず何か話してしまってから自分でもなぜだかわからないと言い出すごとに、ちょっとした迷惑料でも取っておけばよかったと思った。「彼岸」という語の新たな用法を見つけるのが好きなソルティレージはこれを一種の恩寵だと考え、訪れたのと同じぐらいあっさりといつでも消えてしまうものだから彼はただそれを受け入れるべきだと諭した。（224）

トリリウムがとりとめもなく彼女の恋人について語るのは、彼女がドクを全く恋愛の対象とみなしていないからであり、ここに、前節で見たドクの男性としての限界が現れているのは言うまでもない。

ドクのこうした特性をソルティレージが「恩寵」とみなしているのは意味深長と言わねばならない。特に誘導も強制もされていない相手が彼に何かを語りだすという相談相手としての適性は、他人の秘密を扱う探偵に向いている。ただしトリリウムの場合、危険な男に恋している彼女の身に降りかかるその後の不幸を、ドクは事前に察知しえたことになる。作品も残すところ数ページという時ドクは、インターネットの前身を導入した友人が雇った「夕飯に遅れるときは母ちゃんに電話しなきゃならない」(195)ほど若い青年スパーキーの助けを借りて、トリリウムが命に別状はないものの重傷を負い病院に搬送されたことを知る。母親の庇護下を脱していない少年にもかかわらず優れた情報収集能力を発揮するスパーキーは、女性と切り離されたドクと対照をなす。トリリウムの負傷を知ったドクの内面について語り手は寡黙だが、パックとトリリウムの結婚を結果的に助けた――それを防げなかった――ことをドクが悔いていることは間違いない。その悔恨は、相談相手どまりの彼の「恩寵」の裏面である。

トリリウム、パック、アイナーという女性一人と男性二人の組み合わせが、女性の排除によって終わったのとは逆に、見事調和したカップルも形成されている。作中で最初に死体で発見されるグレンの取引相手である黒人男性タリク、そしてグレンの姉(あるいは妹)のクランシーはそれぞれ別個にドクに依頼を持ちかけるのだが、トリリウムの件で滞在したラスベガスからドクが事務所に戻ると、そこではタリクとクランシーが情熱的に愛し合っている。クランシーはもともと二人の男と同時にセックスをするのを好み、パックとアイナーのコンビにはひどい扱いをされた経験もあり、なおのことトリリウムとは関係が深い。そんなクランシーは結局、「一人で少なくとも二人分」（295 強調原文）のタリクに惚れ込む。とはいえ、この幸福な男女関係はドクの媒介によるものというより、彼の事務所のある建物の一階を使う医師の受付である女性ペチュニアがドクの事務所を無断でタリクとクランシーに開放したことによる。「運命の手助け役（karmic facilitator）」（288）を自任する彼女の介入が欠けていたために、ドクはトリリウムを守れなかったということになる。やはり作品終盤、それまでは既婚者と思えないほとんど戯画的な色香をまとっていたペチュニアは夫との間で子供ができたとドクに告げる。作品冒頭近くでは、事務所に出勤して早速ペチュニアに「まだあの何とかいう男と結婚してるんだっけ？」（13）などと軽口をたたいていたドクも、めでたいニュースを告げるペチュニアとその夫を見て、「自分の顔にバカみたいな笑顔が広がっていく」（361）のを感じる。作品全体でも数少ない、アイロニーの影のない幸福な一場面である。

既に指摘があるように、『ヴァインランド』以後のピンチョン作品において「家族、とりわけ子供を含むそれ」（Coffman 178）が重要性を増している。これは核家族をモデルとした価値観への退行ではなく、「利他的な愛と犠牲」（Kaltsas 44）という家族の理想のみを維持し拡張した、「自由な連合を基礎とした共同体」（McClintock 108）への希求といえる。六〇―七〇年代のフェミニズムは、男性的権威に従属した証として母性を否定し、母であることとフェミニストであることが背反するかのように捉えがちだったが、ピンチョンはむしろその傾向に反対している（Freer 143）。極々平明な言い方をすれば、女性は子供を産んでこそ価値があるという考え方を否定することは、子供を産めば無力で堕落した存在になると考えることと同じではないし、まして子供を産んだ女性を倫理的に批判する根拠になどならないのだが、現実の政治運動ではしばしばそうした短絡が生じ、ありえたはずの連帯はそこかしこで切断される。しかし、自身が属する集団にひたすら同質性を求めるこの圧力は疑心暗鬼からくる相互監視に行きつくより他なく、ピンチョンが理想とする「家族」に程遠い。『LAヴァイス』における探偵ドクの行動やその意義は、この観点から分析されねばならない。

チャーリーたちの陰謀

『LAヴァイス』の世界で探偵は絶滅に瀕している。サム・スペードやフィリップ・マーロウのような探偵がフィクションからすら消えつつあることをドクは嘆く。「ところが近頃じゃ、警官しか見当たらなくなって、テレビは糞みたいな刑事ドラマで一杯だ。ただの普通の男たち、自分の仕事をしてるだけ、ホームドラマのお父さんみたいに誰かの自由を侵害したりしないよってな。そうさ。視聴者たちは警官大好きになって、踏み込んでほしくてしかたないんだ」（97 強調引用者）。注目すべきは、警察の強権的な侵入に抵抗するはずの家庭がそれを歓迎するという倒錯であり、その倒錯を助長する家族の仮面である。

この倒錯は、少なくとも、ロンドン警視庁が成立したヴィクトリア期の英国にまでさかのぼる。犯罪捜査を物語の軸としたこの時期の小説を論じたD・A・ミラーによれば、ミシェル・フーコーの言う規律権力の典型としての警察権力は、「決してそれ自体としてまかり通らず、むしろそれ以外の、より上品だったり単に聞こえの良い目的（教育、治療、生産、保護）の皮をかぶって、目に見えたり見えなかったりする」(Miller 17)。警察のご厄介になりたくなければ行儀よくしなさいとでも言って親が子を躾けるなら、その親は、自分は警察ではないという見かけのもと警察の代理人として子供に規律を課す。家族が自発的に警察の役割を肩代わりするなら、刑事は家の敷居をまたぐ必要すらない。

公私の区分をなし崩しにするこの警察権力がファシズムの症候であることは、ピンチョンが序文を寄せたオーウェル『一九八四年』からも明らかになる。ビッグ・ブラザーと党に支配されたオセアニアで主人公が秘密警察の手に落ちてみると、隣人パーソンズも自らの娘の密告によって逮捕されている(Orwell 239)。恐るべき拷問が行われるらしい一〇一号室に連れていかれる時、別の拘留者は叫ぶ。「妻と、子供が三人います。一番上は六歳にもなっていません。あいつらまとめて連れて行って、私の目の前で喉を掻っ切ってもいいです、私は黙って見ています。でも一〇一号室だけはやめてください!」(Orwell 243) オセアニアで家族の絆は骨抜きにされ、逆に、露骨に家族性を僭称するビッグ・ブラザーが実質を失った家族を補填して統治する。

『LAヴァイス』において最も危機に瀕しているものとは家族であり、血縁は存在せずとも人々が信頼によって結びつく調和的共同体である。ただし、家族(的共同体)は何らかの外的要因によって衰弱するのではない。警察権力の肥大化の要因として作中で明瞭に名指しされるのは、チャールズ・マンソンと彼の信奉者たちによる殺人事件である。被害者のうちの一人で、映画監督ロマン・ポランスキーの妻だった女優シャロン・テートは当時妊娠していた。それでいて、彼女を殺害し一つの家族を破壊した集団は、作中でもこの表現が用いられているが、「マンソン・ファミリー」である。『一九八四年』と同様、形ばかり家族であることを主張する何かが文字通りの家族を駆逐していく。

家族の崩壊は、マンソン事件に震撼するカリフォルニアにとどまらない。この時進行中のヴェトナム戦争での米軍の活動の多くが警察的なものであり、デーヴ・グロスマンが言うように、母国を離れた米兵たちの前に現れるのは、「しばしば我が家を守ろうとしていて、そして民間人の服装をした男たち、女たち、そして子供たち」だった（Grossman 269）。反戦運動は高まり兵士たちは家庭を壊す犯罪者のように非難を浴び、『LAヴァイス』ではヴェトナム帰還兵スパイクが、ただならぬ重みをこめて静かに「ああ、俺も例の赤子殺しだよ」（103）と語る。前節で触れたフェミニズムに対するピンチョンの微妙な距離と同じ論理に従って言えば、ヴェトナム戦争に反対することと、（すべての）兵士を倫理的に糾弾することは同じではない。ピンチョンがヴェトナム戦争に反対していたのは間違いないが、彼が現実のヴェトナム反戦運動を全面的に支持していたとは考えにくい。彼が帰還兵スパイクを決して否定的に描かず、ソルティレージを彼の傍らに配したのはそのためである。

戦争プロパガンダはしばしば、家庭・国内にとどまる“domestic”な弱者（女性・子供）を守るため戦う男性として自国の兵士を理想化し、逆に敵を、子供を殺し婦女子を強姦する家庭・母性の破壊者として描く（Keen 58-60）。一つの家族であるかのように国民的一体性を高めるこのプロセスがヴェトナム戦争では惨めなほどに失敗したため、兵士は平和な家庭を破壊したという不名誉によって国家＝家族の面汚しと見なされてしまう。「本国での戦争の評判が地に堕ちてゆくにつれて、恋人や許婚者、そして妻さえもが、兵士を見捨てることが多くなっていった。いっぽう、兵士の方は彼女たちを頼りにしていたのだ」（Grossman 279-80）。

「家族」が内側から壊れていくこの奇妙な悲劇こそ『LAヴァイス』の物語の中心を占める。ヘロイン過剰摂取で死んだと思われていた男コーイ・ハーリンゲンは実は、反体制派を監視する警察とつながった組織の潜入要員として雇われており、何故妻と娘を捨ててそんな事をしたのかとドクは問う。コーイは泥沼の戦争を止めない母国を麻薬中毒の母親に喩える。


「［……］ヴェトナムであんなことが起こってるときに、自分の国が正しいか間違ってるかなんて、そんなの頭がおかしいだろ？　自分の母ちゃんがヘロインやってると思えよ」

「俺の、えっと……」

「少なくとも、何か言ってやらないか？」

「待て、じゃあアメリカがその、誰かの母ちゃんだって言ってるんだよな……で、どっぷりハマってるわけだ……何にハマってるんだ？」

「何の理由もなく子供らをジャングルに送って死なせてることさ。間違ってるし自殺行為だけど、やめられないんだ」(161)


母国アメリカという「家族」を思うコーイはやがて、「それよりも大事なんだと信じてしまった何かのために捨ててきた家族」(302) への思いにとらわれる。傷ついた家庭のために家庭が犠牲にされ、まさしく中毒のように米国は自殺行為としての戦争に邁進する。

同じ逆説を反復し家族（的共同体）の息の根を止めていくこの未曽有の犯罪に立ち向かうには、ピンチョン『重力の虹』の言葉で言えば、「気の利いた偶然の一致 (Kute Korrespondences)」(*Gravity's*

Rainbow 590）を拾い集めて繋ぎ合わせる想像力が必要とされる。『ＬＡヴァイス』の場合、すでに言及した弁護士サンチョの口を借りて、ピンチョンは奇妙な偶然に読者の注意を促す。実在のツナ缶ブランド「スターキスト」のマスコットであるツナのチャーリーは、ツナである自分が殺され食べられているというのにツナ缶の上で消費者に向けてポーズをとっており、そこには自殺願望があるとサンチョは力説する。

「前から気になってたんだ。それともう一つ。海の鶏肉（シーチキン）はあるのに、畑のツナがないのは何で？」

「うーん……」ドクも実際、考え始めてしまう。

「それと忘れないでよ」とさらにサンチョは暗く念を押した。「チャールズ・マンソンとヴェトコンもやっぱり、チャーリーって名前だ」（119　強調原文）

マンソン一味の根城を包囲した際に当局側は実際、ヴェトナムでゲリラが潜伏する村を襲撃する時のやり方を踏襲している（Sanders 264）。重大さと瑣末さを並置するこうしたピンチョンらしい箇所は、大真面目に分析してみる価値がある。

ツナは海の鶏（シーチキン）に喩えられるが、鶏を「畑のツナ」とは言わない。かつてポール・ド・マンはパスカル『パンセ』の分析において、同様の不均衡・非対称を力／正義の間に見出した。力が正義を備えることはありうるしそれが望ましいが、正義なき力も力である。他方で力なき正義は正義として維持されず、力ある者は正義を強奪できる（de Man 67-69）。力が正義のようになることはあるが、その逆はない。すなわち、AとBの一方が他方に似ることで両者の差異が無化されたかに見えても暗黙のヒエラルキーが維持される。同じことが警察と家族についても言える。ドクが警戒する「ホームドラマのお父さん」風の警察というイメージは、警察が警察として振舞うことを妨げない。しかし『一九八四年』のように、家族の成員が互いに対して警察に似た監視の目を向ければ、それを家族と呼ぶのは語の濫用に近い。警察が家族に似ても構わないが、家族は警察に似てはならないのであり、それ故、両者が調和した一体を形作ることはあり得ず、警察への依存は家族（的共同体）にとって自殺行為である。

マンソン事件とヴェトナム戦争に加えて、『LAヴァイス』を語るうえで欠かせない悪とは、言うまでもなく、ウォーターゲート事件発覚以前のリチャード・ニクソンである。ある夜ドクが偶然テレビで観たニクソンは、「自由のためのファシズム」（120）なら大歓迎だと豪語する。こうした撞着語法にすらためらいを覚えないニクソンは、家族の絆を無化していながら兄弟を名乗るビッグ・ブラザーに近い。

そして、コーイを彼の妻と娘のもとに戻すためドクが対決する黒幕クロッカーもまた、ニクソンやビッグ・ブラザーと同種の存在であることがうかがえる。クロッカーの家出した娘ジャポニカを見つけ連れ戻すことが、ドクが探偵として初めて金銭的報酬を得た仕事だった。以前なら「心配している普通の親」（180）と言えなくもなかったクロッカーは、娘に近づく男たちには狂ったような怒りをもって応ずる。ジャポニカと性交していたらしき歯科医が死体で発見された件に言及し、何も殺すことはないと言いたげなドクを前に、復讐心の欠片もないかのようなクロッカーの見かけが崩れ去る。

「うちの小さな娘をいいようにしている時、奴がブロードウェイ・ミュージカルのオリジナル・キャスト・アルバムを無理に聞かせていた件はどうだね？　歯内治療学会の時にあの子を連れて行った悪趣味な内装のリゾートホテルの部屋は？　あの壁紙！　あのランプ！　ヴィンテージ物の、ロリータ趣味のリボンの秘密のコレクションのことなどあえて口にしたくもない――」

「いやあ、でも……ジャポニカはもう法的には大人でしょう」

「父の目には永遠に若すぎるのだ」ドクはクロッカーの目をちらりと見たが、父親らしい感情はあまり見えなかった。（345　強調引用者）

些末な事柄がひきおこすあまりにも激しい怒りは、クロッカーにとって既に、父親としての愛と絶対的支配との区別がないことを意味する。強調部分にあるように、彼は父親というより、他者を完全にコントロールせねば気が済まない暴君である。コーイの台詞にあったようにアメリカが麻薬中毒の母親ならば、監視や盗聴すら辞さない暴君としての父親（ニクソン＝クロッカー）がその伴侶となる。それ故、そんな怪物のもとに娘を連れ戻したことへの償いとして、ドクは何としてもコーイを妻子と再会させねばならず、なるほどそれに成功する。とはいえ、『ＬＡヴァイス』に描かれる悪の巨大さを思えば、それがさしたる慰めにならないことは言うまでもない。

終わりに

最後に今一度、何故ドクの戦いが困難なのかを明確にしておこう。ここまでの文脈では十分に強調できなかったが、文字通りの、血縁によって形成される家族を警察や国家による干渉から守りさえすればいいわけではない。家族とは往々にして身内と余所者の区別に固執し、家族に属することによる恩恵はほとんど常に、赤の他人を攻撃するとは言わずとも排斥することの裏面でしかない。真に創造されるべきは、血族や部族を超えた比喩的な「家族」であり、やはり比喩的に「家族」でしかない警察や国家がいわば副産物として派生するのは必然というべきだろう。理想的な「家族」とは、その成員を保護することと支配・監禁することを取り違えてはならないのだが、両者の差はもはや修辞学的なそれに近い。成年に達した娘も「父の目には永遠に若すぎる」とクロッカーが言う時、その「父」が語の濫用であることを見抜くだけの敏感さがピンチョン的名探偵には必要とされる。

クロッカーの例を裏返せば、一つの家族からその成員が巣立つのを妨げず、新たな家族が形成されるのを見守ることが、名探偵の責務となる。ドクがかろうじてこれを成し遂げていると言えるのは、ドクの友人デニスと、グレン殺害現場の風俗店で働くジェイドを後部座席に乗せて自身の愛車を走らせている間のことである。デニスは初対面のジェイドにいつの間にかクンニリングスで奉仕していて、「雄弁な沈黙」(135) が車内に満ちる。『LAヴァイス』が仄めかす理想の「家族」は、男性器と女性器の結合を前提とせず、走行中の自動車という束の間の内部空間であってもよい。映画『インヒアレント・ヴァイス』終盤近く、ドクがデニスを連れて車で出かける別の場面に、原作を改変してジェイドも登場させたのは監督アンダーソンの卓見というべきだろう。本稿でもその妊娠の重要性に触れたペチュニアは映画版では影が薄い。しかし彼女を演じている女優マーヤ・ルドルフはアンダーソンと正式な結婚はしていないもののパートナーであり、二人の間にはすでに子供がいる。これも気の利いた偶然なのだろうか。

そして、『LAヴァイス』の兄妹編というべき『ブリーディング・エッジ』で探偵役を引き受けるシングル・マザーのマクシーンは、こうした名探偵の条件を確かに満たしている。だからといって、二〇〇一年の米国同時多発テロにまつわる陰謀を向こうに回した彼女の戦いが有利なものになるわけではないが、この違いはやはり、探偵の性転換の観点からして興味深い。テロの後、それぞれ家を追われた年下の友人ドリスコルとエリックを彼女の家に居候させ、二人の縁結びにまんまと成功したマクシーンに、ある日二人は引っ越しを告げる。


コーヒーを淹れる手間で忙しないマクシーンは、彼女のところの渡り鳥たちを残念そうに眺める。

「じゃあブルックリンでは、あなたたち一緒に住むの、それとも別々？」

「その通り」と、エリックとドリスコルがユニゾンで答える。

マクシーンはちらりと天井を見つめる。

「ごめん。非排他的な〝それとも〟（Nonexclusive ʻorʼ）なんだ」（*Bleeding Edge* 387）

この「非排他的な〝それとも〟」こそが、理想の「家族」を特徴づける。同じ家に住んでいることもいないこともあり、血縁があることもないこともあり、カップルは同性間だったり異性間だったりして、そして誰もが、遅かれ早かれ旅立っていく渡り鳥となる。渡り鳥たちに巣立ちまでの避難所を提供するマクシーンを創造するために、ピンチョンはドクを描かねばならなかったのだろう。ドクは卵のままの名探偵であり、それが固ゆでにされず温められ、孵化して生まれたマクシーンについて論ずるのは、また別の機会に譲らねばならない。

注

（1）以下、英語文献からの引用はすでに邦訳が存在する場合それを参照したが、原則としてすべて拙訳である。

参考文献

Backman, Jennifer. “From Hard Boiled to Over Easy: Reimagining the Noir detective in *Inherent Vice* and *Bleeding Edge*.” *Thomas Pynchon, Sex, and Gender*, edited by Ali Chatwynd et al., U of Georgia P, 2018, pp. 19-35.

Carswell, Sean. *Occupy Pynchon: Politics after Gravity's Rainbow*. U of Georgia P, 2017.

Coffman, Christopher K. “Postmodern Sacrality and *Inherent Vice*.” *Pynchon's California*, edited by Scott McClintock and John Miller, U of Iowa P, 2014, pp. 165-80.

de Man, Paul. *Aesthetic Ideology*, edited by Warminski, Andrzej, U of Minnesota P, 1996.［ポール・ド・マン『美学イデオロギー』上野成利訳（平凡社ライブラリー、二〇一三年）］

Dick, Philip K.. "Flow My Tears, the Policeman Said." *Five Novels of the 1960s & 70s*, Library of America, 2008, pp. 669-858.［フィリップ・K・ディック『流れよわが涙、と警官は言った』友枝康子訳（ハヤカワ文庫、一九八九年）］

Freer, Joanna. *Thomas Pynchon and American Counterculture*. Cambridge UP, 2014.

Grossman, Dave. *On Killing: The Psychological Cost of Learning to Kill in War and Society*. Revised edition, Back Bay Books, 2009.［デーヴ・グロスマン『戦争における「人殺し」の心理学』安原和見訳（ちくま学芸文庫、二〇〇四年）］

Kaltsas, Kostas. "Of 'Maidens' and Towers: Oedipa Maas, Maxine Tarnow, and the Possibility of Resistance." *Thomas Pynchon, Sex, and Gender*, edited by Ali Chatwynd et al., U of Georgia P, 2018, pp. 36-51.

Keen, Sam. *Faces of the Enemy: Reflections of the Hostile Imagination*. Harper & Row Publishers, 1986.［サム・キーン『敵の顔――憎悪と戦争の心理学』佐藤卓己・佐藤八寿子訳（パルマケイア叢書、一九九四年）］

McClintock, Scott. "The Origins of the Family, Private Property, and the State of California in Pynchon's Fiction," *Pynchon's California*, edited by Scott McClintock and John Miller, U of Iowa P, 2014, pp. 91-112.

Miller, D. A. *The Novel and the Police*. U of California P, 1989.［D・A・ミラー『小説と警察』村山敏勝訳（国文社、一九九六年）］

Orwell, George. *Nineteen Eighty-Four*. Plume, 2003.［ジョージ・オーウェル『一九八四年』高橋和久訳（ハヤカワepi文庫、二〇〇九年）］

Pynchon, Thomas. *Against the Day*. Penguin Books, 2006.［トマス・ピンチョン『逆光』木原善彦訳（上下巻、新潮社、二〇一〇年）］

——. *Bleeding Edge*. Jonathan Cape, 2013.

——. Foreword. *Nineteen Eighty-Four*, by Orwell, pp. vii-xxvi.［オーウェル『一九八四年』「解説」四八二-五〇九頁］

——. *Gravity's Rainbow*. Viking Press, 1973.［『重力の虹』佐藤良明訳（上下巻、新潮社、二〇一四年）］

——. *Inherent Vice*. Penguin Press, 2009.［『LAヴァイス』佐藤良明・栩木玲子訳（新潮社、二〇一二年）］

——. *Vineland*. Vintage, 2000.［『ヴァインランド』佐藤良明訳（新潮社、二〇一一年）］

Sanders, Ed. *The Family*. Revised and updated ed., Da Capo Press, 2002.［エド・サンダース『ファミリー――シャロン・テート殺人事件』小鷹信光訳（草思社、一九七四年）］

アレクサンドル・コジェーヴ『ヘーゲル読解入門――『精神現象学』を読む』上妻精・今野雅方訳（国文社、一九八七年）

諏訪部幸一『『マルタの鷹』講義』（研究社、二〇一二年）

巽孝之「パラノイド文学史序説――ディック、ピンチョン、ホフスタッター」『トマス・ピンチョン』麻生享志・木原善彦編（彩流社、二〇一四年）一九〇–二〇五頁

野崎六助『北米探偵小説論』（インスクリプト、一九九八年）

ピエール・バイヤール『シャーロック・ホームズの誤謬『バスカヴィル家の犬』再考』平岡敦訳（東京創元社、二〇一一年）

波戸岡景太『映画原作派のためのアダプテーション入門：フィッツジェラルドからピンチョンまで』彩流社、二〇一七年）

野球ゲームに詩はあるか?
——ロバート・クーヴァー『ユニヴァーサル野球協会』の統計と詩学[1]

吉田恭子

野球の歴史は四割が統計そして六割が逸話からできている
スミスとスミス『三塁の三人男』

はじめに

ロバート・クーヴァーの第二長編『ユニヴァーサル野球協会』は、ひとり遊びのサイコロ野球ゲームを考案した主人公の脳内世界の鮮やかさと現実世界の中庸さの対比を喜劇的に描き、想像世界が現実世界を侵食していく小説である。アメリカの傑作野球小説のひとつ、神話創造過程を聖書のパロディとして描いたメタフィクション、ポストモダン文学の類型としてしばしば論ぜられる[2]。

五六歳独身のサラリーマン会計士のヘンリー・ウォーは自らが考案したひとりサイコロ野球ゲームの空想リーグ「ユニヴァーサル野球協会」（UBA）第五六シーズンで、往年の名投手の息子デイモン・ラザフォードが完全試合を達成するのを「目撃」し高揚する。ところがデイモンは次の試合でジョック・ケイシーからの投球を頭に受け死んでしまう。それ以来、ヘンリーはなんとかケイシーのニッカーボッカーズをリーグ下位に貶めようと空想野球の世界に溺れてゆくが、サイコロは味方してくれず、空想野球世界の継続をめぐり葛藤する一方で、現実とのつながりを失ってゆく。結局、サイコロの目を操作することでケイシーに懲罰が下されるが、それ以来、純然たる確率に支配されていた空想野球リーグ世界は、宗教的ドグマに支配される儀式世界へと変貌してゆく――というのが小説の概要である。

本論では、アメリカの国民的遊戯であるベースボールの歴史が、統計（自然科学）と逸話（文学）によって紡がれることに着目し、『ユニヴァーサル野球協会』でもまた確率統計と逸話とが擬似野球史の主たる要素になっていることを指摘する。最終的に、数学と文学が織りなす蓋然性の世界は主人公の干渉で硬直化するが、それは詩的介入の失敗と解釈できる。

セイバーメトリクスと野球史

統計はベースボールの歴史を紡ぐ縦糸である。タイ・カッブとイチローの対決は夢の世界だけの話ではない。野球では勝敗数の蓄積のみならず、統計（スタッツ）（stats）を尺度として個々の選手の業績を計り、歴史的文脈を当てはめる伝統がある。初期野球の代表的スター「球聖」タイ・カッブのメジャーリーグ生涯打率は圧倒的な〇・三六六四、ベーブ・ルースが一〇位で〇・三四二一、イチローは九七位で〇・三一一〇、現役トップはミゲル・カブレラが七〇位で〇・三二四六というふうに、二〇世紀の初めにプレーした物故選手と今日なお活躍している選手が統計という数字を通して出会い対決することができる。記録の更新、記録の対峙によって、歴史を物語ることができるのだ。ベースボール信奉者はスタッツを客観的な真実として神聖視する傾向がある。アメリカ野球研究学会（SABR）には統計研究に特化した分科会もあり、野球研究者のビル・ジェイムズによって一九八〇年代にセイバーメトリクス（sabermetrics）という語が造られたほどで、野球統計研究は趣味の領域を超えた文化を形成している。国民的遊戯の歴史を一貫して支えているバックボーンがスタッツなのである。[3]

加えて近年では、パーソナル・コンピュータの登場でありとあらゆる種類の統計計算が容易に算出・比較できるようになり、野球スタッツは歴史的記録のみならず、金銭的実益を生み出すデータとも見なされるようになった。たとえばマイケル・ルイス著のノンフィクション『マネーボール』は、複雑な統計を駆使することでもっともコストパフォーマンスのよい選手を買い集め、ヤンキースのような金満チームを打ち負かそうと奮戦するオークランド・アスレチックスのジェネラル・マネージャーに焦点を当てる。また、ごく一部の人々の間の趣味として始まったファンタジー・ベースボールは、登録されているMLB選手をチーム横断的に自由に組み合わせて仮想的「俺のチーム」を結成し、現実世界のシーズン中に日々刻々と変化する選手スタッツによって、「俺のチーム」の優劣が決まるという遊びだが、コンピュータとインターネットの時代になって以来、スポーツ関連企業が参入し巨大ゲーム市場に発展した。あらゆる事象を詳細に数値化する今日の野球統計は、リーグ全体を株式市場に見立て、野球賭博とは似て非なる投機の対象に変えてしまったともいえる(4)。

また、統計を精読することによって、数字が秘めるドラマや隠れた真実を掘り当て、ベースボールの真髄に迫ろうとする試みもある。たとえば、『答えはベースボールにある』は、英文学研究者ルーク・サリスベリーによる野球統計をめぐるエッセー集だが、本書はキリスト教の教義問答集(カテキズム)の形式をとっており、まず野球統計上の問いが示され、その問いについてのさまざまな考察が続き、最後に正解と解説が示される、という構成になっている。神の存在が自然界の精妙さに見いだせるがごとく、ベースボールの真善美もまた統計にこそ見いだせるというサリスベリーの数秘術的野球至上主義は、本書冒頭の問答にもっともよく表れている。

ヤンキースに対して一五勝以上あげた投手の中で、対ヤンキース戦の勝率が最も高い投手は誰か？

これはトリヴィアに堕さない問いの好例だ。実に崇高としか形容しようのない問いと答えの調和がある。この問いは解答可能だ。推論可能だし、連想もできるし、膨大なベースボールの知識がなくても導き出すことができる。最良の問いならどれしもそういうものだが、答えが明かされ、女神の顔貌からヴェールが剥がれると、諸君は「わかってたはずなのに」と口にするかもしれない。とびきりの問いに対する答えは、まったくその通りだ（ええい！　わかってたのになあ！）と感じるばかりでなく、すぐには思いつかないような複雑さと調和の両方を兼ね備えてなければならない。

(Salisbury 23)

続いてサリスベリーは、この問いが大リーグの歴史を振り返る上できわめて本質的な問いであると説明する。野球ファンにとってヤンキースは、ファンであれアンチであれ、よきにつけあしきにつけ、大リーグを代表する球団だ。この「ヤンキース対メジャーの史上すべての投手」という全野球史を俯瞰する壮大な問いには、「崇高・高尚」な答えが待っている、とサリスベリーは期待をかきたてる。

答えが明かされる前に様々な可能性が検討される。「ヤンキース殺し」の名誉ある称号を得た歴代投手の名が挙がる。また、ヤンキースが不調だった時代のライバル投手陣も候補として検討される。そうして示される正解は……そう……ベーブ・ルースである。二〇一八年に大谷翔平選手が日本ハムからメジャーリーグのロサンゼルス・エンゼルスに移籍した際、投打二刀流選手の歴史に光があたって日本でも広く知られるようになったが、ベーブ・ルースは、一九二〇年にヤンキースに移籍して野手に転向する以前、一九一四年から一九一九年にかけてボストン・レッドソックス在籍の投手だった。その時代の対ヤンキース戦通算成績が一七勝五敗、勝率七割七分。本書執筆の一九八九年時点で、この記録はいまだ破られていなかった(5)。

また、ベーブ・ルースが移籍した時期は、ちょうど、大リーグ公式球が飛ばないボール(dead ball)から飛ぶボール(live ball)へ変わる時代にあたり、タイ・カップ型の小さな野球からベーブ・ルース型のホームラン野球へとプレースタイルが劇的に変化した時代と一致する。つまり、単にベーブ・ルースの攻守ともに秀でていた破格ぶりを示すだけでなく、メジャーリーグの歴史上の一大転換期について能弁に語る、多角的で味わい深い統計なのである。

このように、サリスベリーのようなベースボールファンにとって、スタッツは単なる歴代記録以上の含蓄があり、ベースボールの歴史という大きな物語、ファンにとっては合衆国の歴史に劣らぬ壮大かつ崇高な物語を雄弁に語る要素と潜在性を持ちあわせているのである。

保険統計と野球ゲーム

今日野球統計はコンピュータとデータ・サイエンスの発展に伴い、ますます可能性が広がっている。クーヴァーはそのようなデータ野球が本格化する前に、野球統計が織りなすドラマを描いてみせた。『ユニヴァーサル野球協会』はファンタジー・ベースボール流行に先立つ先見的小説だともいえる。主人公ヘンリー・ウォーは、一見無味乾燥な数字の羅列にナラティヴを読み解くことができる職業、会計士である。彼は野球統計のみならず確率統計・保険統計の知識を持ちあわせており、選手のレベルや年齢、チーム同士の実力差や試合のさまざまな局面に対応して実際にありうる確率を考慮した、すなわち現実世界を反映したチャートを作成し、時と場合に応じて使い分けることで複雑かつ精巧な空想野球リーグの世界を作り上げていく。たとえば、クリンナップの打者が、エース級のピッチャーと対戦すれば、二割台後半の確率で出塁するので、サイコロ三個を振ったときにそれに応じた結果が出るようなチャートを作成する。

また、シーズンが終わると、引退した選手やその他の関係者をふくめた空想世界の住人の誰が生き残るのかもサイコロが決定する。

だが、まずその前にヘンリーは死亡者名簿を急いで作成してしまうことにした。［……］これは厳粛な行事だから、ヘンリーはけっして軽視などしない。選手の死にショックのあまり愕然とすることもよくある。もっともあとになって、たいていは嬉々として死亡記事を書くのだが。要するに、不意の死によるショックは恐ろしいが、それでも死んだ選手の人生が輝かしいものになるのは、一人ひとりの球歴を野球年鑑の中でまとめてやるからこそなのだ。芽が出ずに忘れ去られてしまうような選手でもそうだった。かれらの命日を調べているうちに、ヘンリーはよく忘れていた過去の奥深くにまで迷い込み、ＵＢＡ史の中ではるかに珍しい感動的瞬間を再発見するのだった。そして、名選手などというものは、比較の基準にされる底辺の選手がいてはじめて存在するのだということをいつも思い知らされるのだった。禿頭のジェイク・ブラッドリーが口癖にいうように、そう、わたしどもにとっちゃ、あんな人も欠かせないんです。あんな人でさえも、ということなのだ。

死亡者名簿の作成は保険統計表と協会人口に基づいていた。つまり、生存中のＯＢが千人を下まわらないように心がけたのだ。死因については、死亡記事を書きながら決めることにしていた。それがはっきりしないときは大まかなキーワードを引きだす一覧表を使ったが、たいていはただひらめくというか、その選手の過去をあれこれ思いめぐらしているうちに、ふとある確信が湧いてくるのだった――エイブ・フリントは心臓麻痺、ヴァーン・マッケンジーは肝臓病、ホリー・ティベットは腫瘍、ルパート・アレンは自殺といったように。記録ブックに書きつける死者の記号はⓀだった。（Coover 214-25　強調原文）(6)

選手の死にショックを受けながらもついついはしゃいでしまうヘンリーの態度は、現実社会・実人生ではリスクとして忌避されるべき出来事が、歴史という観点からはナラティヴの流れを変えるイベントとして歓迎されていることを反映している。投機は保険の陰画であり、チャンスの統計学はリスクの統計学でもある。

保険統計表（Actuarial Life Table）にはいろいろな形式があるが、一番基本的な形は、図一のように、ある年のある人口において、それぞれの年齢の死亡率を表にしたもので、保険統計とサイコロの組み合わせはヘンリーの空想野球の世界に現実らしさ、もっともらしさを与える。と同時に、ヘンリー

TABLE H.—DEATH RATES PER 1,000 ENUMERATED POPULATION, BY AGE, RACE, AND SEX: UNITED STATES, 1939–1941

SEX AND AGE	White	Negro	Indian	Chinese	Japanese	Other
MALE						
0–4	13.2	22.8	35.8	13.7	12.1	12.7
5–9	1.2	1.6	3.3	[1]1.0	1.1	[1]1.6
10–14	1.1	1.7	2.8	1.6	1.3	[1]2.1
15–19	1.7	3.7	5.7	3.5	1.8	[1]1.4
20–24	2.3	6.4	7.5	4.7	2.6	4.9
25–29	2.5	7.8	6.6	5.0	2.9	5.1
30–34	3.1	9.7	8.3	6.9	4.8	4.7
35–39	4.2	11.4	8.2	9.5	4.5	7.4
40–44	6.1	15.7	9.6	12.8	6.0	7.6
45–49	9.1	20.8	13.0	17.1	9.4	12.9
50–54	13.7	29.4	16.3	23.8	11.4	19.4
55–59	20.7	36.1	24.1	38.3	17.6	27.5
60–64	30.0	43.8	30.1	47.7	27.4	59.6
65–74	53.1	54.5	48.4	80.2	45.7	92.2
75 and over	135.0	119.8	109.9	192.1	110.0	103.7
FEMALE						
0–4	10.4	18.1	32.1	13.7	9.4	10.7
5–9	.9	1.3	2.8	[1].9	1.0	3.0
10–14	.7	1.5	3.0	1.5	.8	[1]1.4
15–19	1.2	4.2	6.4	2.8	1.5	[1]2.7
20–24	1.6	5.8	9.5	3.6	1.9	[1]4.5
25–29	2.0	6.6	9.1	4.3	3.3	[1]2.5
30–34	2.4	8.2	8.4	2.5	2.5	[1]5.5
35–39	3.1	9.9	9.4	4.6	3.3	[1]4.4
40–44	4.3	14.0	9.6	5.6	3.9	18.5
45–49	6.1	17.6	11.2	9.8	6.7	23.2
50–54	9.0	25.7	16.0	15.1	7.9	45.3
55–59	13.5	32.4	21.9	17.0	13.9	57.5
60–64	20.7	40.0	28.0	28.2	17.3	142.9
65–74	40.8	44.9	43.0	42.5	37.0	91.7
75 and over	120.8	96.5	103.7	93.8	49.0	[1]388.9

図一　保険統計表 Actuarial Life Table の一例（Greville 3）

の「野球年鑑」(the Book) ——聖書を彷彿とさせると同時に、ヘンリーの仕事柄、会計簿記のニュアンスも含む記録簿——は、彼が創造したユニヴァーサル野球協会リーグ戦とそれにまつわる諸事すべての記録で、年鑑の冊数が増えれば増えるほど、つまりデータが大きくなればなるほど、空想野球リーグの統計は信憑性を増し、蓋然性を増してもいく。すなわち、「歴史らしさ」を獲得し、現実世界に近づいていく。つまり、ヘンリーのサイコロ野球では、統計はリアリティ獲得の手段であると同時に目的でもある。このような相互補完性はこの小説の全般に見られ、たとえば、上記の引用であれば、死亡を表すⓀというサイン、これはスコアブックで三振を表す記号だが、strikeout は取消線の意味もある。空想野球ゲームの世界の住人たちは、野球の歴史こそが世界の歴史であり、人生の隠喩たり得ることを、みずからの死でもって示すという役割を負わされているのだ。

デイモンが完全試合を達成した後、ヘンリーは興奮冷めやらず夜の街を歩きまわり、野球ピンボールマシンに興ずる少年を見かける。

少年は身体を捩ったり、緊張させたかと思えばリラックスさせたり、前に屈めたと思えば真っ直ぐ起こしたりすると、腰を突きだしてマシーンをがたがた押した。みるみるうちに無料ゲームが一七回に達し、照明のついた得点盤の数字は、もはや野球というよりクリケットだった。ヘンリーはふたたび歩きだした。むろん、UBAピンボール大会など二度と試みる気にならなかった。結局、そのときは、さして驚くべきことではないが、無邪気なジェイバード・ウォール選手が優勝したのだった。光がピカピカ派手に点滅するとはいえ、やはり、このピンボールでやる野球ゲームには［……］

ダイナミックなところがまったくない。本物の野球にある動き、華麗さ、複雑さなどが欠けているのだ。ヘンリーはついにかれ自身の手になる野球ゲームで行こうと覚悟を決め、本物の野球の複雑さに近づけようと、ハンデや釣り合いの問題に取り組んだのだった。それだけでほぼ二ヶ月を費やしてしまった。まずサイコロ二つではうまく行かなかったのでサイコロ三つ、しかも全部色違いでやってみた。その結果、二一六通りもの組合せが生まれゲームには本物めいた複雑さが加わった。ヘンリーはなおがむしゃらに突き進み、出たサイコロの目の色にも意味をもたせようとした。しかしながら、最後には妥協して、サイコロ三つは堅持しながらも色は三つとも白にし、組合せの総数を五六通りにまで減らしたのだった。ただし、当然のことながら、ハンデは従来通り二一六通りの組合せを基準に決めた。色のついたサイコロを使った場合の複雑さを取り戻し――実際、それよりいっそう複雑にするために一の三ゾロか六の三ゾロ――つまり、一・一・一か、六・六・六――が出た場合、次の出目は緊迫プレー一覧表を参照することで、一層派手な事件を引き起こそうとしたのである。緊迫プレー一覧表とは、サイコロ三つによる一覧表だが、標準一覧表よりはるかに劇的な特徴を帯びていた。一か六の三ゾロが三度続けて出ることは非常にまれだが――まる二シーズンを通じて平均三回ぐらいしかない――それでも、もし出た場合、次の出目は殴り合いから八百長試合まで、ほとんどどんなことでも起こりうる大事件一覧表を参照することになる。この二つの一覧表は、野球ゲームをただの安打や四球やアウトの連続ではなく、それ以上のものにすることで、ゲームに独自の性格を与えるものなのだ。この他にも、ヒットエンドラン、盗塁、犠牲バント、スクイズ等のための特殊作戦用の一覧表も備えており、さらに、新人選手が初登場する際にその年齢を決めたり、怪我や失策が具体的にどんなものであったかを決めたり、あるいは毎年誰が死ぬかを決めたりする一覧表まであった。(19-20)

ヘンリーが本物の野球に認める、動き・華麗さ・複雑さの内でとりわけこだわって肉薄しようとするのは複雑さであり、その点において、自ら作り上げた野球ゲームはピンボールよりはるかに優れた精巧な現実の模倣(mimesis)だと捉えている。

逸話と集団の記憶

このように、ヘンリーのユニヴァーサル野球協会において、繰り返されるサイコロ野球の試合を歴史というナラティヴに編纂する上で統計は重要な役割を果たしている。しかし同時に、数字だけでは野球の歴史、あるいはどのような歴史も語ることができないこともまた確かである。数字だけではベーブ・ルースが野球の歴史を変えたことを物語ることはできない。たとえば、サリスベリーの最初の問いに対する、「ベーブ・ルース」という解答が、なぜこれほどの重みをもって野球ファンの情緒に訴えるのか説明はできない。

ボルチモアの酒場店主の息子があまりに手に負えない悪童であったため孤児院で育てられたとか、病気の子供を励ますために予告ホームランを打ったとか、とんでもない大食いで朝食のオムレツを一八人前食べたとか、レアステーキを四枚平らげたとか、ユニフォームの下には下着をつけなかったとか……

ベーブ・ルースにまつわる鮮烈な逸話は尽きることがない。

統計に劣らずベースボール史を豊かにしているのは逸話の数々である。もちろん、オムレツを一八人前食べても野球の歴史はなにひとつ変わらない。けれども、人間は科学的・論理的証拠よりも逸話的証拠を好む傾向にある。[7] 逸話は数字からなるモノクロの世界をカラーに換え、その真偽にかかわらず、統計に根ざしたナラティヴを記憶に残るものにする力を秘めている。

逸話（anecdote）とは何だろうか？　もともとは「秘密の、個人的な、したがって公刊されていない歴史の挿話や細部（Secret, private, or hitherto unpublished episodes or details of history）」（OED）であり、語源はギリシャ語のἀνέκδοτα で、「未出版のもの」、六世紀の東ローマ帝国の歴史家プロコピオスが、正史に記すことをはばかられるようなユスティニウス帝の問題言動の私的な記録に『秘史』の表題を与えたことに由来し、公の歴史に隠れて伝承されてきた秘史・秘伝を指す。このような記録によって公式の記録だけではわからない当時の実像が明らかになってきた。

けれども、現在使われている意味としては、「おもしろく、興味を引く、効果的な出来事や経験、ときに表面的あるいは当てにならないニュアンスのもの」、[8]「興味を引く、おもしろい、または奇抜な出来事を短く語った話で、しばしば伝記的であり、一般に人間的な関心を誘うもの」[9] が当てはまるだろう。今日の一般的な意味において逸話はおもしろいことが第一条件なのであり、史実とは限らないのである。人柄を端的に語るエピソード、印象に残る極端な話が後世に伝えられる傾向があるため、逸話は必ずしも事実ではない。逸話は記録でなく記憶と結びつく。逸話は歴史的人物の性格や人格の伝承に関係しており、統計が公的記録（public record）であるのに対して、逸話は人々の記憶（public memory）に残る細部なのである。つまり、逸話には歴史という大きなナラティヴ、表のナラティヴを補完する、生きたものにする役割がある。

正式の歴史を編纂するにあたって採用する逸話の真偽は重大だが、小説というナラティヴにおいては、逸話が真であるか偽であるかは本質的な問いではない。小説的逸話の本質は真偽ではなく、そのもっともらしさ、信憑性、印象の強さにある。小説の「真実」は歴史の「真実」とは違う領域に属している。逸話は長編小説に不可欠の要素だが、学術的に文学作品を論ずる際、「本筋」や「主題」といった「まじめな話」に焦点を当てがちで、些細な逸話は見逃されてしまう傾向がある。だが、小説というナラティヴを小説的にしているのは、実は「本筋」を要約したときにこぼれ落ちてしまう、「大事でないこと」、逸脱であり、一見取るに足らないもろもろの逸話群に他ならないことを強調しておきたい。

そしてベースボールの歴史もまた、真実かどうかはわからないが、人間的関心を引きつける端的で味わい深い挿話の積み重ねの上に成り立っている点において、「野球史」を名乗りながら、「歴史的」というよりむしろきわめて「小説的」である。前述のベーブ・ルースの逸話も典型的だが、史実とは違う逸話が野球史を形成した例をふたつ挙げておこう。一八三九年にアブナー・ダブルデイがニューヨーク州北部のクーパーズタウンで野球の試合を行ったという思い出を語る第三者の書簡が、二〇世紀初頭にベースボール誕生の歴史を調査するミルズ調査委員会によって証拠として採用され、ダブルデイが公式にベースボールの発明者と結論づけられた。この説は当時から疑義があったにもかかわらず、ニューヨーク州などに公式見解として採用され、「野球発明百周年」にあたる一九三九年、クーパーズタウンに野球殿堂博物館が開館し、最初の殿堂入り式典が行われる（ルースなどを選出した第一回殿堂選出は一九三六年）。野球殿堂開設は大恐慌で沈んだ田舎の浮揚策でもあり、ベースボールは第二次世界大戦突入後の米国人の愛国心を支えた。[10] 今日、クーパーズタウンを野球発祥の地と主張する野球史研究家は皆無だが、のちに北軍の将校となるダブルデイが、新世界（ニューイングランド）の田園で旧世界（イングランド）からの影響力とは無縁に国民的遊戯を発明した、という神話は、いまなおベースボールの精神を端的に示す逸話として影響力をもっている。偽りの逸話が時代精神の求めるものと完璧に合致して神話を形成したのである。

もうひとつ、初期プロ野球の時代にニューヨーク・ジャイアンツの投手だったルーブ・マーカードの例を見ておこう。一九二五年に現役引退したマーカードは、良好な成績を残したにもかかわらず、殿堂入りは引退後四六年経ってからの一九七一年であった。マーカードの殿堂入りを後押ししたのは統計ではなかった。ニューヨーク大学で経済学の教授だったローレンス・S・リッターは、一九六一年、タイ・カッブ逝去の報に接し、初期野球のスター選手たちの声を残しておくべきだという使命感に駆られ、自家用車にポータブル録音機を載せて引退選手を訪問し始めた。そうして集めた録音インタビューを編纂して、一九六六年に『彼らの時代の栄光』を出版する。本書は版を重ね、リッターは困窮していた元選手らに印税を配布した。その名著の冒頭に登場するのが、マーカードである。野球狂だった少年が堅い就職を望む父親と対立して家出し、浮浪者同様の姿で都市に流れ着く。消防署で親切にされるエピソードなどを経て、大リーグ入りし、ジャイアンツの看板投手となり、父親が見守る試合で勝利を収め、親子は和解する（Ritter 1-19）。自己実現を求めて旅に出る青年の軌跡は完全に神話的で、少年の夢が実現し父親との絆をとり戻すナラティヴは大リーグが喧伝してきた国民的遊戯の理想の非の打ち所のない寓話だった。くわえて、リッターが紙上に再現するマーカードの語り口は、生き生きとした極上のアメリカ口語で、トールテール的なフォーク性と耳をくすぐるようなリズムを併せ持つ。引退後忘れられていたマーカードは本書で一躍脚光を浴び、それがマーカードも認める通り、一九七一年の殿堂入りに繋がった。ところが、マーカードの回想は時間の食い違いといった記憶違いや誇張が多く、必ずしも正確でないことが明らかになっている。実際、ジェイムズを筆頭に統計至上主義者の間では、マーカードの殿堂入りについて批判的な声も上がった。[11] それでもなおマーカードの逸話が「初期プロ野球時代の栄光」を端的に物語っていることは揺らがない。経済学の教授リッターが野球ファンとして統計ではなく逸話の重要性を直感的に理解していた点も興味深い。

このように逸話は野球の記憶伝承において、口承伝統的なかたちで重要な役割を負っている。特別な試合、チームや選手の強烈な個性を記憶に残る印象的なエピソードでもって伝えていくうちに、次第に尾ひれも加わる。野球一試合の勝敗だけでは歴史にならない。試合を積み重ね、今シーズンから来シーズンへと繋げて歴史の継続性を作り出すのが統計、そして一見大きなナラティヴに繋がらないけれども印象に残るできごとを選手の人柄に重ねて鮮やかに描き出すのが逸話の役割と言えるだろう。

イデア野球の創造

さてここで『ユニヴァーサル野球協会』に戻ると、先の引用でヘンリーが死亡者名簿を決定する際、誰が死ぬのかを決めるのはサイコロの目、すなわち確率統計に依っていたが、死因については、「たいていはただひらめくというか、その選手の過去をあれこれ思いめぐらしているうちに、ふとある確信が湧いてくる」、つまり、人柄を語る逸話の蓄積に依拠していることがわかる。そして、逸話の創作はサイコロの目ではなく、ヘンリーの直感的想像力に任されている。

『ユニヴァーサル野球協会』はふたつの物語世界（ディエジェーシス）から成り立っている。ヘンリーの現実世界という外枠のディエジェーシスと、ヘンリーの想像する脳内野球世界という内側のディエジェーシス——この両者は互いに影響を与え合っている。ヘンリーの現実は想像世界構築に刺激を与え、脳内野球はヘンリーの現実を侵食してゆく。ヘンリーは脳内の野球世界に、現実らしさを求めると同時に現実以上の完成度をも求める。「野球ミメーシス」であると同時に、「イデア野球」を目指しているのである。

こうして、ようやくヘンリーは野球ゲームに辿りついたのだった。ほんとにこのゲームくらい面白いものはない。実際の試合だってこれほど面白くはない——実をいうと、実際の野球はヘンリーにとって退屈なだけだった。面白いのは、むしろ記録や統計であり、選手個人と球団、攻撃と守備、作戦と運、偶然と規則性、体力と知力などといったもののあいだにある奇妙なバランスだった。しかも、この世においてこれほど明確で、ひとつにまとまった歴史と特異な価値観を持ちながら、不思議なことに究極的な神秘性まで兼ね備えているゲームは他にはない。ヘンリーはこの野球ゲームを創始するにあたり、手始めに、いわゆる南北戦争と再建の時代、野球の草創期から八球団を選びだし、各球団につき二一人から成る選手名簿を作ったのだった。マーシャル・ウイリアムズ。ヴァーン・マッケンジー。ファンシー・ダン・ケイシー。バーナビー・ノース。なんとはっきりその初

年度のスター選手たちのことを覚えていることだろう。(Coover 45)

ユニヴァーサル野球協会の創造は、統計的美学の追求と歴史に発想を得た一種の二次創作的組み合わせであった。名前そのものに始祖的選手の人柄が込められていると察せられることからも、名づけは、逸話と並んで、人物の伝記や人間性を定義する細部であることがわかる。[12]

また、ヘンリーは実は本物の野球は退屈だと感じていて、現実の試合からはユニヴァーサル野球協会ほどの精神的高揚を得ることはなく、ミメーシスである自らの創造物にひそかな自負心を抱いている。したがって、ヘンリーは本物の野球に近づこうとする一方で、同時に、現実とは別物のイデアのゲームとして、偉大なアメリカのゲームの究極を追い求めているともいえるだろう。現実らしい蓋然性や整合性のみならず想像世界のみに許される美しさが加わってこそ、野球ゲームの完成度が増すのだ。

この小説は、ベースボール文学の伝統や野球をめぐる口語表現、フォークロアを取り入れ、猥雑かつ躍動的に野球世界を描くが、実は本作には物語世界の現実レベルでのベースボールにはまったく言及がない。しばしば「野球小説」にカテゴライズされる本作は実は「脳内野球小説」とでも称されるべきなのかもしれない。『ユニヴァーサル野球協会』の最大の魅力は、旧約聖書のパロディといったアレゴリカルな側面より、ヘンリーの脳内野球世界を活写するクーヴァーのハイパーボリックな野球言語にあるが、ここで再確認しておきたいのは、ヘンリーの「ユニヴァーサル野球協会」は(クーヴァーの『ユニヴァーサル野球協会』とは違って)統計上の記録はあってもあくまでも未だ言語などによって表象実現されず、ひとりの男の脳内にしか存在しない他者との共有が不可能な想像世界だということである。へンリーが友人ルウを招き入れたものの、結局失敗に終わるのは、サイコロのルールは共有できても、脳内に展開する野球偽史とその登場人物たちを共有できていなかったからにほかならない。したがって「ユニヴァーサル野球協会」の偽史は、正確には小説の隠喩というよりも、むしろ芸術表象が成立する以前の創造的意識の中に靄のように立ち上がっている何かであり、実はそれをハイパーボリックな野球言語を駆使してわれわれ読者の前に描き出してみせるのは、作者クーヴァーのなせる技なのである。

その脳内野球の鮮やかな描写から始まる小説の冒頭で、往年の名投手ブロック・ラザフォードの次男デイモン・ラザフォードがルーキーにして完全試合を達成する。これはいわば純粋にサイコロの目の幸運な偶然が連続した結果に起こったこと、統計上の奇遇に過ぎないのだが、統計的事件はドラマを作り出す。ホールインワンは一瞬の出来事にすぎないが、完全試合は幸運の連続、すなわち時間の持続を伴う。したがって完全試合達成は物語美学的にもパーフェクトな瞬間だ。だが、ヘンリーにとってデイモンの完全試合が特別である理由はそれだけではない。彼の脳内野球世界の中では、デイモンが若くして完全試合を成し遂げるような偉大な選手になるであろうことは、あらかじめ定められていた。彼は一代にして英雄となったわけではなく、ユニヴァーサル野球協会最初期から活躍していた父親ブロックの薫陶、そして野球の才能はそれほどではなかった兄のブロック・ジュニアとの葛藤、同じく二世、三世、四世のライバルたちとの競争……こうした「歴史」の複雑な糸が絡み合って、英雄デイモン・ラザフォードが生まれた。彼の人格と実力と家系、すなわちデイモンの統計のみならず逸話のすべてが、彼が英雄となることを運命づけていたのである。したがって、完全試合はヘンリーの長年の努力が報われた瞬間であり、彼の空想野球が現実を超え、真善美が実現した瞬間であるかに見えた。

ところが、次の試合でもサイコロのいたずらは続き、ジョック・ケイシーの頭部死球（ビーンボール）にデイモンは斃れてしまう。これほどの偶然の連続にヘンリーは茫然自失となる。英雄が偉業を成し遂げた途端に悲劇的な死を遂げることは神話の世界では珍しくない。このようなドラマチック・アイロニーはむしろデイモンが真の英雄であることを逆説的に証明するとさえいえる。

けれども運命＝サイコロの皮肉はここに留まらない。ジョック・ケイシーと彼の属するニッカーボッカーズが異様なほどの快進撃を続けるのだ。デイモンが死亡した試合の次の試合では、投手ケイシーの打席での大活躍をきっかけに、打者一巡して一回で一四点も得点してしまう。

にもかかわらず、ヘンリーは椅子に腰をおろしたのだった。サイコロを振って今度はどんなことが起こるか確かめようとしたのだ。頭の中でははっきりとわかっていた。何かが――ひと口でいうならば、デイモンの死による痛手を癒やしてくれるようなことか――あるいはかれが作りあげた世界がすっかりがらくたに化すようなことか、いずれにせよ、どちらかが起こりそうだった。しかし、いざふたを開けてみると、ニックスがハリファックス投手に襲いかかったのだった。殺し屋ケイシーのライナー性のヒットを口火に、二死後（ツーアウト）ギャリスンとボールドウィンが、それぞれ二塁打とヒットをかっ飛ばした。おまけにマッキャミッシュのホームランまで飛びだし、たちまち狂人ケイシーとニックスに四対一とリードを奪われてしまった。「……」畜生、やつら笑いがとまらんだろう。ウィークスは三振に終わったものの、ギャリスンのヒットとボールドウィンの四球で満塁。「チェッ、エースが聞いてあきれる。とっとと引っこめ――」ヘンリーはかっとしてハリファックス投手に文句をいうと、ドリュー・マックダーモット投手を救援に送り込んだ。マックダーモットはマッキャミッシュを三塁ゴロに打ちとるが、ハットラック・ハインズがお手玉して一点追加。さらにメイヴァリーのヒットで一点。オシーアの今日三本目のヒットでまた一点。

ヘンリーは右手でだらしなく頬づえをつきながら左手でサイコロを振り、ニックスの連中がピクニックみたいに小踊りしながらダイヤモンドを駆けまわるのを見ていた。マスグレイヴスはニックスの選手の中でただ一人これまでヒットがなかったが、かれまでヒットを放ってマッキャミッシュを迎え入れる。ちょうど打順がひとまわりして、ケイシーのバカがこの回二度目の打席に立つことになった。しかも満塁で。まったく手がつけられない一方的な試合になってしまった。ケイシーのやつには、きっとボールの皮が破れるような凄いやつを打たれるぞ。気が滅入り、むかつくような状態でヘンリーはそう思ったが、実際はちがった。ケイシーはなんとルールブックにあるあらゆる常識を破り、フリン監督のサインも無視してバントをしたのだ。こんなひどい状況でスクイズバントを。それで、メイヴァリーが三塁からホームイン。しかも、ロイス・イングラム捕手の一塁への送球が悪送球になり、ケイシーはセーフ。さらにオシーアにまでホームにすべり込まれ、もう一点。もはや狂気の沙汰だが、現にこの通りだった。（127-29　強調原文）

ここにきてサイコロを手にするヘンリーに不満が募る。デイモンの悲劇的な死を嘲笑うかのようなニッカーボッカーズのプレーは、彼の空想野球世界の完璧さ・美しさを損なっているのだ。

得点や誰がプレーしたかなどということは覚えていなかった。ただし、ニッカーボッカーズが最初の試合を除いて全部負けたことだけはわかっていた。そのことには特に気を配っていたのだ。あとは、ただサイコロを振っているだけだった。野球協会をぶち壊しているということは、かれ自身にもわかっていた。記録はまったくつけていないし、野球年鑑には一項目も書き込んでいなかった。だから、選手が果たして必要なだけ打席に立ったか、また必要なだけピッチングを行なったかもわからなかった。誰が打っているのかも、どの投手が規定回数を越えているのかもわからない。もはやどの球団が優勝しようとかまわなかった。ヘンリーはただひとつの執念に捉われていたのだ。それは、ケイシーとかれの所属している球団を屈服させたい、かれらが一日でもいいからパイオニアズより下位に落ちるのが見たいという執念だった。しかし皮肉なことに、ニッカーボッカーズをやっつければやっつけるほど、パイオニアズが後退してしまうのだった。(176)

自ら発案した野球ゲームは現実らしさと現実以上のおもしろさを兼ね備えていると自負していたヘンリーだが、彼が空想野球に求めていたことは、確率統計が織りなす複雑な妙味だけではないことが明らかになってくる。空想世界の調和を保つためには、ニッカーボッカーズとケイシーは罰を受けるべきだと思い込むようになる。彼が求めるものは空想世界におけるイデアの実現、要するに詩的正義である。

野球ゲームに詩はあるか？

詩的正義（poetic justice）は一般に「勧善懲悪」と翻訳されるが、イギリスの演劇批評家トマス・ライマーが一六七八年にその著書ではじめて用いたときには、演劇作品における「勧善懲悪」を推奨したのではなく、むしろ、作品世界内における道徳秩序の回復プロセスに名称を与えたのであり、そのプロセスは古代ギリシャ以来文学作品でくりかえし描かれてきたものであったというのがライマーの理解だった。[13]

詩的正義は文学作品や映画などフィクショナルなナラティヴだけに当てはまる概念ではない。スポーツやボードゲームなど現実から一歩隔たった遊びの世界にもしばしば援用される。プロレスはその最たる例だし、野球の世界ならば、一九一八年以来優勝から遠ざかっていたボストン・レッドソックスが、二〇〇四年ついに「バンビーノの呪い」の呪縛を解き優勝に至る道程を詩的正義実現へのドラマと読み取った野球ファンは少なくないだろう。[14] ポピュラー・カルチャーにおいて、詩的正義は感傷主義と結びつきやすい。ポエティック・ジャスティスは単純に悪が負かされ善が勝つのではなく、作品世界（ディエジェーシス）に内在する論理に破綻がなく整合性がある状態をも表す。伏線と結末の呼応、人物造形とプロットとの合致、そのような作品世界の調和を総称したのが詩的正義である。それはまた、作品世界、ひいては文学作品の自律性（autonomy）の証でもあり、文学作品では倫理（ethics）と美学（aesthetics）の融合が図られるという古典主義的文学観を反映している。[15]

単に勧善懲悪因果応報の教訓譚でもなく、空虚な統計美でもない——ヘンリーが目指したのはそのような空想野球世界の構築だった。けれどもその後サイコロは彼の理想を裏切り続けた。そこでとうとう魔が差してサイコロを操作してしまう。

パイオニアズ対ニッカーボッカーズの試合が眼の前にある。びしょびしょに濡れてはいるが、字は読めないことはない。もう終わりだ、だめだ。ヘンリーは惨めな気持ちで悟った。ユニヴァーサル野球協会の所有者は、どこか見知らぬ土地に行ってしまったのだ。溜息をついた。震えが全身を駆け抜け、気分が悪くなった。両肘をテーブルの上に置き、手を組み、それに顔をもたせかけた。［……］デイモン・ラザフォードか。ビールの浸み込んだタオルで涙を拭うと、ヘンリーはテーブルの野球ゲームをじっと見おろした。こんなふうになったのも、あの事件があったからだ。これじゃまったく手に負えそうにない。ちっとも名案が浮かばん。それに、これでユニヴァーサル野球協会はすっかり解体してしまった。ヘンリーは立ちあがり、協会に背を向けた。かれ自身老いぼれて、やつれ果てた気がしたのだった。このままにしておこうか……？　いや、燃してしまった方がいい、もうこれっきりにして。記録ブックもルールブックも野球年鑑も全部。こんなものが身近にころがっていたら、いつまでたっても未練がたち切れやしない。流しの下に買物袋があった。山ほどのスコアシートを掻き集めその中に突っこみ、今夜の試合のスコアシートに手を伸ばしかけた。そこにはまだ二・六・六のままのサイコロがあった——ほとんど本能的に——ヘンリーはそちらに手を伸ばし、二のサイコロをくるっと六に変えた。これで、ヨークとウィルスンが連続ホームランを打ったことになり、ゲームは大事件一覧表へと移るのだ。こんなに簡単にできるとは。

ヘンリーは皮肉な思いを抱きながら、苦笑いした。それに、ひょっとしてこの試合を救うことにもなるかもしれん。選手たちはどんなふうに思うだろう。さぞかし奇妙だろうな。震えが来た。寒けだ。［……］

六・六・六＝投手はライナーを受け致命傷を負う。打者は一塁セーフ、走者は一つ進塁。(199-200)

サイコロを2-6-6から6-6-6に動かすことで流れが変わり、イングラムが打ったライナー球が当たって投手ケイシーは死亡する。ヘンリーの空想世界は登場人物たちの命運を創造主のヘンリー自身が自在に決定することができないことで蓋然性を保っていたが、ここに至って恣意的な介入を行い、空想世界の住人を処刑することになる。これは文学的効果を成就させるために、韻律・文法・論理・事実（物理法則など）に関する破格や逸脱が許容される、詩的特権（poetic license）の行使といえるかもしれない。サイコロですべての運命が決まるというリスクとチャンスに支配されていたゲーム世界の根幹にかかわる決まりに例外を導入したことで、ユニヴァーサル野球協会は同じ試合を宗教的再現劇（passion play）のようにくりかえし再現し続けるようになる。

サイコロの偶然と保険統計の組み合わせからなる確率統計と、一見物事の本質に関わりないような細部の蓄積が織りなす逸話の組み合わせによって、ヘンリーは現実の野球史にそっくりの手触りの疑似野球史を創り上げてきた。ヘンリーの脳内野球史は、偽史としての物語であり、挿話や逸脱や細部の積み重ねによって、「あるいはそうであっただろう」と思えるもっともらしさを維持する近代小説の虚構世界と重なる。ところがサイコロが引き起こす偶然の連続によって蓋然性のタガが外れると、脳内野球界は暴走を始め、野球ゲームによって完璧ではない日常との折り合いをつけていたヘンリーの精神は追い詰められる。そこで彼は最後の手段として意図的にサイコロを操作し、詩的特権を行使する、あるいは自らがデウス・エクス・マキナとなって虚構世界に介入する。ヘンリーの虚構世界は硬直し猥雑な活気を失い、ユニヴァーサル野球協会は「かくあるべきである」というドグマに支配された儀式世界へと変貌してしまう。

このような皮肉な結末についての考察の手がかりを二点提示して本論の結びとしたい。

まず、ヘンリーの意図的介入とその末路は、小説執筆者の創造的意識のきわめて精妙なバランスについてのアレゴリーとして読める。文学的創造プロセスは、潜在意識と表層の批評意識とが互いに働きかけながら微妙なバランスを保つ過程になりたつ。文学的創造力が人間意識の枠内でどのように作用するのかは、認知科学研究の射程に入ってきたとはいえ、複雑でいまだ謎の多い領域である。それはひとつには、意識や創造的言語活動について語ることは、科学者・文学者ともに認めているように、自己について語ることになり、客観的記述ができないからである。[16]

もう一点はベースボールの文化表象に関わってくる。アメリカが自分自身に語り続けてきたベースボールの歴史は、古典学教授で晩年MLB第七代コミッショナーを務めたA・バートレット・ジアマッティが指摘する通り「制御された自由」をめぐる物語であり、「のびのびと無限に広がる都市の緑の時空間」「九人に平等に与えられる打席のチャンス」「大人の男が子供の遊びに興ずる特権」といった表象を生み出してきた。[17]そのような歴史ナラティヴにおいて、統計と逸話こそが米国の野球神話を支えるふたつの柱なのだ。そしてヘンリーのユニヴァーサル野球協会もまた、サイコロが生み出す無為自然な確率統計と恣意的な逸話の取捨選択によって、会計士の起伏に乏しい現実よりもはるかに鮮やかな感覚質をともなう虚構世界を作り上げてきたのである。ところが、その想像世界をより理想に近づけようとして行った意図的介入は、ベースボールが持つ（とされている）本来の美徳を破壊してしまったのだ。

注

（1）本稿は二〇一六年九州大学「リスクマネジメントから見る文学」研究会における講演を元に改稿した。

（2）クーヴァーの初期代表作としての『ユニヴァーサル野球協会』については、エヴンソンが、その特徴的テーマを「人生と虚構の関係とその交換可能性、人間にとっての虚構創作の必要性とその虚構に縛られる危険性、虚構を閉じた神話へ変貌させることでその重要性に固執する危険性［……］宗教と宗教熱批判」（Evenson 38）とまとめている。ローリセラは、「ウィットと喜劇的ペーソスと修辞的創意工夫の力技である『ユニヴァーサル野球協会』は虚構の中の虚構という仕掛けを見事に使いこなしている」（Lauricellah 188）と評し、ゴードンは「クーヴァーはテクストに大衆的・古典的神話への無数の多面的言及を織り込む。そうしてそれらの意味を定着させまいと、ひとつひとつを変幻させ、ゆがめ、詳述し、打破してみせる」（Gordon 34）とまとめている。宗教的言及については、Anderson 60-61、Cope 37-44、McCaffery 40-59 などを参照。

（3）Bill James については、Lewis 64-96 を参照のこと。野球における統計の重要性について、カッストとパートリッジは「野球における統計の特別な役回りは野球の歴史に端を発するかもしれないが、同時に野球における個人技と集団能力の独特なバランスにも由来が遡るだろう。野球の試合は、ひとりの打者が守備一団に支えられた投手と対峙するという、個人の行為の反復の総計だからである」と述べている（Cassuto and Partridge 34）。

（4）ファンタジー・ベースボールなど野球統計データの消費者経済化については、Cassuto and Grant 35-36を参照。
（5）そして記録は二〇二〇年現在も破られていない。
（6）『ユニヴァーサル野球協会』からの引用はすべて越川訳による。
（7）カッスートとパートリッジは、統計（量的データ）に対して、逸話に該当する情報を質的情報、「非質量的ものさし（nonquantitative measures）」（Cassuto and Partridge 38）と捉えている。ルースと逸話については38-39参照。
（8）"A short account of an amusing, interesting, or telling incident or experience; sometimes with implications of superficiality or unreliability." (OED).
（9）"a usually short narrative of an interesting, amusing, or curious incident often biographical and generally characterized by human interest" (Merriam-Webster's Unabridged).
（10）ミルズ調査委員会と野球殿堂設立の経緯については、Vlasichなどを参照。また戦時におけるベースボールの役回りについてはCrepeauなどを参照。
（11）マーカードの伝記についてはMansch、殿堂入りをめぐる問題についてはJames 170-71、Chafets 49-71を参照のこと。
（12）モルトビーは「名づけの力は、意味を付与する行為であり、人物の意義を作り出す行為にある」(Maltby 96)という観点から、『ユニヴァーサル野球協会』における名前と歴史の意味づけについて論じている（92-97）。
（13）"poetic justice." *The Oxford Dictionary of Literary Terms.* 4th ed., Chris Baldick, *Oxford Reference.* Web.
（14）その典型例としてスチュアート・オナンとスティーブン・キングの共著、*Faithful: Two Diehard Boston Red Sox Fans Chronicle the Historic 2004 Season*を挙げておく。
（15）もちろん『ユニヴァーサル野球協会』の場合、サイコロの目が不自然な結果を出し続けるのは、確率統計に支配されているからではなく、作者ロバート・クーヴァーがそう目論んでいるからで、本小説がメタフィクションである所以である。「ポエティック・ジャスティス」の問題はあくまでも小説内世界、ヘンリーの空想野球リーグに属する課題であり、本小説自体は古典主義的文学観を目指しているわけではない。

（16）Lodge 第二章を参照。

（17）Giamatti 73、吉田 九九–一〇一。

引用文献

Anderson, Richard. *Robert Coover*. Twayne-G.K. Hall, 1981.

Cassuto, Leonard and David Grant. “Babe Ruth, Sabermetrics, and Baseball’s Politics of Greatness.” *The Cambridge Companion to Baseball*. pp. 33-48.

Cassuto, Leonard and Stephen Partridge, editors. *The Cambridge Companion to Baseball*. U of Cambridge P, 2011.

Chafets, Zev. *Cooperstown Confidential: Heroes, Rogues, and the Inside Story of the Baseball Hall of Fame*. Bloomsbury, 2009.

Coover, Robert. *The Universal Baseball Association, Inc., J. Henry Waugh, PROP.* 1968. New York: Plume Penguin, 1971.［『ユニヴァーサル野球協会』越川芳明訳（白水社、二〇一四）］

Cope, Jackson I. *Robert Coover’s Fictions*. Johns Hopkins UP, 1986.

Crepeau, Richard. “Baseball and War.” *The Cambridge Companion to Baseball*. pp. 81-94.

Evenson, Brian. *Understanding Robert Coover*. U of Southern California P, 2003.

Giamatti, A. Bartlett. *Take Time for Paradise: Americans and Their Games*. 1989. Bloomsbury, 2011.

Gordon, Lois. *Robert Coover: The Universal Fictionmaking Process*. Southern Illinois UP, 1983.

Greville, Thomas. N. E. *United States Life Tables and Actuarial Tables 1939-1941*. http://www.cdc.gov. Web. 18 February 2016.

James, Bill. *Whatever Happened to the Hall of Fame?: Baseball, Cooperstown, and the Politics of Glory*. Free Press, 1995.

Lauricella, John A. *Home Games: Essays on Baseball Fiction*. McFarland & Company, 1999.

Lewis, Michael. *Money Ball: The Art of Winning an Unfair Game*. W.W. Norton, 2003.

Lodge, David. *Consciousness & the Novel: Connected Essays*. Secker & Warburg, 2002. eBook.

Maltby, Paul. *Dissident Postmodernists: Barthelme, Coover, Pynchon*. U of Pennsylvania P, 1991.

Mansch, Larry D. *Rube Marquard: The Life and Times of a Baseball Hall of Famer*. McFarland & Company, 1998.

McCaffery, Larry. *The Metafictional Muse: The Works of Robert Coover, Donald Barthelme, and William H. Gass*. U of Pittsburgh P, 1982.

O'Nan, Stewart and Stephen King. *Faithful: Two Diehard Boston Red Sox Fans Chronicle the Historic 2004 Season*. Scribner, 2004.

"poetic justice." *The Oxford Dictionary of Literary Terms*. 4th ed., Chris Baldick, *Oxford Reference*. Web. 8 April 2020.

Ritter, Lawrence. *The Glory of Their Times: The Story of the Early Days of Baseball Told by the Men Who Played It*. 1966. Harper Perennial, 2010.

Salisbury, Luke. *The Answer Is Baseball: A Book of Questions That Illuminate the Great Game*. Random House, 1989.

Smith, H. Allen and Ira L. Smith. *Three Men on Third*. 1951. Halcottsville, Breakaway Books, 2000.

Vlasich, James A. *A Legend for the Legendary: The Origin of the Baseball Hall of Fame*. Bowling Green State U Popular P, 1990.

吉田恭子『ベースボールを読む』（慶應義塾教養研究センター叢書、二〇一四）

第 3 部　テクストの外へ

ヘンリー・ジェイムズの「ビロードの手袋」と孤独な共存

竹井智子

本章では、ヘンリー・ジェイムズ最後の短編集『ファイナー・グレイン』に収められた「ビロードの手袋」の色彩に注目し、一九世紀にジェイムズが経験したパリと二〇世紀のパリの現実が本作に二重に投影されていることを検証する。その上で、パリ国際挿話という地理的緊張の枠組みを通して描出される異なる時代の価値観間の軋轢に、執筆当時の作者の孤独と戸惑いが照射されていることを指摘する。「ビロードの手袋」は視点人物である新進気鋭のアメリカ人（expatriate）作家ジョン・ベリッジがパリの社交界で経験するわずか二、三時間の物語であり、彼の妄想（vision）を巧みに描いた小品である。ベリッジはグロリアーニの邸宅で美しい「プリンセス」に〝誘惑〟され夜のドライブに出かけるが、彼女がエイミー・エヴァンズという筆名でロマンス小説を出版しており、自身の新作への序文執筆を依頼するために彼に近づいたのだと知って彼女を拒絶する。本作を巡っては、イーディス・ウォートンと作者の伝記的事実に基づく批評が多くみられるが（Tintner 他）、パリ国際挿話という観点では、かつてエドウィン・シル・ファッセルらが論じた他、近年では、本稿でも触れるように、執筆当時のパリの状況を踏まえた興味深い議論もなされている（Chung）。

『ファイナー・グレイン』に収録されている他の四作品のうち、ニューヨークを舞台にした「喪服のコーネリア」と「一巡り」では帰国者（repatriate）が扱われ、その後に手掛けられた二つの長編小説、『象牙の塔』と『過去の感覚』ではそれぞれ帰国者と渡英したアメリカ人が描かれている。作者がこのように最晩年に繰り返し国際情況の枠組みを用いたことは、コスモポリタニズムが彼の創作の根幹を成すことを改めて示している。ジョン・カーロス・ロウはジェイムズのアメリカ性を強調しようとする今なお続く批評史の傾向に苦言を呈した上で、「多くの点において、ジェイムズの作家としてのキャリアは、アメリカ、イギリス、フランス、イタリアの地理的境界を超越する異文化間交渉の実践であると要約することができる」と論じている（Rowe 393-94, 397-98）[1]。そのようなジェイムズが、「ビロードの手袋」において、かつての自身の姿を彷彿させもする登場人物による二〇世紀初頭のパリでの経験を通して、地理的のみならず時間的にも超越した価値観間の交渉を描いたことは興味深い。次節以降で、彼がキャリアを通して目撃した新旧異なる価値観の並置、重複、そして衝突を考察する。

なぜベリッジは色黒か――ジェイムズの一八七〇年代パリと劇場

ジェイムズのテクストにおける色彩を巡る議論は多くはないが（Lowe 188）、視覚的刺激の中でも特に見た人に強い印象を与える色は、視覚が重要な役割を果たすジェイムズのテクストを読む上で何らかの手がかりを与えてくれると思われる。事実、アデライン・R・ティントナーは、ベリッジがアメリカ人であることが「西の空に昇る」火星を示唆する「赤い光」と表現されていることと、彼を〝誘惑〟するプリンセスのドレスの「妙なる色調」がキーツの「エンディミオン」の月の女神ダイアナのそれに倣っていることを指摘している（Tintner 485）。これらの指摘が端的に示すように、「ビロードの手袋」のテクストにおける色の用いられ方は注目に値する。ベリッジはさらに冒頭の章で、黒色を伴って次のように描写される。

> 閣下（Seigneurie）は背が高く姿勢が良かったが、ありがたいことに『黄金の心』の作者［ベリッジ］もまたそうであった。彼はまた、それほど野卑な「御面相」というわけでもなかったし、彼がほんの少しばかり普通よりも、したがって若干目立つほどに額や眉が黒く（black-browed）、朝のように白いというわけではないからといって本質的に劣っているということはなかった。（"The Velvet Glove" 735）(2)

パリの彫刻家グロリアーニ邸で開かれたパーティに出席していたベリッジは、彼に愛想よく近づいてきた若いイギリス人「貴公子」の立派な外見と自身のそれを比較してこのように考えるのだが、ここでは、否定されているがゆえに却ってベリッジの劣等感が浮き彫りになり、その感情が彼の肌の黒さに関係していることが示唆されている。市川美香子はこの場面について、ベリッジに黒人性が付与されていると指摘しているが（市川　三四三）、本稿でもベリッジの黒さと劣等感が彼のアメリカ性に由来すると見做しつつ、さらに別の解釈を試みたい。ここに描出されたベリッジの複雑な感情、すなわち売れっ子小説家としての自負とパリの名士たちに対する劣等感こそが、このテクストの語り手が寄り添う彼の認識すなわち物語を形成するからである。本節ではベリッジの黒さと劣等感を、若き日の作者自身の経験に照らして検証する。

一八七五年、ヨーロッパでの作家活動を志して大西洋を渡ったジェイムズが最初に拠点を定めたのがパリである。結局その約一年後にはロンドンに移住することになるのだが、この時のパリでの経験は彼の創作、特に後期の作品に大きな影響を与えたとピーター・ブルックスは指摘している（Brooks 4-5）。『トリビューン』誌への連載を含め、ジェイムズは一八七〇年代後半にパリやフランス関係のエッセイを多数執筆しているが、その中でも注目したいのは「コスモポライトであることは理想的ではないと思われる」という文言が良く知られる「折々のパリ」である（"Occasional Paris" 71）。続けて「コスモポリタン精神の行きつくところ、あらゆる国々の人々の長所を学ぶことができる」（72）と述べてその特質を肯定しているものの、(3) コスモポリタンとしての自身の立ち位置についてのジェイムズの両義的（アンビバレント）な感情がここによく表れている。この言及に加えて、『アメリカ人』や『大使たち』等におけるパリ社会の描写は、この都市がイタリアと並んでジェイムズに国際情況を描くのに適した舞台を提供してくれたことを示している。

本論に関連して「折々のパリ」のテクストで注目したいのが色である。ジェイムズは、ドーバー海峡を渡りフランスの海岸線を目の当たりにする際の最初の印象を「より強い光の領域、明るさと色彩の一帯に入ってゆく」と表現し、フランスの何の変哲もない（と彼が捉えるところの）風景を、色彩を多用して描写している。「青と赤の税関吏や兵士たち」、「濃い空色のブラウスを着た背の低い無骨な男たち」、「ピンク色や黄色の家々」、「明るい青い文字が記されている」「白いカフェ」、「白いエプロンを着けた［……］給仕係」といった表現は、「絵画的」で「異国風」の風景を現前させる（77）。人々の服装や建物の色についてのこういった言及は、いかにジェイムズが人々や事物の外観から強い印象を受けたかを示していると同時に、彼が人々の生活の内面ではなくむしろ表層を注視したことを暴露しているとも言える。(4) そしてこのことは、当時のジェイムズのパリでの経験を端的に表してもいる。彼はパリ滞在にあたってニューヨークの日刊紙『トリビューン』に記事を書き送る契約をしていたが、彼の通信は「全くもって外側から見たパリ（Paris-from-the-outside）」であったからである（Edel, *Conquest of London* 237）。(5)

ベリッジの意識を反映する「ビロードの手袋」の不明瞭な語りもまた色への言及を多く含んでいる。特に書物は色に関連付けられており、例えばベリッジは、エイミー・エヴァンズと自身の著作が共に「けばけばしい赤色の表紙」（"The Velvet Glove" 744）であるため二冊を混同してしまい、彼女が自分に見せたがっていた新作の表紙はきっと「青か、緑か、あるいは紫色」（747）だろうと考える。ちょうど若かりし頃のジェイムズが「折々のパリ」において人々の服装を「青」や「赤」、建物を「ピンク」や「黄」などと表したように、このテクストにおいて書物はタイトルや著者、あるいは中身によってではなく色によって識別されているのである。さらに、ベリッジがエイミー・エヴァンズの本の一節を読んだ時でさえ、彼女の文章は灰色と表現されている（746）。また、彼女はベリッジによって「プリンセス」と認識されているが、彼女の容姿の詳細な美しさではなく、身につけているドレスの色すなわち「淡黄色」や「薄い金色」（740）が強調されている。こういった色への言及を通して、「ビロードの手袋」の語り手はベリッジにとっての「見る力」（737）、すなわち事物の表層を見ることを通して刺激される想像力や好奇心の働きを強調する。さらには、パリが持つ視覚的誘惑や観察者を圧倒する力、そして見る者（パリの訪問者）とその対象（パリ社会）の間の距離をも示唆している。そしてそれは、「折々のパリ」に用いられている比喩、〝開かれた窓の部屋の中にいる観察者〟（73）から想像される、外に広がる華やかで明るい世界と見る者を隔てる距離に通じる。

見る者と見られる対象とのこのような距離感は、「ビロードの手袋」における劇的要素への多様な言及によっても表現されている。ティントナーは「この作品は［ジェイムズ］最後の七つの物語のなかで最も劇場的あるいは演劇的であり、男性主人公の意識に焦点を当てた劇である」（Tintner 488）と指摘している。「目」は繰り返し言及されており、ベリッジは、パーティの招待客たちが自分の眼前で繰り広げる天上の芝居を凝視する役割を与えられている（"The Velvet Glove" 732）。また、プリンセスの登場は「舞台の見せ場（scenic show）」であり、ワーグナーの音楽をバックに「ヒロインが合図に合わせてフットライトのところまで進み出た」（738）かのような印象をベリッジに与え、彼女の行動は「演技（performance）」（742）と表現されてもいる。このように、パリの社交界そのものがベリッジにとっての一幕の劇であり、彼はそれを眺める観客なのだ。

ジェイムズが「折々のパリ」を含む一八七〇年代後半に執筆したエッセイや通信においてもたびたび

パリでの観劇の魅力に言及していることに鑑みると、パリと劇（場）が彼の印象の中で強く結びついていたと推察するのは難しくない。[6] ブルックスによれば、一八七五年から翌年にかけてのパリ滞在期間中、ジェイムズは、「予約のない宵」にはしばしばフランス座に通っていたという（17）。このエピソードは、彼が抱いたパリ社会からの疎外感が、パリの劇場にまつわる記憶に繋がっている可能性を示唆している。[7] ジェイムズがフロベールらパリの作家の集まりに対して疎外感を抱いていたことや彼が彼らのことを知的排他主義であるとみなしていたことは、よく知られている（Brooks 77）。パリの作家たちの間にはアメリカの小説のみならずイギリスの小説に対する関心までもが欠落していたことを、ジェイムズは苦々しく思っていたのである。[8]「ビロードの手袋」のベリッジはパリの社交界を舞台に劇を演じる名士たちを「オリンポスの神々」と呼んでいるが、この比喩はジェイムズが一八七五年当時、アメリカの友人トマス・サージェント・ペリーに宛ててパリから書き送った手紙の中でフロベールの文人サークルに集う人々を称して用いたものでもある（*Complete Letters* 1872-76 vol. 3 61）。[9] すなわち、劇場の内においてのみならず、その外においても彼は観客であったと言える。このように、ジェイムズの初期のパリ滞在経験における傍観者的性質には、同時に自分の芸術に対する誇りと不承認に対する劣等感が交錯していたと考えられるのだ。

そして、「ビロードの手袋」で用いられている色もまた劇場のイメージと結びついている。ベリッジはパリ社交界に集う「オリンポスの神々」を「銀色の雲」（"The Velvet Glove" 736-37）の住人として描いている一方で、プリンセスが着用しているドレスは最初に「淡黄色」と形容された後、すぐに「薄い金色」（740）と言い直される。パリ社交界を表現する「銀色」と考え合わせると、「薄い金色」（faded *gold*)」と表現されていることは重要である。「銀色の雲」も「薄い金色」も、パリの名士たちがベリッジの認識の中では舞台の上にいることを暗示しているからだ。白い雲は光が当たるからこそ銀色に見えるのであり、女優に比せられるプリンセスの黄色いドレスもステージライトを浴びて金色の輝きを帯びるのである。[10] なお、プリンセスのドレスの薄い黄色は、すでに引用したようにティントナーの指摘によれば月の女神アルテミス（ダイアナ）を表す色である。まどろむ羊飼いエンディミオンの元へ天上から月の女神が舞い降りるというベリッジの夢想が示すように、色のみならず空間認識においても上位にいるプリンセスと下位にいるベリッジという構図が描かれており、パリ社交界と劇場の舞台の連想が示唆されている。したがって、本節の最初に引用したベリッジの浅黒い肌は、彼が観客であり、明るく照らされた舞台よりも下の、ステージライトの当たらない観客席にいることを示唆していると言うことができる。このように、若き日のジェイムズのパリでの経験を反映しているベリッジの認識は、銀色の雲の上にいる演者すなわちパリの名士たちと、薄暗い客席にたたずむベリッジの劣等感を帯びた黒い肌という対照によって端的に表現されているのである。

ベリッジの白目と従者の白い顔――知覚の転換と二〇世紀パリ

前節で見たように、一八七〇年代後半のジェイムズのパリ滞在の経験、特にその際に抱いた疎外感が「ビロードの手袋」の作家ベリッジの認識と妄想に織り込まれている。しかし同時に、このテクストはプリンセスの真意、さらに言えば、彼女の認識（vision）が映し出す二〇世紀初頭の現実や価値観の存在を、たとえ十分に明瞭でなかったとしても、最初から常に描出している。まず冒頭の章で、イギリスの「貴公子」はベリッジに友人の著作に対する「御意見」をいただきたいと願い出（733）、続く章で、当の友人であるプリンセスはベリッジに自分の新刊を読んで欲しいと依頼する（747）。したがって、彼らがベリッジに面識を求める真意、すなわちプリンセスの作家としての動機を推測することはさほど難しいことではないと言える。それにもかかわらず、ベリッジはこの事実に耳を傾けようとはせず、眼前で繰り広げられる神々の劇を見ることに専念するのである。下記の引用は、彼の想像力がいかにプリンセスの真意を理解することを妨げているかを明瞭に表している。

彼女の真意は、それが何であれもちろんあまりに驚くべきことであったので、それに――もう一度言うがそれが何であれ！――応えたいという彼の内なる欲求にかられ、思わず、次のような語句が唇をついて出た。「あなたはとても、とても親切にしてくださいますか？」「あら、『親切』だなんて、ベリッジさん。」と彼女は輝くように笑った。「『親切』なんて、どうってことございませんわ――！」と言いかけて彼女はもう一度、一瞬とどまった。「ですから、私がそうあろうと思っていることに比べれば。どうぞご覧になっていらして。」と彼女は言った。「私がどうありたいと思っているかを！」それこそがまさに見ずにはおれないものだと彼は感じた――本や、大衆や、ペンネームにも拘らず。最もいい加減で横柄な古代ローマ人やビザンチン人を思わせる全く「頽廃的な」酔狂にも拘らず。［……この酔狂のおかげで］彼女はロマンスにどっぷり漬かって、恐ろしい、素人くさい無茶苦茶な駄文を書きなぐっているのだ。おまけに版やら広告やら批評やら印税やら他のあらゆる無駄な項目にも拘らず。なぜなら、別の部屋にいる人々、ベリッジを歯牙にもかけない人々を放擲するというまさにこの行動、彼に会いたいと思うや否や、大胆さと無頓着な勇ましさで彼ら全員に背を向けたというまさにこの彼女の行動以上に、心ときめく出会いの深い本質はあろうはずがないからだ。（748-49　強調原文）

プリンセスが「素人くさい」ロマンスを書きなぐり、商業主義に毒されていることを理解しながら、ベリッジはこのように自分が見たいものだけを見ることを正当化する。「ベリッジを歯牙にもかけない」という表現が物語る、パリの名士たちに対する劣等感と彼らからの疎外感が彼の想像力を突き動かすのである。ベリッジのプロットとプリンセスのプロットは常に並置されていると言ってよいが、彼の見方が変わり彼がプリンセスの真意を悟るのは物語の最終章である。この認識の変化に沿って、二〇世紀初頭の新しい価値観やテクノロジーがベリッジのそれまでの認識を圧倒するようになる。今や彼が占めるのは劇場の観客席ではなく、プリンセスが誘い出した夜のパリをドライブする自動車の後部座席である。車窓の景色を眺め、新しい視座がもたらす認識を獲得した彼は、「これこそがパリを知るということだ」（752　強調原文）と感じる。本節では、彼に現実を知らしめた新しい視座を検証する。

ベリッジのドライブの場面は、イーディス・ウォートンの車でパリを巡ったというジェイムズ自身の経験を反映していると言われる。[11] 難波江仁美はジェイムズのパリやアメリカでのドライブ体験を丁寧に追いながら、彼にとって車での旅行とは見慣れた景色をもう一度見直すことであったことを示唆している。アリシア・リックスもまた、ジェイムズにとっての自動車旅行と「テクストの改訂作業」の類似性を次のように指摘している。「文学上の改訂作業と自動車旅行によって可能になった再発見とは、ある種の類似性を持つ。なぜなら、それらの小旅行が作家にとって『素晴らしい』ものになったのは、見慣れた場所を『異なる方法で』訪問したからである」(Rix 237)。ベリッジにとってもまた同様に、見慣れた都市を車窓から眺めることは、それまでの彼の認識を一新させる——若き日のジェイムズの視座が投影されているベリッジが、二〇世紀という新しい時代の枠組みからその都市を眺めることを可能にする。グロリアーニ邸を出てすぐに、プリンセスとベリッジを乗せた車の扉を閉じた従僕の「電灯に照らされた白い顔」が、いわゆる名士ではない人々、あるいはそれまで光を浴びなかった人々もまた、二〇世紀においては光を浴びる可能性、すなわち新しい価値観の到来を示唆するのである("The Velvet Glove" 752)。

ベリッジの認識の変化は、このテクストの語りにおける立場の混乱を招く。事実、ベリッジの視点の転換をもたらすドライブ体験は、最新の乗り物で縦横無尽に疾走しパリを俯瞰する万能感と同時に、自分の意思とは無関係に高速で移動させられるという主体性の喪失を伴うものであり、一種主客を攪乱する装置であると言える。[12]「ベリッジはドライブコースを辿ったり測ったりするのをやめた」という表現が示唆するように、彼は非主体的に移動させられながら、自分のではなく彼女の描いたプロットに加わることになる(752)。しかし「[パリの]紫色のとばりは金の刺繍で飾られていた」(753)あるいは「車外の光が増幅しはじめた」(755)といった表現が示すように、色と光を伴って描写される外の景色とは異なり、プリンセスとベリッジの舞台であるはずの車内の描写は曖昧で薄暗く、グロリアーニ邸という劇場とは異なりプライベートな空間である。さらには、ベリッジの認識における視覚の優位性が徐々に減じ、代わって聴覚が重要性を増す。既述のように、このテクストでは視覚の果たす役割が強調されており、第一章と第二章では概ね、ベリッジは音に対してはむしろ鈍感である。逆に、視覚は彼の認識において重要な役割を担っており、グロリアーニ邸で音楽が盛大に演奏される場面においてさえ、音楽への関心よりも出席者たちの様子を熱心に観察するベリッジの視覚が強調されている（737）。一方、本作第三章で、ベリッジはエイミー・エヴァンズの発する「音」によって現実に直面させられる。車内で序文執筆を依頼された彼が「目を閉じ」（755, 756）車外の雰囲気を感じ、彼女の発する音が耳に入るのを許すのである。彼女の口づけを手の甲に感じながら思い知らされる現実は、彼女の唇の感覚ではなく「痛み」の「くぐもった音」と表現されている（756）。また、「音（sound）」という無機質な表現が繰り返されていることは、ベリッジが目を閉じているために想像力の働きが弱まっていることを示唆していると考えられる。序文を断るベリッジが、なおも懇願する彼女に対して、「話さないで。あなたが話すと意味のあることを言ってしまうから（you really say things）」（758）と遮るのは、聴覚が招き入れる現実を遮断し、視覚が生み出すロマンティックな妄想にとどまろうとする彼の意識の表れと言えるのだ。[13]

それでは、ベリッジが直面した現実はどのようなものだったのだろうか。それは、かつてジェイムズが経験した排他的なパリとは異なり、アメリカ人ベストセラー作家を歓迎し、アメリカ人読者を意識する人々の集う、もはやアメリカ的価値を疎外しないコスモポリタン都市パリの現実である。テクストの冒頭で、ベリッジの作品の評判は「単なるアングロ・サクソン・ブームの範疇ではない」（732）と記されている。これは、ベリッジの認識レベルにおいては、自分の作品は普遍的な芸術であるというベリッジの自負心の反映と解釈できるが、その一方で、アメリカ的価値観や文化がヨーロッパで定着し始めていることを示唆する作家の意図を読み取ることができる。「ビロードの手袋」においてジェイムズは「初期の作品に比べて、このコスモポリタン都市［パリ］を、その社会規範や美意識がアメリカの大衆文化の価値基準に支配された場所として特徴づけている」（Chung 228）とジュン・ヒー・チャンは指摘し、さらに、アメリカという文学市場や、そこで人気を博していたアメリカ人作家による大衆受けするロマンスが、ヨーロッパに影響を与え始めた事実を明らかにしている（227）。そのことがテクスト内で端的に示されているのが、エイミー・エヴァンズの著書が難破船から絶海の孤島に打ち上げられたコダック（"The Velvet Glove" 745-46）に喩えられる場面であると言える。このコダックが象徴するアメリカの商業主義が流れ着くヨーロッパは、自らがすでにその価値観を受け入れ始めていたアメリカと、ボーダーレスに繋がっているのである。

このように、ベリッジは、女神の寵愛を受けるエンディミオンでないのと同様、パリやその名士たちを仰ぎ見るだけの観客ではない。自分の意思に反しているとはいえ、彼は、今やプリンセスのプロットの中で重要な役割を担う当事者なのである。アメリカ的商業主義が流通し始めたパリにおいて、アメリカ人読者に向けてロマンス小説を書くプリンセスと商業的成功を収める人気作家ベリッジは〝同志〟なのであり、その事実は彼が現実に直面する際の描写、「プリンセスの白目」が「彼自身の白目」のそばにあるという色を用いたユニークな表現によっても示唆されている（754）。このように、「ビロードの手袋」には、ベリッジの黒い肌とパリの銀色の雲の対比が示唆する一九世紀的パリの印象、すなわち若かりし頃のジェイムズが目撃したアメリカ的価値を排除するパリと、ベリッジの白目や電灯に照らされた従者の白い顔といった描写が示唆する二〇世紀のパリすなわちアメリカ的価値を排除しないコスモポリタン都市の現実が、二重写しに描かれているのである。

「ビロードの手袋」と孤独な共存

これまで見てきたように、「ビロードの手袋」には一八七〇年代後半と二〇世紀初期のパリが二重写しに投射されており、前世紀的認識の中では黒い肌と銀色の雲に各々象徴されるベリッジとオリンポスの神々は、二〇世紀社会においては共に市場原理の中に生きている。したがって、このテクストは、単に相反する価値観の対立を描いているだけではなく、同時に、両者の共存あるいは併存をも内包していると言うことができる。しかしながら、ベリッジとプリンセス（エイミー・エヴァンズ）は決して理解し合うわけではないという点もまた重要である。本章の最後に、この二人の関係を再考し、ジェイムズが相容れない価値観の間の交渉や共存の可能性をいかに本作に投影したのかを検証したい。

ベリッジは自分自身のロマンティックな妄想を死守し現実を放棄するためにプリンセスとエイミー・エヴァンズの区別に固執するだけではなく、それ以上に自分と作家エイミー・エヴァンズの間の区別に固執していると言ってよい。両者の小説の違いについてはこれまで様々に評価されてきたが、特に初期の批評においてはベリッジの小説の優位性を説く傾向がみられる（Edger 他）。これは、このテクストにおいて、ベリッジ自身がエイミー・エヴァンズの小説を徹底的に貶すことで自身の小説の優位を強調しているためであると考えられる。しかし、ベリッジとエイミー・エヴァンズの想像力や文体の類似性を指摘する批評もまた多い（Chung 他）。[14] 事実、二人の作家の書く小説には、実のところ大差がないことをほのめかそうとする作者の意図を、処々に見出すことができる。テクスト全体を通した大袈裟かつコミカルな表現、例えば、「ティティアーノあたりが塗り過ぎた（over-painted）ギリシア神の顔」（"The Velvet Glove" 741）といった冗談めかした表現や「まるで十年間も彼のことを知っていて恋焦がれていたような」（747）といった大げさな表現からは、ジェイムズ自身はベリッジから距離を置き、彼の男性的魅力に対する自己評価のみならず芸術的才能についても揶揄しようとする意図が感じられる。そもそも、ベリッジの妄想に登場するギリシア神話の神々の比喩は、エイミー・エヴァンズのロマンスにおける「古代ローマ」的なものに通じることを示唆しているのに加え、自分がプリンセスに見初められるという妄想のプロット自体がロマンスの枠組みに沿ったものである。さらには、彼の作品が人々の人気を博しつつもフランスの権威からは酷評された（733）と述べられていることを考慮すると、両作家の作品の間には、ベリッジ自身が見做しているような差はなかったと言える。

このように「ビロードの手袋」における二人の作家の近似性が様々に示唆されているにも拘わらず、テクストの最後、二人の別れ際に描かれるベリッジによるプリンセスに対する暴力的なキスはむしろ、自分と彼女の作家としての資質の区別（と自身の優位性）を決して放棄しないというベリッジの意思の発露であると言える。唇をふさぎ彼女の言葉を物理的に遮断することは、聴覚を通して彼の認識に侵入する現実を拒絶することであるのと同時に、作家から言葉を奪う象徴的な動作だからである。こうしてベリッジは彼女を社交界の「プリンセス」という彼自身のロマンティックなプロットに閉じ込める。「あなたがロマンスなのだ」とプリンセスに宣言し、彼女のための序文ははるか昔に人類の最も美しい想像力——古代ギリシア・ローマの詩人たちと解釈できる——によってすでに書かれている（758　強調原文）と告げるベリッジは、オリンポスの神というロマンティックな偽装の裏で、作家エイミー・エヴァンズに「社交家」（Coulson 160）の役割を押し付け、文壇すなわち作家というプロフェッションから彼女を排除するのである。

以上のように、「ビロードの手袋」のテクストにおいては、ベリッジとプリンセスを通して示唆される一見対置されている価値観が、途中、視座認識の転換によって両者の近似性が示されるものの、最後には融和や相互理解なき共存あるいは併存状態に落ち着く。さらに言えば、前節の冒頭の引用が示すように、両者はほとんど常に顧慮されない隣に併存しているにもかかわらず、いわばほんの一瞬のニアミスを経ただけで、再び交渉しない他者として扱われていると言ってよい。そしてこのような結末すなわちベリッジの選択は、このテクストを執筆していた当時のジェイムズの精神状態を反映していると考えられる。

一九〇四年から翌年にかけて彼は二一年ぶりのアメリカ再訪を果たし、イギリスに戻った後は三年以上の月日を費やして選集ニューヨーク版のために自作の選定と見直し作業を行った。これらの経験が、ベリッジの認識を通していわば過去のヴィジョンを現在の上に二重写しにするという「ビロードの手袋」の語りを生み出したとも考えられる。また、ベリッジがプリンセスを拒絶する背景には、ジェイムズが当時感じた孤独や戸惑いが反映されているとも考えられる。本作のみならず、『ファイナー・グレイン』所収作にはアメリカの変容を目の当たりにしたジェイムズの幻滅が反映されていると指摘される（Krook 349-52 他）。また市川は、ニューヨーク版後のジェイムズが精神崩壊へと向かう過程を当短編集に見出している（市川 三四一）。祖国の現状はジェイムズを幻滅させた一方で、アメリカ各地で行った講演会が経済的に大きな成功をもたらすなど、祖国再訪は彼の作家としての自尊心と財政を大いに満足させるものであった。しかし、一九〇八年秋に自作の選集ニューヨーク版の売れ行き不振の一報を受けて以降は心身の不調に悩まされ、一九一〇年初頭には本格的な精神崩壊を経験する。ジェイムズの精神崩壊の背景には、このほか自身の老いや体調不良、友人の死やナショナリズムの台頭といった急激な社会の変化など、公私に亘る様々な要因があったと推測できることから、作家としても個人としても世間の価値観からの乖離を感じていたであろうことは想像に難くない。「[プリンセスの]認識を変えることはできない」("The Velvet Glove" 759) というベリッジの苦しみと怒りは、ジェイムズの素直な思いであろう。それまで「地理的境界を超越する異文化間交渉を実践」(Rowe) してきたジェイムズの、理解できない／されない現実に直面した当惑ぶりを、「ビロードの手袋」は反映しているのである。

このみならず、この当惑に対するジェイムズ自身の認識もこの作品から読み取ることが可能である。このテクストは、一方では、現実を拒絶する作家の自己中心性を浮き彫りにしている。エイミー・エヴァンズの描き方やベリッジの色黒の肌が帯びる劣等感や最後の暴力的なキスは、市川が指摘するように、作者の男性優位主義や白人至上主義の発露を思わせるからだ。しかしながらまた一方では、この男性主人公を、彼自身が見下す相手と同レベルに描くという皮肉によって、ベリッジに対して作家が距離を置いていることも看過できない[15]。イギリスに拠点を置き、パリで華々しくデビューしたナイーヴなアメリカ人作家――かつての自分自身を彷彿させもする人物――を、上述のように貶めて描いているところに、ジェイムズの自虐的な態度を読み取ることができるからである。このことが示唆するのは、自分を受け入れない現代社会の価値観に直面し醜態を晒す自分自身を、ジェイムズが冷静に見つめていたという事実なのである。

　ミッチェル・パックトは、『ファイナー・グレイン』に収録された五つの短編小説の収録順の重要性を指摘した上で、「ビロードの手袋」から始まり「荒涼のベンチ」へと至る一連のテクストにおいて、意識の中心（反映者）である男性登場人物が次第に弱くなり、最終的には自分の運命を制御することが完全にできなくなってしまうと述べている（Pacht 54-55）。確かに、「ビロードの手袋」では主人公が幻滅を味わうものの語りの調子はコミカルで陽気であるとも言えるが（Tintner 497）、他の四作ではそれぞれ死が扱われ、信頼していた友に裏切られたり妻につき放されたりした中年男性たちが涙する。さらに、四番目に雑誌に発表されたものの単行本では最後に収録された「荒涼のベンチ」のハーバート・ドッドは、物語の最後に、絶望と困窮の中で自分の妻子の死のきっかけを作った元婚約者ケイト・クッカムの施しを受けることを選ぶ（"The Bench of Desolation" 894）。しかし、このような主人公たちの「道徳的勝利」から「屈辱」への一連の流れは（Pacht 55）、見方を変えれば自身の認識（vision）以外の認識の存在に対する認識の芽生えと変容であると捉えることもできる。その認識は、決して相互理解を伴う楽観的な共存状態を招くわけではない。ドッドとケイトは互いの物語を共有することのないままに共存する――それぞれの苦難を口にしないこと、すなわち互いの物語を知らないでいることが、共存するための根本条件なのだ。しかしここには、「最低限の相互理解」が明瞭に描かれていると言える（Hocks 15）。互いの物語を共有することができないという事実が包摂する圧倒的な絶望の内に、それでも自分のとは異なる認識が存在することを認めるという幽かな積極性が明滅していると言えなくもないからだ。であるとするならば、『ファイナー・グレイン』は、他者の物語や新しい価値観をたとえ理解することができなくともその存在を認めるというプロセスであり、その巻頭に収録された「ビロードの手袋」は、一九世紀の価値観を体現するベリッジと二〇世紀パリの現実を並置させることで、そのプロセスへの一歩を示唆しているのである。

＊本稿は、二〇一八年五月一九、二〇日に東京女子大学で開催された日本英文学会第九〇回全国大会における口頭発表原稿の一部に加筆修正を施したものである。また、JSPS 科研費 JP17K02544 の助成を受けた研究成果の一部である。

注

（1）ロウは、ジェイムズがどこかの国家や大義に対して盲目的かつ感情的に追随（信奉）したことは決してなく（Rowe 398）、「アメリカの未来性とヨーロッパの文化的過去の境界の空間 "liminal space" に生きることを好んだ。彼の想像力による大西洋の往来によって最も良く表現されている空間である」と指摘している（394）。

（2）この引用の日本語訳は市川美香子を参考にした（市川　三四三）。

（3）「あらゆる国々の人々の長所を学ぶことができる」という表現は、ジェイムズがかつて友人トマス・サージェント・ペリーに宛てて書いたアメリカ国民の利点にも通じるものである。その手紙の中でジェイムズは次のように記している。「国の特徴（national stamp）を持たないことはこれまでであれば欠点であり不利なことだった。

けれども、アメリカ人作家たちが、世界中の様々な国の特徴を広範に知的に融合し統合することが、かつてない重要性を帯びた偉業の条件であることを示すことはありえないことではないと思う」（一八六七年九月二〇日付、James, *Life in Letters* 17）。一方でジェイムズはコスモポライトの欠点についてもしばしば触れている。例えばエッセイ集『絵画とテクスト』（一八九三）の中でジェイムズは、パリでの滞在経験の長かったチャールズ・スタンリー・ラインハートについて「このコスモポライトはその自由と引き換えに、役割の欠落――何かの代表になることができない非個人性という代償を払わなくてはならないのか？　感情を持つためには少しばかり狭量にならなくてはならないのか？　特性、あるいは少なくともスタイルを持つためには土着になる必要があるのか［……］？」と記している（kindle 247386）。

（4）ジェイムズは、ヘンリー・アダムズが南洋から送った手紙について、「僕はいつも、事物や場所や人々の見た目（look）についてより多くの説明が欲しいのだ」と述べている（一八九一年六月付けの手紙、*Henry James Letters* III 343）。もっとも、後に述べるようにジェイムズは単に表層に興味を抱いたのではなく、表層から喚起された興味によって内部の物語を紡ぐことを重視したのだと言える。

（5）ジェイムズは当初、内側から見たパリ社会について書き送ることを約束していたが、期待に応えられていないことは自覚していたようである。彼は掲載された最初の通信について「一般的過ぎる上に長過ぎる」と認識していた（Edel, *The Conquest of London* 237）。

（6）『トリビューン』宛ての通信の中で、ジェイムズはしばしば上演中の劇について言及している。また一八七三年と一八七七年にも彼はパリの劇についてのエッセイを記している。

（7）ブルックスは兄ウィリアム宛てのヘンリーの手紙を引用し、次のように述べている。「『僕はフランス座を暗記しています！』と彼［ヘンリー］はとうとうウィリアムに告白し、予定の入っていない多くの夕べは劇場で過ごしたことを認めることになる」（Brooks 17）。

（8）ブルックスは、「自分たちの作品だけを称賛し、他の者の作品に言及しない」フロベールのサークル内でジェイムズの苛立ちが募っていったことを指摘し、彼らのうち「誰もイギリスの小説を読まなかった。ジョージ・エリオットさえも」と記している（Brooks 35）。

（9）ジェイムズはその手紙に次のように記している。"Tu vois que je suis dans les conseils des dieux—que suis lancé en plein Olympe." [良いかい、僕は神々の会議に招き入れられたんだよ——まさにオリンポスに踏み込んだ]（*Complete Letters 1872-76* vol.3 61-63）。

（10）クレア・ヒューズは、プリンセスのドレスの「古金色（old gold）」は、新しく発明された電灯との相性の良さからイブニングウェアとして流行したと指摘している（Hughes 115）。

（11）アリシア・リックスはウォートンとのパリでのドライブが「ビロードの手袋」に直接的な影響を与えていると指摘した際、ジェイムズがハワード・スタージスに宛てた以下の手紙を引用している。「この比類なきフランスを友人の火の戦車（chariot of fire）で見た三週間はこれまでにない位楽しい時間だった［……］」（13 April 1907, *Letters of Henry James* 2 75; Rix 214）

（12）ベリッジのドライブの場面は宙（lamp-studded heights）に「吊られ」、「眼下に広がる」パリを俯瞰するかのような描写がなされている（"The Velvet Glove" 752）。

（13）本作第二章でもすでに、音によってベリッジが現実に気付かされることを示唆する場面がある。イギリス人貴公子との会話の最中、貴公子の「恐ろしい場違いな発言」がベリッジに彼のサインを求めるファンたちを思い出させるのである（"The Velvet Glove" 744）。

（14）チャンは、ジェイムズがベリッジを大衆作家として描いていると指摘し、ベリッジの作品は「アメリカの大衆に好まれた類のものである」と述べている。チャンはまた、「ベリッジもロマンスを書いた経験があると思われる」とも指摘している（Chung 229）。

（15）市川は『ファイナー・グレイン』においてジェイムズが「自身の郷愁、自己中心性、男性優位意識、人種優位意識などをあからさまに表出させた」が、「同時に、それらの人物［視点人物］を周到に二流以下に仕立てた。そしてそれによって自身との間に距離をおき、作家としての冷徹な目を生かした」（市川　三四一）と指摘している。

引用文献／参考文献

Brooks, Peter. *Henry James Goes to Paris*. Princeton UP, 2007.

Chung, June Hee. "Henry James's 'The Velvet Glove' and the Iron Fist: Transatlantic Cultural Exchange and the Romance Tradition." *Romance Fiction and American Culture: Love as the Practice of Freedom?* edited by William A. Gleason and Eric Murphy Selinger, Routledge, 2016, pp. 225-39.

Coulson, Victoria. *Henry James, Woman and Realism*. Cambridge UP, 2007.

Edel, Leon. *Henry James: The Conquest of London: 1870-1881*. Avon Books, 1978.

——. *Henry James: The Master: 1901-1916*. J. B. Lippincott, 1972.

Edgar, Pelham. *Henry James: Man and Author*. Russell & Russell, 1964.

Fussell, Edwin Sill. *The French Side of Henry James*. Columbia UP, 1990.

Hocks, Richard A. "Henry James's Incipient Poetics of the Short Story Sequence: *The Finer Grain* (1910)." *Modern American Short Story Sequences: Composite Fictions and Fictive Communities*, edited by J. Gerald Kennedy, Cambridge UP, 1995, pp. 1-18.

Hughes, Clair. *Henry James and the Art of Dress*. Palgrave, 2001.

James, Henry. "The Bench of Desolation." *Henry James Complete Stories 1898-1910*, edited by Denis Donoghue, Library of America, 1996, pp. 847-95.

——. *The Complete Letters of Henry James, 1872-1876*. Volume 3, edited by Pierre A. Walker and Greg W. Zacharias, U of Nebraska P, 2011.

——. *Henry James: A Life in Letters*. Edited by Philip Horne. Viking, 1999.

——. *Henry James Letters*. Vol. 3, edited by Leon Edel, Belknap of Harvard UP, 1980.

——. *The Letters of Henry James*. Vol. 2, edited by Percy Lubbock, Macmillan, 1920. Reproduced by Forgotten Books, 2015.

——. "Occasional Paris." *Portraits of Places*, Duckworth, 2001, pp. 71-87.

——. *Picture and Text*. Henry James: Complete Works of Henry James, Oakshot Press, 2016, Kindle.

——. "'The Velvet Glove.'" *Henry James Complete Stories 1898-1910*, edited by Denis Donoghue, Library of America, 1996, pp. 732-59.

Krook, Dorothea. *The Ordeal of Consciousness in Henry James*. Cambridge UP, 1967.

Lowe, James. "Color in *What Maisie Knew*: An Expression of Authorial Presence." *The Henry James Review*, vol. 9, no. 3, 1988, pp. 188-98.

Pacht, Michelle. *The Subversive Storyteller: The Short Story Cycle and the Politics of Identity in America*. Cambridge Scholar's Publishing, 2009.

Rix, Alicia. *Transport in Henry James*. UCL Ph.D. Thesis 2014, discovery.ucl.ac.uk/1428636/1/Alicia_Rix_PhD_final_copy.pdf.

Rowe, John Carlos. "Henry James and the United States." *A Companion to Henry James*, edited by Greg W. Zacharias, 2008, pp. 390-99.

Tintner, Adeline R. "James's Mock Epic: 'The Velvet Glove,' Edith Wharton, and Other Late Tales." *Modern Fiction Studies*, vol. 17, no. 4, Winter, 1971-72, pp. 483-99.

市川美香子「巨匠の郷愁——崩壊と再生——*The Finer Grain* (1910) の自伝的要素について」『英語青年』一八九一号、二〇〇六年、三四一–四四頁。

難波江仁美「ヘンリー・ジェイムズとウォートンの二十世紀——自動車・揺れる視点・創作」『ヘンリー・ジェイムズと華麗な仲間（ベッドフェローズ）たち——ジェイムズの創作世界』別府恵子、里見繁美編著（英宝社、二〇〇四年）一九〇–二一〇頁。

多様な人々、一様なふるまい
――『野性の棕櫚』におけるジム・クロウの影響

島貫香代子

民族の多様性

ウィリアム・フォークナーの『野性の棕櫚』は、様々な間テクスト性が指摘されている作品である。トマス・L・マクヘイニーが『ウィリアム・フォークナーの「野性の棕櫚」――ある考察』で精緻な議論を展開したのを皮切りに、多くの研究者が、シャーウッド・アンダソン、アーネスト・ヘミングウェイ、ナサニエル・ウェスト、アメリカン・ルネサンスの作家たち、ダンテ、同時代のパルプ・フィクション作品などとの関連性を見出してきた[1]。こうした間テクスト性にくわえて、本作品は、実験的なモダニズム形式、フェミニズム、大衆文化、資本主義、エコロジーといった視点からも幅広く論じられてきた。

フォークナーの故郷ミシシッピ州ラファイエット郡をモデルにした同州ヨクナパトーファ郡が舞台でないにもかかわらず、[2]このように多方面から論じられてきた背景の一つには、その斬新な作品構成がある。執筆当初『エルサレムよ、我もし汝を忘れなば』と題されていた本作品は、「野性の棕櫚」と「オールド・マン」の物語が一章ずつ交互に配置された「二重小説」の体裁をとっている。[3]奇数章の「野性の棕櫚」では、病院でインターンを行う二七歳のハリー・ウィルボーンと二五歳くらいの既婚で彫刻家のシャーロット・リトンメイヤーがニューオーリンズで恋に落ちてシカゴに駆け落ちする。次第に経済的に困窮し、ハリーは怪しげなユタ鉱山での職を得るが、ここは実質的に廃山状態となっていた。このタイミングでシャーロットの妊娠が発覚し、テキサス州サンアントニオに移動した後、ハリーが人工妊娠中絶手術を行うものの失敗する。ミシシッピ湾岸の町でシャーロットが大量出血で死亡すると、ハリーは故殺罪で少なくとも五〇年間の重労働の刑を課され、ミシシッピ州パーチマン刑務所で服役することが決まる。偶数章の「オールド・マン」では、パーチマン刑務所で服役していた二五歳の背の高い囚人が、各地に甚大な被害を及ぼした一九二七年のミシシッピ大洪水に翻弄される様子が描かれている。その途中で、救出した妊婦の女性がインディアン塚で出産するのに立ち会ったり、鰐捕りのケイジャンと生活を共にしたりする。最終的に発動機船に助けられてパーチマン刑務所に帰還するが、脱走罪で服役が一〇年追加される。

以上が物語の大筋だが、ハリー、シャーロット、背の高い囚人以外にも、本作品には数多くの脇役たちが随所に登場する。シカゴのマフィアを思わせるキャラハン、シカゴの新聞記者でウィスコンシン州の湖畔の小屋をハリーとシャーロットに貸すマッコード、ユタ州にある鉱山会社の管理人夫妻のバックとビル（ビリー）、ユタ鉱山のポーランド系・中国系・イタリア系労働者、サンアントニオの売春宿の女主人とメキシコ系の手下、アチャファラヤのケイジャンなど、様々な歴史的・文化的・民族的背景をもった個性的な人たちが登場する。本作品ほど多彩な人物と舞台が登場するフォークナー作品は他にあまり例を見ないが、移民国家アメリカで生き抜いていく力強さや柔軟さを持ち合わせた彼らのふるまいは、主要登場人物ひいては作家の生き方や価値観を周縁から照射する。

さらに本作品の舞台設定には、一九三二年から一九五四年にかけてフォークナーがシナリオライターとして断続的に滞在したハリウッドでの異文化体験の影響が垣間見られる。フレデリック・R・カールの伝記によると、戦争を予感させるきな臭い当時の世界情勢からは距離を置いていたフォークナーだが、ハリウッドでは多くの有名な監督・作家・作曲家がヨーロッパから亡命してくるのを目の当たりにしていたようだ（Karl 595）。職業柄、フォークナーがハリウッドで接したのは芸術・芸能分野の亡命者が大半であったと思われるが、滞在中はそれ以外の「移民」も大都会のいたるところで見かけたであろう。映画産業の中心地ハリウッドのあるカリフォルニア州ロサンゼルスには、一九三〇年の時点で少なくとも一四％の非白人（メキシコ系、日系、アフリカ系など）が移住し、その比率は大都市の中でボルチモアに次ぐ全米第二位であった（Sánchez 90）。ハリウッドの異文化にくわえて、亡命者や移民がもたらす新たな文化に、当時のフォークナーが触発されたり、反発したりしたであろうことは大いに考えられる。

こうした異文化的要素の多くは、結果的に他の作家のパロディやハリウッド映画の影響による安易でステレオタイプ的な人物造形や舞台設定となってしまったかもしれないが[4]、本作品にはヨクナパトーファ作品で描かれる南部の白人／黒人の二項対立とは一線を画した民族の多様性が存在する。その一方で、本作品の登場人物が繰り広げる物語は、その多様性に比べると驚くほど一様である。帰属するグループごとに一定の棲み分けが行われており、彼らはそのコミュニティの範疇で強烈な個性を放っているにすぎない。この予定調和的な展開が、本作品の内容的な浅さに通じているように思われる。ハリー、シャーロット、背の高い囚人がどれほど人種的／民族的他者に遭遇する機会があったとしても、それぞれのグループがお互いに混じり合うことはない。

この棲み分けには、フォークナーが生まれ育った南部で支配的であったジム・クロウの影響を看取することができる。ジム・クロウは白人と有色人種（主に黒人）の線引きを行うための人種差別・隔離政策であるが、それをさらに突き詰めると民族の違いに関しても敏感にならざるをえない。実際、本作品では、それぞれの文化がやんわりと共存してはいるものの決して混じり合うことはなく、それぞれのコミュニティは分断されたままだ。そこで本稿では、『野性の棕櫚』における棲み分けと共生のあり方を、ジム・クロウの観点から考察してみたい。

「野性の棕櫚」

「野性の棕櫚」の舞台となるニューオーリンズ、シカゴ、ユタ州、サンアントニオは、いずれもアメリカを縦横断する鉄道網の一部であり、主要な終着点の一つにはフォークナーが断続的に滞在したロサンゼルスも含まれていた。自由を求めるハリーとシャーロットが、南部から北部への黒人大移動や東部から西部への西部開拓を思わせる直線的な道のりをたどったとしても不思議ではないが[5]、様々な異文化体験を経て、二人は最終的に元々いた南部のニューオーリンズ付近に舞い戻る。この円環的な物語展開とは対照的なのが、移住先のシカゴにとどまるマッコード、西部各地を転々とするバックナー夫妻、忽然とどこかへ消え去る移民労働者、国境をまたぐメキシコ系ギャングといった直線的とも言える生き方を選ぶ脇役たちである[6]。本節では、ハリーとシャーロットが一時的に接触するこれらの登場人物が、自らのコミュニティから逸脱せず、文化的ステレオタイプを提示するだけにとどまることについて考察する。

最初に紹介するのは、ハリーやシャーロットと同じようにニューオーリンズからシカゴへと移動した新聞記者のマッコードである。彼はシャーロットの一番下の弟がニューオーリンズの新聞社で新米記者をしていた頃の同僚で、シャーロットとも面識があったらしく、シカゴの街中でばったり遭遇したようだ。シカゴのボヘミアンな仲間たちと享楽的に過ごすマッコードだが、ハリーとシャーロットの行く末を気遣って、自らの車や共同所有するウィスコンシン州の湖畔にある別荘（小屋）を二人に提供したり、シャーロットに仕事を斡旋したり、ユタ行きを断念するようハリーを説得したりする。ドイツの哲学者ショーペンハウアーやアメリカの女流詩人ティーズデイルの名前が即座に出てくるようなマッコードの知的で優雅な生活は、ニューオーリンズでのシャーロットの暮らしや芸術家たちのパーティを彷彿とさせるが、別れの場面でシャーロットが途中退場し、ハリーとマッコードの二人だけのやりとりになるのは示唆的である。シャーロットがかつての自分を思わせるマッコードのような生き方を放棄したように見えるからだ。「あの野郎は害毒なんだからな。おれはあの野郎を知ってるんだ。あいつは無法者なんだ。墓石にあいつの本当のことを書くとすれば、墓碑銘じゃなくて、犯罪の記録になるだろうよ」（*WP* 111）とキャラハンについてハリーに忠告するマッコードは、ハリーに感化されて自らの安定した生活を一変させる気は毛頭ない。[7]ハリーとマッコードが心の中で「ふ、た、た、び会う、こ、と、は、な、い、だ、ろ、う、」（119 強調原文）と語る最後の場面は、永遠の決別だけでなく両者の住む世界やライフスタイルの違いをもあらわしている。

ユタ鉱山でハリーとシャーロットが出会う西部訛りのバックナー夫妻は、西部の開拓精神を体現する人物として描かれている。ワイオミング州出身のバックとコロラド州出身のビリーは、ハリーとシャーロットを出迎えるわけでもなく、一見そっけない態度を装うが、親切で気さくなところもあり、悪気があるわけではなさそうだ。彼らの粗野で飾らない気性は、ハリーたちと同じ部屋で堂々と情交に及んだり、ハリーに中絶を気軽に頼んだりするところにあらわれている。ユタ鉱山で働く中国系・イタリア系・ポーランド系移民を見下した態度をとるなど、差別的なふるまいを見せるバックナー夫妻は、中絶を済ませると早々に鉱山を立ち去る。その後、「万、事、Ｏ、Ｋ、バ、ッ、ク」（172 強調原文）と中絶の結果とその後の順調な生活の様子を知らせる手紙がハリーたちの元に届く。西部で軽やかに生きるバックナー夫妻は、人生の荒波をたくましく乗り越えていく開拓精神を示唆して忽然と物語から姿を消す。

舞台が変わるとともに物語から消え去るのはマッコードやバックナー夫妻だけではない。ユタ鉱山で働く移民労働者も次々と鉱山を後にする。バックの話によると、中国系が鉱山経営の異変に勘づいて早々に立ち去った後、イタリア系がストライキを起こしたので、彼らに物資を持たせて送り返したそうだ。最後に残ったポーランド系は愚直に働き続けていたが、ハリーたちはイタリア系と同じ手法で丁重に彼らを鉱山から送り出す。バックナー夫妻と同様に、移民労働者のその後の行方は不明だが、エスニック・グループごとに鉱山を去っていく様子は、彼らが鉱山でそれぞれのコミュニティを形成し、独自のエスニック文化を維持していたことを示している。たしかにキャラハンの話では、イタリア系（wop）は採鉱係、中国系（chink）は運搬係、そして中東欧系（bohunk）つまりポーランド系（Poles）は火薬係といったように、エスニック・グループごとに職種が決まっていたようだ（109）。語り手は個人ではなくグループ単位でその民族的個性を強調する。

ユタ鉱山を後にしたハリーとシャーロットは、テキサス州サンアントニオでヒスパニック文化に遭遇する。二人はその道中で「色々なハリウッドの雑誌［……］から抜け出した大柄でがっしりしたジョーン・クロフォードのような西部の娘たちがいる簡易食堂」（176）を通り過ぎるが、この移動ではあたかも西部映画のセットのような風景が展開する。ハリウッド的な描写はサンアントニオの売春宿の女主人に雇われたメキシコ系ギャングにも言えることだが、陸続きの国境を越えた先にあるテキサス州で暗躍するギャングは、ユタ鉱山の移民労働者とは異なる移民の姿を映し出す。ギャング、中絶薬、売春宿などのイメージからサンアントニオは極悪の地を象徴し、ユタ鉱山とは違った意味での過酷な環境をハリーとシャーロットに提示する。中絶に失敗したハリーとシャーロットがサンアントニオからニューオーリンズへと向かうのは、死期が近づいたシャーロットを彼女の家族に会わせるためだけでなく、ハリウッド的な描写に満ちあふれたサンアントニオのヒスパニック文化に二人がなじめなかったからでもあるだろう。ユタ州の極寒の地とは異なり、サンアントニオはルイジアナ州やニューオーリンズを思わせる暖かくて穏やかなところとして描かれているが（176）、たとえ温暖な気候という共通点はあっても、異なる文化の中では生活しづらかったのだと思われる。

「野性の棕櫚」には様々な文化的・歴史的背景をもった人々が登場するが、そのすべてが帰属するコミュニティから逸脱することなく、それぞれ与えられた環境でたくましく生き抜こうとする。ハリーとシャーロットは彼らと一時的に時間を共にするにもかかわらず、彼らと混じり合うことはない。この顚末には、厳格なジム・クロウに基づく南部の田舎町で生まれ育ったフォークナー自身の価値観が反映されているように思われる。同質的な文化的・歴史的背景を有する人々が形成するコミュニティの壁は高く、「野性の棕櫚」はその壁を超えることの難しさを物語る。

「オールド・マン」

一九二七年にミシシッピ川で起きた大規模な大洪水を題材にした「オールド・マン」には、河川やバイユーの増水や氾濫に翻弄された背の高い囚人がミシシッピ州のパーチマン刑務所に帰還するまでの様子が描かれている。アメリカ深南部のデルタ地帯において、バイユーとは、水の流れがゆったりしているかよどんでいて湿地帯のようになっている支流や入江を意味する。オールド・マン（ミシシッピ川の愛称）の非常事態の最中に背の高い囚人が出会うのは、バイユーに沈んだ糸杉にしがみついた無名の女性（テクストでは「女」と呼ばれている人物）と湿地帯に住むケイジャンである。ケイジャンとは、一八世紀半ばにカナダのノヴァスコシアから国外追放されてルイジアナ州に移住したアカディア人の子孫で、その多くがルイジアナ州南部のアチャファラヤ盆地からニューオーリンズにかけての地域に住み着いた。本節では、背の高い囚人と少しのあいだ奇妙な共同生活を送ることになった女とケイジャンを通して、棲み分けと共生の可能性を検討する。

バイユーで遭難して肥った囚人と離れ離れになってしまった背の高い囚人は、その後、パーチマン刑務所の看守に指示されたとおり女を救出することに成功する。しかし今度は二人で大洪水に巻き込まれてしまい、混乱の中、妊娠していた女はインディアン塚で自力出産する。赤ん坊を抱えた女は背の高い囚人とともに辛抱強く各地を転々とするが、刑務所に帰還後は忽然と姿を消す。背の高い囚人、女、そして赤ん坊は二か月弱の放浪生活で家族のような扱いを受けることもあったが、しばしば「女と赤ん坊は小舟の中で眠った」(197) と語られていることから、生き延びるために協力関係にはあったものの、背の高い囚人と女のあいだには歴然とした境界線が存在していたことがわかる。「この女とは永久に、妊娠した女の人生とはいっさい、永久に別れて、そんなものから安全に身を守られた、銃や足かせのある修道院生活に戻るのだ」(130) とつぶやく背の高い囚人は、女 (と赤ん坊) を救助する任務を投げ出したいとずっと考えているのだが、それが叶わぬまま刑務所に戻るまで運命を共にする。彼の女性嫌悪・蔑視については他の研究者が指摘しているが (たとえばSingal 243)、刑務所に戻ることを切望する背の高い囚人と女のあいだにはたいした交流もないまま棲み分けがなされている。

大洪水の氾濫でミシシッピ州からルイジアナ州まで流された背の高い囚人の一行は、ルイジアナ州カーナーヴォン付近で鰐捕りのケイジャンに出会う。(8) 歴史的に、ケイジャンには「フランス語を話す奇妙な原始人」(Brasseaux 38) というステレオタイプ的なイメージが先行してきた。特権階級を占めた時期があったクレオールとは異なり、ケイジャンはルイジアナ州南部に移住した当初から「後進的で、無知で、アメリカ的でない」（Bernard xvii）と中傷され続けてきたのである。「オールド・マン」の語り手も、ケイジャンの異様な風貌を動物に例えて「何本も虫歯があり、ネズミとかシマリスのような柔和で野性的に光る目をした、背の低いたくましい男」（*WP* 211）として描写している。本作品に登場するケイジャンの見た目やふるまいは、ステレオタイプ的な民族的他者そのものである。

こうしたケイジャンの動物的な外見は、「野性の棕櫚」に登場するポーランド系労働者が「火薬係のサルども」（109）とキャラハンに蔑まれていることを想起させる。ハリーもユタ鉱山の移民労働者を浅黒い有色人種に近い存在として認識している。給料の支払いが滞っていることに気づいたイタリア系労働者についてバックが話すと、ハリーは「それで嗅ぎつけたんだな。黒ん坊みたいにね」（158）と相槌を打つ。黒人との接点がほとんどない西部出身のバックは「何とも言えませんがね。ぼくは黒い連中を使ったことがありませんから」（158）と答えるだけにとどまるが、南部に長くいたハリーにとって、イタリア系移民は黒人を想起させる「黒い」存在なのだ。ポーランド系労働者も、ミンストレルショーに出演する黒塗りの白人に例えられている（168）。しばしば「垢じみた」と形容されるポーランド系は、単に鉱山の仕事で顔が黒く汚れているだけでなく、浅黒い有色人種に近いホワイト・エスニックとしてハリーに認識されているのだ。「オールド・マン」で「浅黒い」と形容されるケイジャンも同様の位置づけにあるだろう。

このように『野性の棕櫚』のエスニック・マイノリティの描写には共通点があるが、その他の例としてはコミュニティの形成が挙げられる。背の高い囚人は、ニューオーリンズ行きの蒸気船に同乗していた避難民が「白人ではない」(201) ことに気づく。後日、肥った囚人が「黒人か?」と尋ねると、背の高い囚人は「いや。アメリカ人ではなかった。[……] 彼らはアチャファラヤと呼んでたな」と答える (201)。背の高い囚人がそれまで見たことのなかった異国風の避難民は、「小柄で浅黒い」(219) ケイジャンに似た風貌で、背の高い囚人には理解できない言語 (「ぎゃあぎゃあ」[201] と説明されるがおそらくフランス語) を用いる。語り手はこの異国情緒あふれた避難民の民族性に言及していないが、上記の特徴やアチャファラヤ近辺で救助されたことから、彼らがケイジャンなのは明らかである。避難民は蒸気船上でケイジャン・コミュニティを形成して集団行動をとり、背の高い囚人を遠巻きに見つめるだけで交流しようとするそぶりを見せない。

対照的に、鰐捕りのケイジャンは気さくである。ケイジャンに対する予備知識や先入観を持ち合わせていない背の高い囚人は、このケイジャンと仕事上のフェアな協力関係を結ぶ。ゲイリー・ハリントンは背の高い囚人とケイジャンの関係性をフォークナーとアンダソンの師弟関係の文脈でとらえているが (Harrington 76)、言葉は通じなくともお互いの意図を理解できるようになった両者は、暗黙のうちに鰐捕りの利益を山分けする取り決めを行っており、むしろ対等なビジネスパートナーとしての信頼関係を深めていくように見える。

ところが、背の高い囚人と鰐捕りのケイジャンの蜜月関係は一〇日間で突然終わりを迎える。洪水の被害を抑えるためにケイジャンの小屋付近の堤防がダイナマイトで爆破されることになったので、小屋を立ち退かなければならなくなったのだ。いち早くダイナマイトの情報を摑んだケイジャンは、身振りや「ドカーン! ドカーン! ドカーン! (Boom! Boom! Boom!)」(*WP* 222) の叫び声で背の高い囚人に伝えようとするが、最初に囚人が鰐を仕留めたときのケイジャンの歓喜の叫び声「やったぞ！　やったぞ！　やったぞ！（Boom-boom-boom!）」（217）と同じだったことも影響してか、囚人にはまったく通じない。ケイジャンが去った後にやってきた発動機船の男から英語で説明を受けて、囚人はようやくケイジャンの意図を理解する。発動機船に救助された後も、囚人は「パートナー」（221, 230）のケイジャンを探し続けるが、再会できないままパーチマン刑務所に帰還する。ケイジャンとの共同生活で背の高い囚人は「労働」（221）の価値を見出すが、鰐捕りビジネスが終了した瞬間に二人の関係性はもろくも崩壊してしまうのである。

なお、鰐捕りのケイジャンの近所にはティネ、トト、そしてテオデュールという名前のケイジャンが住んでいる。彼らは「突如として魔法のようにどこからともなくあらわれて」は背の高い囚人と鰐の格闘を「闘牛士の熱心なファン」のように見物して去っていく（219-20）。[9] 近所のケイジャンからダイナマイトの情報を得た鰐捕りのケイジャンは、背の高い囚人たちを残して早々に家を後にするが、別の土地で仲間のケイジャンと合流して新しいコミュニティを再構築するであろうことは容易に想像がつく。ここに背の高い囚人が加わることがないのは、鰐捕りのケイジャンに「一体化・同一化」（214）していた背の高い囚人がケイジャン・コミュニティで生きていくことを、フォークナーが良しとしなかったということだ。ダイナマイト爆破は史実に沿っているだけでなく、作家のジム・クロウ的な価値観を維持するためのエピソードとしても機能している。[10]

背の高い囚人は女と鰐捕りのケイジャンと一時的な共同生活を送るが、最終的には一人でパーチマン刑務所に帰還する。疑似家族的なひとときを過ごした女はいつのまにか物語から姿を消し、鰐捕りで協力し合ったケイジャンは突然の立ち退きの憂き目に遭って家を放棄する。神話的・原始的な女の出産やケイジャンとの生活はたしかに「おとぎ話」(Lester 193) のようだが、それぞれが与えられた領分を逸脱しないという点では、作家が一定の棲み分けをジム・クロウ社会の現実に即して展開した結果と見なすことができる。

人種混淆

これまでの節では、『野性の棕櫚』に登場する脇役たちが、それぞれの帰属するコミュニティの境界線を越えることなく物語世界からあっさり退場することを考察してきた。これは二重小説の片割れである「野性の棕櫚」が自伝的色彩の濃い作品であることに起因しているように思われる。『兵士の報酬』、『蚊』、そして『標識塔』を見てもわかるように、非ヨクナパトーファ作品では作家の自伝的要素を無視できないが、『野性の棕櫚』を執筆する個人的な動機は、フォークナーがハリウッドで出会った同郷のミータ・カーペンターとの愛人関係であったと言われている。ジョーン・ウィリアムズに宛てた一九五二年の手紙で、フォークナーは「傷心から逃れるために書いた」(Blotner 338) と述べているが、一九三七年四月にミータが別の男性と結婚した直後に本作品の第一章を書き始め、ハリウッドからオクスフォードに戻った同年九月から本格的に執筆を開始し、一九三九年一月に出版している。

本作品にはフォークナーとミータの不毛な恋愛と破局が暗い影を落としているが、彼がそれまでに出会った他の女性の影響も垣間見ることができる。シャーロットは、ミータだけでなく、フォークナーが一九二五年にニューオーリンズで出会って片思いしていたヘレン・ベアードや、同じくニューオーリンズで知り合ったアンダソンの二番目の妻テネシー・ミッチェルを彷彿とさせる（McHaney 9-12, 21-24）。さらに一九二九年に結婚した妻エステルのイメージやミシシッピ湾岸地域での思い出も重ね合わされ、「野性の棕櫚」は作家の個人的な感情や体験が色濃く投影された作品に仕上がっている[11]。

一九五七年のインタビューで、フォークナーは「私が伝えようとしたのはシャーロットとハリーの物語でした」と語っている。「野性の棕櫚」が作品の冒頭を飾っており、「オールド・マン」よりも分量が多いため、後年のフォークナーの発言通り、「オールド・マン」よりも「野性の棕櫚」に重点を置いていたと考える方が妥当であろう（Gwynn and Blotner 171, 176; McHaney 37, 42, 107-08）。とはいえ、ただ何となく対位法的に「オールド・マン」を執筆したわけでもなさそうだ。フォークナーは一九二六年のクリスマスの時期にニューオーリンズからオクスフォードに帰郷している。つまり、彼はデルタ地帯やミシシッピ川河口でミシシッピ大洪水の被害が深刻化する一歩手前で故郷に戻り、大洪水の被害を免れたということになる。時期が重なっただけかもしれないが、直前まで滞在していたニューオーリンズ近辺の被災がフォークナーに衝撃を与えた可能性は無視できない[12]。

「野性の棕櫚」に対するフォークナーの個人的な思い入れに鑑みると、ジム・クロウを内面化した南部白人である彼には、それぞれの民族の文化が混じり合って同化し、ひとつの共通文化を形成する多文化主義的な視点ひいては人種にまつわる議論を『野性の棕櫚』に持ち込むことができなかったと考えられる。人種が身体的特徴で区分するのに対し、民族（エスニック）は共通の文化的・歴史的背景に基礎を置く。人種の場合ほどあからさまではないが、民族的な要素もコミュニティを形成するうえでは非常に重要な検討材料となる。一九三〇年代以降、短編やスノープス三部作と呼ばれる『村』、『町』、『館』で、郡部の村出身の貧乏白人がヨクナパトーファ社会で台頭していく様子を、フォークナーは批判的に（しかし時代の流れの必然性を受け止めるかのように）描くようになる。しかし、非ヨクナパトーファ作品である『野性の棕櫚』のエスニック・マイノリティについては必要最低限の登場にとどめ、彼らが帰属するコミュニティから逸脱するのを極力抑えることに徹したように見える。

ここで興味深いのは『野性の棕櫚』では人種混淆のテーマが回避されていることだ。本作品は『アブサロム、アブサロム！』と『行け、モーセ』のあいだに執筆されたが、両ヨクナパトーファ作品で重要なテーマとなるのが人種混淆である。『八月の光』の頃から白人と黒人の混血児を登場させて、南部社会の白人至上主義やジム・クロウの矛盾と欺瞞を鋭く描いてきたフォークナーだが、そのときに特に問題となるのが「血一滴のルール」（外見ではなく、一滴でも黒人の血が混じっていれば黒人と見なすこと）であった。一九三〇年代のフォークナーにとって血の問題はつねに頭の片隅にあり、人種的他者としての混血児の誕生は、南部のジム・クロウ社会に混乱や不安を引き起こす厄介な出来事として描かれる。

妊娠と出産は、『野性の棕櫚』においても中心的なテーマの一つである。本作品の二つの物語のあいだに接点を見出すことは難しいが[13]、「野性の棕櫚」のシャーロットと「オールド・マン」で背の高い囚人に救助される女性には「妊娠」という共通項がある。とはいえ、シャーロットが中絶に失敗して大量出血による死を迎えるのに対し、「オールド・マン」の女は大洪水の最中にインディアン塚で出産してたくましく生き伸びる。二人の女性は正反対の結末を迎えるが、シャーロットはもちろんのこと、「オールド・マン」の女も人種混淆の問題に悩まされている様子はない。アメリカで社会問題となっていた中絶を取り上げた本作品は読者の大きな関心を引いたが、シャーロットの中絶失敗（とビリーの中絶成功）が人種のタブーにまつわる論争を引き起こすことはない。[14] ユタ鉱山の場面ではイタリア系移民とポーランド系移民の赤ん坊が登場するが（*WP* 158, 168）、これらの場合についてもそれぞれのエスニック・コミュニティの内部で妊娠・出産が行われたように描かれている。本作品では出産と中絶の行為そのものに焦点が当てられており、『八月の光』、『アブサロム』、そして『行け、モーセ』で問題となる混血の議論が入り込む余地はない。「オールド・マン」の背の高い囚人に「血友病」（203）の疑いがあるのも、『野性の棕櫚』における血のテーマが生物学的・医学的であって、文化的な特徴や主観的な概念に基づくものではないことを示唆する。

人種混淆の回避はジム・クロウ社会の南部だけでなくアメリカ全土で支配的な傾向であり、一九三〇年代のフォークナーは様々な作品でこの問題に向き合っていた。しかし『野性の棕櫚』においては、すべての登場人物が基本的にそれぞれが帰属する人種的・民族的コミュニティから逸脱しない（できない）ため、このテーマは棚上げにされている。当時の読者は『八月の光』や『アブサロム』のときのような人種的嫌悪感や罪悪感を抱くことなく、ハリーとシャーロットの愛の逃避行や背の高い囚人と女の冒険譚を同時代的な物語として読むことができた。同時代性が薄れた今日、『野性の棕櫚』における作家の自伝的要素や歴史的意義を考慮に入れるならば、人種混淆のテーマの欠如は、南部の厳格なジム・クロウを内面化した作家自身の立ち位置を露呈する。

人種表象

人種混淆のテーマの欠如は、『野性の棕櫚』における人種表象の不在を必ずしも意味しない。シェリル・レスターが論じるとおり、本作品ではフォークナーの人種的見解をほとんど見出すことはできないが、一九二七年のミシシッピ大洪水が黒人大移動を可視化・促進したことや、パーチマン刑務所の囚人の束縛的な境遇が南部黒人の置かれた状況に似ているといった史実に基づく指摘は傾聴に値する（Lester 192-93, 201-02, 206, 214）。黒人のディアスポラや労苦といった人種的側面に南部白人のフォークナーが無自覚であったわけではないだろうが、それを十分に理解したうえで物語に組み込むことができなかったのは、やはりこれが非ヨクナパトーファ作品であるからかもしれない。ヨクナパトーファ作品で前景化される奴隷制や混血のテーマは本作品で影をひそめるが、他方でジム・クロウ社会における人種・民族問題の一端が透けて見える瞬間もあり、個人的な思い出話ひいてはパロディにとどまらない物語に仕上がっているようにも見える。そこで本節では、本作品の人種表象について検証してみたい。

「野性の棕櫚」には多様な民族が登場し、ポーランド系・イタリア系労働者がブラックネスを示唆することについては前述した。しかし、実際の黒人が登場する場面はほぼ皆無である。強いて言えば、ハリーがシカゴで得た黒人の貧困住宅地にある慈善病院の実験室の仕事と、ニューオーリンズのオーデュボン公園の近くにあるシャーロットの家の「黒人の女中」（*WP* 36, 186）への言及がある程度である。ハリーの仕事は実験室に送り込まれたならず者への外科治療ではなく、梅毒の定期検査であった。「顕微鏡とかワッセルマン紙はいらないんだ［……］人種を判別する明りさえあればいいんだ」（73）とハリーはシャーロットに語るが、彼女は創作活動に没頭していて、彼の話を聞いている様子はない。シャーロットの帰宅に驚きを隠せない黒人の女中については、語り手が「給料の払い主がだれかを思い出して黙ってしまうが、しかしたいていの黒人は、死亡だとか離婚の後では暇をとるから、たぶん元々いた女中ではないかもしれない」（186）と黒人に対するステレオタイプ的な価値観をあらわにする。いずれの場合にしても、ハリーとシャーロットがジム・クロウ的な人種意識しか持ち合わせていないことを物語る。

「オールド・マン」のミシシッピ大洪水の場面でも、散弾銃を手にした白人監督者と蟻のような黒人労働者たちの対比が目立つが、避難場所のテントには「男、女、子ども、黒人や白人」（60）がひしめいている。ごくわずかな白人と多くの黒人で埋め尽くされた救助船に乗れず、後に肥った囚人に救助された白人男性は、「黒ん坊の野郎のギターを乗せる場所はあっても、おれにはねえんだ」（67）と激怒している。ところが、パーチマン刑務所の所長と所長代理はこの差別的発言を軽く聞き流し、背の高い囚人の失踪をどう取り繕うかに躍起になっている。「オールド・マン」のこうした喜劇的なやりとりが、深刻な人種的テーマを回避するのに一役買っていることは注目に値するだろう。ミシシッピ州では、大洪水で避難した一八五、五〇〇名のうち、一四二、〇〇〇名は黒人であったという（Lester 207）。被災者の多くは黒人であったが、本作品ではこうした歴史的文脈がまったくクローズアップされないまま物語が展開する。

歴史的文脈が無視されるのは、パーチマン刑務所についても言える。別名「パーチマン農場」と呼ばれるこの刑務所では綿が栽培されており、奴隷制やその後のシェアクロッピング（分益小作制）を思わせる重労働が囚人に課される。実際のパーチマン刑務所での生活は厳しく、囚人の多くは黒人で、人種差別的な言動が横行していた（Oshinsky 124, 137-41, 155, 164）。「オールド・マン」の終盤で背の高い囚人は二年前の不穏な出来事を思い出す。彼が性的関係を持った黒人女性の夫あるいは恋人が模範囚に撃ち殺されたのだ（*WP* 283）。黒人男性を射殺した模範囚はおそらく白人男性であり、この場面では黒人を軽々しく殺す白人像が浮かび上がってくる。ジム・クロウ時代の南部ではリンチをはじめとする黒人に対する暴力が頻発していたが、このような歴史的背景が本作品で語られることはなく、不問に付されたままだ。

このように『野性の棕櫚』では、人種・民族にまつわる話題が出ても、すぐに別の話題に移ってしまう。登場人物はみなそれぞれの世界で生きることで頭がいっぱいで、人種的・民族的他者に心を寄せる余裕がほとんどないように見える。多様な民族構成と舞台設定そして劇的でダイナミックな物語展開は読者の目を引くが、他者へのまなざしが希薄であるために内容の重厚さに欠けてしまうのだ。たしかにポーランド系労働者や鰐捕りのケイジャンとの一時的な交流は、文化や言語を超えた良好な関係を構築する可能性を秘めている。しかし、それは結局のところ一時的な付き合いでしかなく、類型的なコミュニティの形成や歴然とした棲み分けは、ジム・クロウ社会における同化と共生の難しさを物語る。『野性の棕櫚』は一九三〇年代後半のアメリカ社会における棲み分けを体現した作品であり、南部のジム・クロウ社会で生まれ育ったフォークナーの人種・民族意識の限界を浮き彫りにする。

※本研究はJSPS科研費JP17K02555の助成を受けたものである。

注

（1）『野性の棕櫚』のみを論じた唯一の研究書であるマクヘイニーの著書は、多方面からの影響を詳細に検証している。ヘミングウェイ関連では、マクヘイニーの議論を受けて発表されたクリアンス・ブルックスの古典的研究にくわえて、ジョーゼフ・フルシオーネの比較研究がさらに一歩進めた考察を行っている（Brooks 407-09; Fruscione 3-8, 52-102)。二〇〇二年のフォークナーとヨクナパトーファ会議「フォークナーと彼の同時代の人たち」でも、ジョージ・モンテイロが本作品とヘミングウェイとの関係性について発表している（Monteiro 76-77)。モダニズムの視点からはダニエル・J・シンガルの研究が有益である（Singal 225-44)。文体やテーマに関しては、「オールド・マン」が古典作品を、「野性の棕櫚」が現代作品のエッセンスを多く取り入れていることが指摘されている（Harrington 65-66)。ジェイムズ・G・ワトソンの研究は一九世紀の作家、ハリウッド、ナサニエル・ウェストとの関係性を考えるうえで重要な示唆を与えてくれる（Watson 158-71)。ハリウッドと映画的手法からの影響については、Lurie 145-60、Smith 169-96も参照のこと。

（2）マルカム・カウリーが編纂した『ポータブル・フォークナー』（一九四六年）では、「オールド・マン」の背の高い囚人がヨクナパトーファ郡の「フレンチマンズ・ベンドの南東にある松林の丘で生まれた」と紹介されている（Cowley 433)。ところが実際の「オールド・マン」にはフレンチマンズ・ベンドへの言及がなく、背の高い囚人は「松林の丘」出身の「ヒルビリー」にすぎない（*WP* 22, 205, 210, 214, 231)。ゲイリー・ハリントンによると、フォークナーは「オールド・マン」をヨクナパトーファの世界に関連付けてしまうと「野性の棕櫚」のインパクトが弱まるのではないかと危惧していたという（Harrington 64-66)。

（3）当初の題名は旧約聖書の詩篇一三七篇に由来する。ランダムハウスの編集者の一人が、この題名が反ユダヤ主義感情をうながすのではないかと懸念したため、出版社の方針で作品中の物語の題名の一つ（「野性の棕櫚」）に変更して出版された（Karl 617）。ノエル・ポークがタイプ原稿を考証してテクストの改訂を行った結果、ライブラリー・オヴ・アメリカ版が一九九〇年に、ヴィンテージ・インターナショナル版が一九九五年にそれぞれ発行され、本作品の元の題名も復元された。本稿では広く普及している『野性の棕櫚』を採用した。

本作品の執筆過程について、フォークナー自身は、一九三九年に「別々に書いたうえで交互に組み合わせた」（Meriwether and Millgate 36）、一九五五年と一九五七年に「一章から順番に書いた」（Meriwether and Millgate 247-48; Gwynn and Blotner 171）と述べている。ただし、どちらの場合でも「対位法」を意味する音楽用語を用いて説明しており、現在は作品に見られる順番に執筆したと考えるのが有力となっている（Brooks 206）。

（4）「汝ら武装せる男子よ、ヘミング波（hemingwaves）の海に乗り出せ」（*WP* 82）が示すとおり、ヘミングウェイの作品――特に『武器よさらば』（一九二九年）と『午後の死』（一九三二年）――や彼の文体は本作品にかなりの影響力を持つ。ユタ鉱山がユニヴァーサル・スタジオの舞台装置や書物に基づく架空の場所に由来すると推測する研究者もいる（Watson 168）。ジェイムズ・V・ダルクが作成したユタ州で撮影された映画のリストと、ステファン・ソロモンが作成したフォークナーのハリウッド年表を照らし合わせてみると、フォークナーが一九三七年に脚本で携わった『モホークの太鼓』（二〇世紀フォックス映画が一九三九年に公開）はユタ州で撮影されている（D'Ark 287; Solomon 254）。一九三七年はフォークナーが『野性の棕櫚』の執筆を開始した年と重なるため、創作過程で作家に作品舞台のヒントを与えた可能性がある。

（5）シェリル・レスターは、ハリーとシャーロットのシカゴ行きが、一九一〇年代に本格化した黒人大移動の到着地や時期に一致していると指摘する（Lester 199-200）。

（6）『野性の棕櫚』の二重小説が両方とも円環的な物語構成になっていることについては、Rueckert 128-31 を参照のこと。

（7）日本語訳は井上謙治訳（冨山房、一九六八年）を使わせて頂いたが、一部変更した。

（8）実在するルイジアナ州カーナーヴォンの綴りは "Caernarvon" で、「オールド・マン」の "Carnarvon" と比較すると"e"が一つ多い。綴りは異なるものの、両者にはミシシッピ大洪水の被害拡大を防ぐために川沿いの堤防をダイナマイトで爆破したという歴史的共通点があり、同一の場所だと思われる。ただし、両者の実際の場所は少し異なる。本作品ではニューオーリンズ行きの蒸気船に乗った囚人がその途中にあるカーナーヴォンで下船するので、カーナーヴォンはアチャファラヤとニューオーリンズのあいだに位置しているはずだが、実在のカーナーヴォンはニューオーリンズの一四マイルほど南にある。つまり、実際にはアチャファラヤとカーナーヴォンのあいだにニューオーリンズがあるため、本作品の舞台設定と齟齬をきたしている。

（9）「闘牛士（*matador*）」と「熱心なファン（*aficionados*）」におけるヘミングウェイの『日はまた昇る』の影響については、Fruscione 99-100 を参照のこと。

（10）実際の爆破ではセント・バーナード郡とプラクマインズ郡が広範囲に被災したが、住民への補償はほとんどなかった。この地域には、一八世紀後半にスペイン領カナリア諸島から移住してきたイスレニョと呼ばれた人々やアカディア人の子孫が数多く住んでいた。カーナーヴォン堤防のダイナマイト爆破の経緯と顛末については、Barry 234-58, 339-60、Mizelle 44-47 を参照のこと。松岡信哉は、二〇〇五年のハリケーン・カトリーナがニューオーリンズ近郊に壊滅的なダメージを与えた際、一九二七年のミシシッピ大洪水で「行政が貧困層の住む第九区の堤防を意図的に決壊させたことのトラウマ」が生じたことを紹介したうえで、「天災における人災的要素」を検討している（松岡　一五四–五五）。

（11）本作品が自伝的であると見なす研究としては、Grimwood 88-92、Singal 230 を参照のこと。「野性の棕櫚」のハリーとシャーロットが最後に滞在したミシシッピ湾岸地域は、同州パスカグーラがモデルであると言われている。ここはメキシコ湾に面したリゾート地で、フォークナーが一九二五年から二七年の夏に友人フィル・ストーンとヘレンの家を訪問したり、一九二九年に結婚したエステルとハネムーンを過ごしたりした場所である。『蚊』を献上したヘレンも、ミータと同様に、フォークナーの求婚を断って一九二七年に他の男性と結婚し、フォークナーに大打撃を与えた。ヘレンへの失恋と新妻の自殺未遂というほろ苦い思い出を想起させるこの土地で、シャーロットは命を落とす（Fruscione 88）。

（12）執筆当時に発生した一九三七年のオハイオ大洪水も、作家に一九二七年のミシシッピ大洪水を思い起こさせたであろう（Lester 204; Parrish 232）。

（13）もともと「野性の棕櫚」の舞台は「オールド・マン」と同じく一九二七年に設定されていたが、最終的に一九三七年になり、一〇年の時間差が生じている（Harrington 64）。この修正は「野性の棕櫚」の物語により同時代性をもたらす一方で、「野性の棕櫚」と「オールド・マン」の直接的な接点を消滅させた。ただし、ハリーがパーチマン刑務所に入ったときに、服役が一〇年追加された背の高い囚人に遭遇する可能性が示唆されている。これはあくまでも作品外の未来の出来事であり、読者の想像に委ねられている。

（14）そもそも堕胎の問題がタブーであるという社会的見解が確立しており、一九七三年のロウ対ウェイド判決で連邦最高裁が認めるまで中絶は禁じられていた。ロウ判決以前は非合法の中絶が数多く行われており、合併症によって多くの女性が後遺症を負ったり、命を落としたりしたという（荻野 二三–二四、二八–三〇）。こうした実情を反映させた本作品は、この時期のフォークナー作品の中では最もよい売れ行きを見せた（Karl 644）。

引用文献

Barry, John M. *Rising Tide: The Great Mississippi Flood of 1927 and How It Changed America*. Simon & Schuster, 1997.

Bernard, Shane K. *The Cajuns: Americanization of a People*. UP of Mississippi, 2003.

Blotner, Joseph, editor. *Selected Letters of William Faulkner*. Random House, 1977.

Brasseaux, Carl A. *French, Cajun, Creole, Houma: A Primer on Francophone Louisiana*. Louisiana State UP, 2005.

Brooks, Cleanth. *William Faulkner: Toward Yoknapatawpha and Beyond*. Louisiana State UP, 1978.

Cowley, Malcolm, editor. *The Portable Faulkner*. Revised and expanded ed., Penguin, 2003.

D'Ark, James V. *When Hollywood Came to Utah*. New ed., Gibbs Smith, 2019.

Faulkner, William. *The Wild Palms* [*If I Forget Thee, Jerusalem*]. Vintage, 1995. 〔『野性の棕櫚』井上謙治訳、冨山房、一九六八年〕

Fruscione, Joseph. *Faulkner and Hemingway: Biography of a Literary Rivalry*. Ohio State UP, 2012.

Grimwood, Michael. *Heart in Conflict: Faulkner's Struggles with Vocation*. U of Georgia P, 1987.

Gwynn, Frederick L. and Joseph L. Blotner, editors. *Faulkner in the University*. UP of Virginia, 1995.

Harrington, Gary. *Faulkner's Fables of Creativity: The Non-Yoknapatawpha Novels*. U of Georgia P, 1990.

Karl, Frederick R. *William Faulkner: American Writer*. Weidenfeld & Nicolson, 1989.

Lester, Cheryl. "*If I Forget Thee, Jerusalem* and the Great Migration: History in Black and White." *Faulkner in Cultural Context: Faulkner and Yoknapatawpha, 1995*, edited by Donald M. Kartiganer and Ann J. Abadie, UP of Mississippi, 1997, pp. 191-217.

Lurie, Peter. *Vision's Immanence: Faulkner, Film, and the Popular Imagination*. Johns Hopkins UP, 2004.

McHaney, Thomas L. *William Faulkner's* The Wild Palms*: A Study*. UP of Mississippi, 1975.

Meriwether, James B. and Michael Millgate, editors. *Lion in the Garden: Interviews with William Faulkner 1926-1962*. U of Nebraska P, 1980.

Mizelle, Richard M., Jr. *Backwater Blues: The Mississippi Flood of 1927 in the African American Imagination*. U of Minnesota P, 2014.

Monteiro, George. "The Faulkner-Hemingway Rivalry." *Faulkner and His Contemporaries: Faulkner and Yoknapatawpha, 2002*, edited by Joseph R. Urgo and Ann J. Abadie, UP of Mississippi, 2004, pp. 74-92.

Oshinsky, David M. "*Worse Than Slavery*"*: Parchman Farm and the Ordeal of Jim Crow Justice*. Free Press, 1996.

Parrish, Susan Scott. *The Flood Year 1927: A Cultural History*. Princeton UP, 2017.

Rueckert, William H. *Faulkner from Within: Destructive and Generative Being in the Novels of William Faulkner*. Parlor Press, 2004.

Sánchez, George J. *Becoming Mexican American: Ethnicity, Culture, and Identity in Chicano Los Angeles, 1900-1945*. Oxford UP, 1993.

Singal, Daniel J. *William Faulkner: The Making of a Modernist*. U of North Carolina P, 1997.

Smith, Phil. "Faulkner and 'The Man with the Megaphone': The Redemption of Genre and the Transfiguration of Trash in *If I Forget Thee, Jerusalem*." *Faulkner and Film: Faulkner and Yoknapatawpha, 2010*, edited by Peter Lurie and Ann J. Abadie, UP of Mississippi, 2014, pp. 169-96.

Solomon, Stefan. *William Faulkner in Hollywood: Screenwriting for the Studios*. U of Georgia P, 2017.

Watson, James G. *William Faulkner: Self-Representation and Performance*. U of Texas P, 2000.

荻野美穂『中絶論争とアメリカ社会――身体をめぐる戦争』（岩波書店、二〇一二年）

松岡信哉「フォークナーの「オールド・マン」における野生との遭遇――自然災害によってもたらされた現実界と意識の無」『災害の物語学』中良子編（世界思想社、二〇一四年）一五一―七〇頁。

ジェシー・レドモン・フォーセットの『プラム・バン』
――人種なりすましとモダニズム

杉森雅美

「なりすまし」が暴く人種区分の脆さ

一九一〇年代の南部から北部への大移動を例に挙げるまでもなく、可動性というキーワードは二〇世紀初頭のアメリカ黒人史を理解する際に重要である。そしてそれは物理的な移動に留まらない。貧困・粗野・無教養といった固定観念を打破するために当時の黒人運動家たちによって推進された、中産階級に属し知的で洗練された「新しいニグロ」(New Negro) 像に代表されるように、黒人たちはそれまで押し付けられてきた概念的な境界をも越え始めた。白人か黒人か、という二項対立に基づいた人種区分――それは「一滴の血の掟」を通して守られてきたのだが[1]――も例外ではなく、黒人女性作家ジェシー・レドモン・フォーセットが一九二九年のインタヴューで語ったところによると、当時二万人にのぼる肌の白い混血の黒人たちが、人種の境界線を越えて白人として生活していたのである（Vincent）。

このような「なりすまし」（passing）[2]が人々の好奇心と警戒心を同時に刺激したのか、それについての記事が当時数多く出版された。[3]その一例が黒人新聞『フィラデルフィア・トリビューン』の一九三二年一月二一日号に掲載されたものである。「私刑の際は注意を！　その人はあなたの兄弟かも知れない」と題されたこの匿名記事は、なりすましは白人が思っているほど簡単には見破れないことをいくつかの実例を挙げて説明し、こう結んでいる。

> これらの事例には、ニグロたちの私刑に専心しているとみえる南部人たちへの教訓が含まれている。どのように実行するかは慎重に――その人はあなたの兄弟かも知れないのだから。（"Careful Lyncher!" 125）

この結末では、黒人が白人になるという一見すると個人的な行為に過ぎないなりすましが、実は人種区分そのものを混乱に陥れることが暗示されている。「なりすまし白人」が存在するためには「本物の白人」が存在しなければならないはずだが、両者の違い自体が曖昧なものかもしれないのだ。

人種のなりすましを描く文学作品が論じられる際、この題材を単に黒人が白人と偽る行為として扱っているか、それとも人種の概念そのものを問題化しているかという違いは、しばしば議論の的となってきた。スティーヴン・J・ベルシオはなりすまし小説論史を概覧し、「一元的で、本質的で、消すことのできない人種アイデンティティを隠す」なりすましと、「「遂行性」を持つ記号表現（the signifier of "performativity"）」が「「アイデンティティ」という指示先の概念」に取って替わるなりすましとに分類する（Belluscio 9）。後者——以下の議論では便宜的に第二のなりすましと呼ぶ——は、人種は身体に内在する本質的属性なのではなく、具体的な言動を通して発される「記号」とその解釈によって構築される言説行為なのだということを暴く。なりすましが機能している限りにおいて、本物の白人となりすまし白人を分け隔てるものはそこにはない。

ベルシオはこの第二のなりすましに注目した研究が近年多くなされていると指摘する一方で、一九世紀末から二〇世紀初頭のなりすまし文学作品の多くが第一の論理に基づいていることを強調する（9-10）。実際一九二九年に具体的な数字を挙げてなりすましの現状を語ったフォーセットの小説群、特にそのインタヴューがなされる契機ともなった同年発表の長編『プラム・バン』は、肌の白い黒人登場人物が白人と偽って生きるという、第一の論理に基づいた作品だと長くされてきた。

フォーセットの再評価

一九一九年から一九二六年まで全米黒人地位向上協会の機関誌『危機』の文学編集者を務めたフォーセットは、四本の長編小説に加え主に『危機』誌上において数多くの短編小説・詩・随筆・評論を残した。その小説は読み易い英語で書かれ一定の好評を博したのだが、その作風もあってか当時の人種問題との関連で読まれることが多く、その技法が詳細に論じられることはほとんどなかった。彼女の「関心と問題意識は広範囲かつ急進的」なのだが、白人由来の文学基準を無批判に受け入れているように見えることから、発表当時の特に黒人読者には「白人批評家の支持を得るために技術的・主題的な創意工夫を避け、使い古された伝統的文学技法という安全策に逃げた「保守的」、「因襲的」、そして「模倣的」な作家」と分類されてしまったのである（McDowell, "Regulating Midwives" xii)。

それに対して近年には再評価がなされ、深い洞察と批判精神を内包するその独創性が知られるようになった。例えばクレア・オベロン・ガルシアは、彼女の著作が「黒人女性の想像力や視点に権威を与え、二〇世紀初頭アメリカの——特に創造意欲を持った——黒人女性を束縛する人種・ジェンダー・社会階級に関する支配的言説を、急進的な仕方で批判」（Garcia 94）したとする。それは『プラム・バン』にも当てはまるのだが、この小説の技法、主題、そして内容が具体的にどのように作用し合って支配的言説批判を生み出しているのかは未だ明らかにされていない。また作品の「急進」性を論じる際にモダニズムという用語がしばしば使われるものの、そのほとんどが二〇世紀初頭モダン・アメリカの社会や文化を表象しているという広い意味での用法であり、いわゆるハイ・モダニズム（high modernism）を特徴付ける「意識の流れ」（stream of consciousness）などの具体的な小説技法がどのような仕方で導入され、どのような効果をもたらしているかは論じられることがなかった。

本論考は主にテクスト分析を通して『プラム・バン』における様々な文学ジャンル、物語のプロット、語りの構造、人種問題の考察、そしてモダニズムという諸要素間の相互作用を解き明かすことを試みる。まず次節では、最初の三要素の相関関係を明らかにする。『プラム・バン』は三人称全知の語り手によって語られるが、客観的・中立的な語りに終始するわけではなく、主人公アンジェラ・マレーの心理を反映した自由間接話法（free indirect style）による語りが時折挿入される。そしてそれぞれがいくつかの文学ジャンルと繋がっていて、前者はこの小説のセクション構成を司る伝承童謡や、アンジェラの人生における挫折や精神的成長のプロットをもたらすビルドゥングスロマン（Bildungsroman）などの枠組みに対応する。後者についてはアンジェラ自身がおとぎ話や恋愛映画のようなジャンルと物語内で出会い、それらに自らを投影しながら周りの世界や自分の人生を捉えるのと連動して、語りの造りが左右される。

それ以降の節では、この枠組みにフォーセットが織り込む、人種区分の問題とモダニズムの視点を考察する。『プラム・バン』にはモダニズム文学を志す脇役登場人物が複数いて、通常の秩序だった言説の外で表現行為を行う彼らは、アメリカの二項対立的人種区分の虚構性にも敏感である。それを通してフォーセットはモダニズム文学の主観的・断片的・流動的な言語がもたらす効果について仄めかすのだが、白人になりすますにせよ自分の黒人性を大切にするにせよ白人か黒人かの二択に固執するアンジェラが、彼らの真価を理解することはない。

このような状況下で、フォーセットはモダニズムの手法を『プラム・バン』の語りに巧みに導入することで、ベルシオの言う二種類のなりすましを同時に、そしてさらに深化させた形で表象する。人種問題に関わるいくつかの場面において二つの語りの境界を曖昧にし、アンジェラの意識の流れでも客観的な状況描写でもありうる記述を用いることによって、二項対立区分への依存と抵抗が共存した、なりすましの逆説的な二面性を再現するのだ。その手法はまた、この作家がいかに、モダニズムの言語が近代化・都市化・商業化の進む二〇世紀初頭アメリカ社会とそこでのアイデンティティの不確定性の産物であるのみならず、その両者をより忠実に表象するのに適した媒体でもあるとみなしていたかを物語る。

文学ジャンルと語り

主人公アンジェラ・マレーはフィラデルフィアの黒人中流家庭に生まれ、愛情に満ちた両親のもとで「血色の良い褐色」(*Plam Bun* 14　以降、本作品からの引用は括弧内にページ数のみ記す）の肌を持つ妹ヴァージニアとともに幸せに育つ。しかしながら日常的に遭遇する人種差別と黒人に対する門戸の狭さは無視できない事実であり、彼女は両親を亡くすとすぐニューヨークに移り、アンジェール・モリーと名乗って白人として生活しはじめる。画家志望のアンジェラがクーパー・ユニオン大学で授業を受ける一方、ヴァージニアも地元の幼馴染マシュー・ヘンソンとの失恋を機に、教職を目指してニューヨークにやってくる。しかしアンジェラには大金持ちながら人種差別的な白人の恋人ロジャー・フィールディングがおり、ペンシルヴェニア駅でヴァージニアを待っている間に偶然彼に出くわした彼女は、自分の白人としての生活を守るため妹に対し他人のふりをしてしまう。アンジェラはロジャーとの「おとぎ話」のような結婚生活を夢見るが、そもそも彼は社会階級の差から彼女を結婚相手として考えておらず二人の仲は破局を迎える。

やがてアンジェラは大学の同級生アンソニー・クロスとの仲を深めていくのだが、彼は自分が実は黒人であること、そして（アンジェラの妹とは知らない）ヴァージニアと婚約していることを彼女に告げる。二人の馴れ初めは彼女がペンシルヴェニア駅で妹を見捨てた日に遡り、悲しみに暮れたヴァージニアはその後偶然アンソニーの部屋に辿り着いていたのだ。小説の最終セクション「市場は終わり」において、アンジェラはパリにあるフォンテーヌブロー芸術学校で学ぶ留学奨学生に選ばれるのだが、同じく奨学金を獲得した黒人の同級生レイチェル・パウエルがその人種を理由に資格を取り消されたことを知る。それに抗議したアンジェラは自ら黒人であることを明かすことになり、奨学金を返上したのち自費でパリへと向かう。舞台をパリに移した短い最終章では、クリスマスの朝にアンソニーが突然アンジェラを訪れ、「ヴァージニアとマシューが愛を込めて僕を送ったんだ」と告げる（379）という、姉妹ともにハッピーエンドを仄めかすシーンで物語は終わる。

この作品におけるなりすましは、ニュー・ニグロ・ルネッサンス（New Negro Renaissance）期の白人なりすまし小説に繰り返し現れる基本要素を大方網羅している。つまりネラ・ラーセンの『パッシング』と同様に社会的・経済的な実利のために実行されるが、裕福だが人種差別的な白人パートナーとの困難な関係をもたらし、ラングストン・ヒューズの短編「パッシング」でもそうであるように見た目で黒人と分かる肉親を拒絶することを伴い、ジェイムズ・ウェルドン・ジョンソンの『元黒人の自伝』におけるようにプロット展開上重要な登場人物間の誤解をもたらし、その物語はウォールター・フランシス・ホワイトの『逃亡』やジョージ・スカイラーの『もう黒くない』のように主人公の黒人アイデンティティへの帰還によって大団円を迎え、そしてこれらすべての作品と同様にアメリカの大都市を主要な舞台とする。

しかしながらなりすまし小説だけが『プラム・バン』のジャンルではない。この作品は伝承童謡「市場へ、市場へ」（"To market, to market"）をもとにした五セクションで構成されていて、その歌詞に従いそれぞれが「家」「市場」「プラム・バン」「帰宅」「市場は終わり」とタイトル付けされている。そして物語はビルドゥングスロマンの伝統にも則っており、アンジェラの幼少期から二〇代後半までを、その社会経験と精神的成長に焦点を当てて描く。またキャスリーン・ファイファーも指摘するように「家庭小説における感傷主義的伝統」も、自由と独立を求めるアンジェラが否定する価値観として、主にヴァージニアのキャラクターに組み込まれている（Pfeiffer 115）。

これらの文学ジャンル、特に伝承童謡は多くの批評家たちの注目を集めることとなり、ファイファー（118）やジャクリン・マクレンドン（Mclendon 29-30）らがそれぞれ先行研究を概観しつつ独自の論を展開している。しかしながらこれまで議論の主題は専ら人種・社会階級・ジェンダーに関する支配的言説への批判の有無・様式にあり、この小説独特の語り構造との相関関係はほとんど話題に上ることがなかった。

『プラム・バン』はアンジェラの視点に重点を置いた三人称全知の語り手によって語られるが、実はそこには二つの形態がある。一つ目は全知の語りに通常見られる客観的かつ中立的な語り、そして二つ目は主人公アンジェラの心理を反映した自由間接話法である。三人称の語りを維持しつつ、「彼女は思った」などの付加語句を用いずに、登場人物の思考や感情を本人の語彙や語り口そのままに伝えるこの技法は、アンジェラが単身ニューヨークに出る第二セクション以降、特に彼女の気持ちが高ぶった時に顕著に現れる。例えば物語の終盤、彼女の人種についての告白が新聞に載り大騒ぎになる「市場は終わり」セクション第一章は、以下の記述とともに閉じられる。

エリザベス・サンドバーグは［手紙の中で］この件に触れなかったが、それについて知っているということをアンジェラは行間から読むことができた。［……］

でもレイチェル・ソールティングとアシュリーからは一言もなし！（357）

新聞の報道で事態を知った友達から続々とメッセージが届く中で、この二人から音沙汰がないことに対するアンジェラの失望が、ここでは自由間接話法によってより直接的に表現されている。通常ならば「でもレイチェル・ソールティングとアシュリーからは一言もなく、彼女は落胆の声を上げた」のように中立的な語調の完全文で表されるところの内容が、口語的文体・感嘆符・不完全文を用いた、アンジェラの思考により忠実な形で再現されるのだ。

伝承童謡やビルドゥングスロマンといったメタ・レヴェルで作用する（そのため登場人物自身はそれらを文学ジャンルとして意識しない）もののみが『プラム・バン』に関わるジャンルではないのは、このような語りの二重構造が原因である。それらとは別にアンジェラが物語内で自らを投影する文学ジャンルが、彼女の様々な経験に応じて入れ替わり立ち替わり作用し、自由間接話法に基づいた語りを左右する可変要素としてこの小説に影響を与えるのだ。

作中で二度言及される「おとぎ話（fairy tale）」がその例で、物語の序盤に「アンジェラとヴァージニアが小さい頃、彼女らの母はよくおとぎ話の最後に「そして彼らはずっと幸せに暮らしましたとさ、まさにあなたたちのお父さんとお母さんのように」と付け加えた」（33）というエピソードとともに導入される。この「おとぎ話」は、個人主義を志向しながらも幸せな結婚を理想とするアンジェラの価値観や物の見方の基礎となるのだが、ある別ジャンルの物語によって重大な改訂がなされる。ヴァージニアは愛し(33)アンジェラは「あからさまに蔑んだ」(34)この二つ目の物語は、小説の冒頭で詳しく説明される。

ジュニアス［父］とマティ［母］が話す、彼らが克服した困難、根気強く身に付けた仕事、痛々しいまでにこつこつ貯め込んだ僅かな蓄えの物語は、現代版『イリアス』とも言えるだろう。しかしそれは、アンジェラだったらどんな手段を使ってでも避けるような人生の描写に過ぎなかった。(12)

幸せな家庭を築くために両親がした英雄的奮闘を綴ったこの物語だが、アンジェラにとっては黒人であるがゆえに十分に報われることのない過剰な困難を強いられたという、反面教師の記録でしかない。そのためアンジェラの準拠枠となるところの「おとぎ話」は、両親の幸せな結婚というモデルから、黒人であることに由来する苦難を差し引いたものとなる。

そしてロジャーとの交際が始まった直後の彼女の心境は、以下のように語られる。

［……］彼は彼女を愛していて結婚を望むだろうと、彼女は今では確信していた、なぜならこのような献身的な配慮が男の一時的な気まぐれでなされるなどとは彼女には思いもよらなかったからである。彼女には自分の人生が、おとぎ話のように成就するように見えた。貧しく、黒人の――それもアメリカで黒人の、無名で、地位も何もない人間が！　そしてここ彼女の手の上には周りに向けて

差し出される愛と巨富の影があった。彼女は黒人たちのために沢山のことをするのだ。(130-31)

この場面は最初の二文が客観的な全知の語りによって語られる。「貧しく、黒人の――」以降はすべて自由間接話法であることが、第三文の口語的文体、ダッシュ記号そして感嘆符、第四文の倒置文 (And here at her hand was the forward thrust shadow . . .)、そして最後の文の「沢山の」(lots of) という本小説の地の文では使われない口語表現によって示される。引用前半において、裕福な白人男性と結婚できるだろうという見通しがアンジェラに改訂後の「おとぎ話」を想起させ、それに伴い自由間接話法で語られる後半部分では、彼女の内的思考がこの文学ジャンルの枠組みの下で展開する。それは「ずっと幸せに暮ら」す結婚生活という当初の強調点に留まらず、彼女自身の事例における社会的上昇流動性にも適用されて、「無名で、地位も何もない人間」が愛と富の祝福に与るという、おとぎ話的ハッピーエンドの別の側面をも前景化する。そして最後の二文では逆にこの枠組みがアンジェラの自己イメージを規定し、彼女は自らを同じおとぎ話の別の役柄に移し、「愛と巨富の影」を操る魔法使いのような存在として弱者へ幸福を分配する姿を想像するのだ。

アンジェラが出会うモダニストたち

マーク・A・サンダーズによると、新批評によって定義され、イマジズム詩や「失われた世代」の小説に代表され、「認識論的危機・断片化・疎外・文化的疲弊」といった要素で特徴づけられるいわゆるハイ・モダニズムは、ニュー・ニグロ・ルネッサンス運動のごく僅かな部分しか反映していない(Sanders 129)。これに対して彼は「ヘテロドックス・モダニズム」(heterodox modernism)を、ニュー・ニグロ作家たちが第一次世界大戦後のアメリカで「滞ってしまった平等主義的発展や国家構築のプロジェクト」を問題化する試みに見出す(130)。そこではモダニズムが強調するところの混沌は認識論的危機によるものというよりは、「憲法が保証する権利と、構造的な政治的抑圧との悲惨なまでの不一致」によるものなのだ(137)。[4]

断片的あるいは信頼できない語りを採用した黒人作家による小説——ジョンソンの『元黒人の自伝』、ジーン・トゥーマーの『砂糖きび』、ラーセンの『パッシング』など——とは異なり、『プラム・バン』は論理的にも時間軸的にも表面上秩序だった三人称の語りに基づいている。ゆえにそのモダン要素に焦点が当てられる際も専ら「ヘテロドックス」的な視点、つまりいかにこの小説が当時の政治・社会・文化的状況と呼応しているかという観点から論じられ[5]、ハイ・モダニズムの技術的・言語的な新機軸との関係が取り上げられることはなかった。例えばベルシオは、なりすましがもたらす複雑化に呼応してこの小説が時折採用する「モダニズム的方法」を指摘するのだが、そこで言うモダニズムとは「考え方」についてのそれであって「表象の仕方」についてではないと彼自身断りを入れている(Belluscio 235)。

しかしながらフォーセットが『プラム・バン』で用いる自由間接話法は、登場人物の主観的思考や感情を、その流れを保存しながら伝達するという点で、ハイ・モダニズムの手法を取り入れている。実際デイヴィッド・ロッジによると自由間接話法は「少なくともジェイン・オースティンの作品にまで遡る技法だが、［ヴァージニア・］ウルフのようなモダン小説家によって、より広範囲かつ技巧的に採用され」、内的独白（interior monologue）とともに「意識の流れ」を表現するモダニズム技法の双璧をなした（Lodge 43）。またフォーセットの諸活動を見渡してみても、彼女がハイ・モダニズムに深い造詣があったことが窺われる。『危機』の文学編集者として後にニュー・ニグロ・ルネッサンス運動の中核をなす若い才能を多く発掘した彼女は、最先端の文学・芸術にも通じていた。例を挙げるならば、それらの作家の中で最もモダニズム技法を積極的に取り入れることとなるトゥーマーに、彼女は「貪欲に読みなさい、モダン作家のみならず古典作家も。［……］仏語をそれなりに習得して、フランスのイマジズム詩を読めるようになりなさい」（qtd. in McDowell, "Regulating Midwives" xi）と、モダン文学それもイマジズムのような前衛的手法を意識した助言をしている。

また『危機』誌上での書評からは、モダニズムの手法が人種問題の表象に与える影響についても、深い洞察を持っていることが分かる。一九二〇年発表の「ニグロについての新しい文学」で彼女は、前衛的な白人なりすまし小説であるフランス作家ポール・ルブーによる『ロミュルス・クークー』を取り上げている。ここで彼女は、論理や時間軸が混乱した語りによって表現されるなりすましが人種区分自体をも崩壊させていることを仄めかし、小説内で白人ヒロインとして扱われているジャクリーンの人種も結局のところ不確定で「読者はたぶん彼女にも黒人の血が一滴流れていると思うだろう。だがこの謎は決して解明されない」とする（"New Literature on the Negro" 79）。白人になりすます主人公クークーの世界が、全知で秩序だった神の視点とは対照的な仕方で語られるこの物語では、ある人物が白人のように描写され扱われているからといって白人である保証はないのだ。

モダニズムの文学技法と人種問題とのこのような相関関係は、『プラム・バン』に現れる文学志望の脇役たちにも見ることができる。一例として、物語の後半でアンジェラと深い友情を築くニューヨークの裕福な若者ラルフ・アシュリーがある。第一次世界大戦の経験の有無は小説内で明らかにされないものの、「広く旅し、たいていは傍観者としてだが世界を多く見てきた」(323) 彼には「失われた世代」特有の、自身やコミュニティからの疎外を彷彿とさせるキャラクター付けがなされている。ある時は「元気なく、孤独で、悩みでうわの空」(246)、またある時は「内気で、感受性が強く、思いやりがあり、惨めなほど孤独」(271) と形容される彼に、アンジェラは「自分の内面の可能性を発見し損ねた、本好きで真面目な青年」といった印象を受ける (246)。

さらに彼は詩人志望でもあり、「いくつかの出来のいい韻文を、現代特有の難解で見た目だけは自由な形式で書い」ている (323)。「見た目だけは自由な形式 (falsely free style)」と、フォーセットの語り手はモダン自由詩における「自由」の限界について当てこするのだが、それでもこの新しい文学の言語はラルフが社会規範に縛られずに物事を考えることを可能にする。

> 彼女［アンジェラ］には分かった、アシュリーはその内気ながらも、自分固有のとても明確なアイディアと信念を持っており、その考え方は完全に束縛から解かれていて、社会の因習や基準にも動じなかった。もし貴族がいるとしたらまさに彼がそうなのだが、アシュリーは人間本質への信頼を維持しており、社会階級を生み出し区分けするような表面的で不自然な障壁を作り出す経済状況を強く批判した。(324)

この引用でラルフが批判する「障壁」は、直接的には「社会階級」に関するものなのだが、それは人種にもあてはまる。実際に彼は、人種についての支配的言説を支える「白人」と「ニグロ」との二項対立区分では、アメリカの多様性を正確に把握することはできないと看破する。彼は「ニグロ」というカテゴリーそのものの不備を暴き、「アメリカには純血などというのはほとんど存在しないのだから、ニグロという言葉は大体は誤称なんだ」とアンジェラに説く(324)。

黒人についての会話の最中に表明されるため「ニグロ」カテゴリーに光が当てられているが、この見解はさらに——「一滴の血の掟」により完全な「純血」を存在条件とする——白人という言葉の問題も炙り出す。実際フォーセットは読者の物語理解という面においても、他ならぬラルフ自身を通して白人という人種区分の不安定さを暗示する。三人称の語り手が地の文でラルフを白人と規定することは一度もなく、読者に与えられる情報は作中で彼が白人たちの集まりに参加すること、そしてアンジェラを始め周りの登場人物の会話がすべて彼が白人であることを前提としていることだけである。さらには彼が白人だとして読み進めたい読者をまるで焦らすかのように、フォーセットはラルフの黒さに繰り返し言及する。初登場の場面で彼は、アンジェラが「名前を聞き取れなかった痩せ型で色黒(black-avised)の男性」(186)として現れ、四〇ページ以上後になってようやくその名前が明かされるまで何度もdark man(186, 187, 229)と名指しされるのだ。彼の人種に至ってはさらに九〇ページ以上後に初めて、その白人性を前提とした会話がアンジェラとの間でなされる(324-25)。しかしながらその会話で明らかにされる彼の人種観に加え、白人登場人物として長く扱われてきたアンソニーが直前の章でアンジェラになりすましを告白する(297)こともあり、そこに白人カテゴリーが安定化された感はない。

このように物語内のモダニストを通してフォーセットは、秩序に縛られない新しい文学言語とアメリカの人種システムに対する批判的視点との因果関係を仄めかすのだが、アンジェラ自身モダニズム文学に疎く因襲的な物の見方でもって彼らに接するため、その真価に気付くことができない。(6) 結局ラルフの見解を十分に理解できない彼女は、パリへの出発直前に彼にこう告げる。

「[……] 常にプラカードを掲げて生きることは出来ないし、期せずして「なりすまして」しまうことが頻繁にあると思う。でもあなたには分かってほしいの、これからの生活で私がどちらの側にいるかといったら、黒人の側。あなたにこちら側には来てほしくないの。」彼女はきっぱりと頭を振った。「複雑な事情ばかりで。あなたにとってさえも。」(373)

「常にプラカードを掲げて」自分の人種を公にしない限りいつでも意図せずなりすましてしまう可能性があることは、次節で議論するように人種区分の根本的問題に関わる事実である。しかしその区分を深く信奉するアンジェラは「複雑な事情」の精査を拒否し、白人としてのラルフと黒人としての自分それぞれの「側」の間に越えられない明確な線を引く。

「人種を持たない」白人と二重の語り

実際なりすましを巡る『プラム・バン』のプロットは、アンジェラが意識していることと、彼女が気付かないその含意との二重構造に基づいてしばしば展開する。例えば前節の最後で見たように、人種が問題にならない限りにおいて人は白人と見做されることをアンジェラは身をもって知っているにもかかわらず、二項対立的人種区分についてはそれを決して疑わない。また本論文冒頭の『フィラデルフィア・トリビューン』の記事も指摘した、白人とされている誰もに実は黒人かもしれない可能性があること、つまり一つ目の事象を周りの人間の視点から言い換えたものについても同様で、それが白人たちにとっていかに脅威であるかをアンジェラは、勝手に彼女が白人であると信じ後にそうでないと分かるや黙っていたことを責める、高校の白人クラスメートのメアリー(42-44)や芸術アカデミーのシールズ講師(70-73)の反応から感じとる。しかし「まだ若く、考えを明確な言葉にできない」(46)彼女は、これらの出来事を「説明づけようと努める」(73)も結論は出ず、自分が黒人であることではなく彼らが自分のことを黒人であると知らなかったことが問題の原因だったと想像する(46, 78)も、そこから先へは進めない。

白人たちの反応はアンジェラのみならず当のメアリー本人にとっても不可解なのだが(45)、フォーセットはその原因が、白人アイデンティティが暗黙それも無意識の相互了解に基づいて形成されることにあると仄めかす。つまり白人性研究(whiteness studies)の術語を用いるならば、白人であることは人種という印の付けられていない基準なので[7]、白人たちが自らの人種について話題にしない、それどころか意識さえしないまさにその事実によって自分たちの白人アイデンティティを無意識に主張している。そのため彼らは、自分たちと同様に白い肌を持ち自らの人種について話さないため白人だと無意識に想定していたアンジェラの人種が判明すると、白人という領域が今まで侵されていたことにショックを受け、前もって自分たちに知らせるべきだったと非難する。彼らにとって、自分たちの集団に黒人が存在することと自体に問題はない。人種を持たないことにより無意識に成り立っていた「白人」同士の関係の破綻が問題なのであって、それはその関係性に依存する自分たちの白人アイデンティティをも揺るがしかねないのだ。

　このことは物語内で繰り返し仄めかされる。例えばシールズ講師には別に黒人の生徒がいるにもかかわらず、アンジェラが黒人だと分かった途端に家族ぐるみの交流を絶ち、「君は一度も私に黒人だと言わなかったね」と責める（72）。さらには物語の終盤、レイチェルの奨学金取り消しに反対する白人クラスメートたちの決起集会で、アンソニーが自分も黒人であることを皆に告げる場面でも同様のことが起こる。グループの中で最も自由主義的で『危機』の読者でもあり（113）、「人種問題と社会運動に専心」（215）し、黒人クラスメートを助けたい強い思いから既に諦め気味なレイチェルにむしろ失望する（338）マーサ・バーデンなのだが、アンソニーの告白には平静を失い、「驚愕した声」で「黒人！　信じられないわ。私たちに一度も黒人だなんて言わなかったじゃない」（339）と感情的に反応するのだ。

　このようにフォーセットは、ベルシオにおける第二のなりすましを記号表現の不在という記号表現をも含む形で修正する。そしてそれを、モダニズムや文学ジャンルといった諸要素を相互作用させた二重の語りを通して物語のプロットに取り込んでいく。その顕著な例のうちのひとつ、ニューヨークに引っ越した直後にアンジェラが映画を見にいく場面を詳しく見てみよう。

　不可思議というわけでもないその時の気分によって、彼女は頻繁に映画を見にいったのだが、その作中ではほとんどのことが起こった。彼女は自分が熱心に集中してスクリーンを注視していることに気付くのだが、これら架空のヒーローやヒロインによる冒険について彼女がかつて抱いていた、少し高飛車な懐疑はなくなっていた、というのも彼女自身の経験が全く予期していなかった方向に向かっていたのである。去年の今頃の彼女は自分の生活が、現在そしてこの先もそうであるように自由で充実したものになるなんて夢にも思っていなかったし、それを望むという大それたこともほとんどしなかった。しかし今彼女の前には新しい進路が伸びていて、それはシナリオ作家が思い描けるであろうものとは全然違うのだ。そう、何百人いや何千人もの白い黒人たちが「反対側に行った」事実を彼女は知っていた、しかしにもかかわらず、自分もヒロインたちのような冒険ができる可能性についてはこれまで知らなかったのである。フィラデルフィアとそこでの彼女の苦難は、既に遠い過去の話になっていた。ここにいる人たちは、と彼女は訝った、美しい劇場の柔らかい暗がりの中で周りを一瞥しながら、彼女から取り上げようとするだろうか、もし彼らが知ったら、彼女の大事な自由と解放感を？　もし彼女が、例えば隣の席の女性に「私は黒人です」と言ったとしたら、その女性はアメリカ白人たちが時折見せる意地悪な態度で、隣に座るのを拒否したり、案内係に苦情を告げたりするだろうか？　しかし彼女はそのような宣言をする気はなかった。(91-92　傍点を付けた文のみ原文の構造と句読点を保存した直訳)

この引用は全知の語りによるアンジェラの思考・行動・状況の客観的説明から始まりつつ、自由間接話法も随所に取り入れている。特に注目に値するのは、第四文において両方の語りが一つの文で同時に起きていることである。この文は一見するとアンジェラの人生についての全知の語りによる客観的記述に見える。その一方で、彼女の意識の流れの中に現れた「でも今私の前には新しい進路が伸びていて」に始まる文を、三人称の語り手が「彼女は思った」などの付加語句を用いないまま伝達したとも取れる。実際その次の第五文はアンジェラが心の中で発した間投詞「そう、(Oh yes,)」から始まる自由間接話法なので、第四文はそれに移行する中途段階とも言える。そしてこの文においては、それぞれの語りが大きく異なる意味を伴うのだ。

アンジェラ個人の意識の流れのレヴェルでは、「シナリオ作家(a scenario writer)」には思いもよらない筋書きとは、第五文の内容と呼応して、黒人である彼女にもなりすましによって白人「ヒロインたちのような冒険ができる」ことを指す。実際アンジェラの視点には、まさに現在鑑賞しているところの恋愛映画の枠組みが作用しており、そのヒロインを表す常套句「自由で、白人で、二十一歳」(88)に象徴されるように、このジャンルは一般に主要登場人物から黒人を完全に除外する。[8]また「反対側に行った」という表現が示すように、この筋書きは白人対黒人の二項対立に依拠している。

一方全知の語りによる客観描写のレヴェルでは、よりメタ的に言及されることになる「シナリオ作家」は『プラム・バン』のプロットすなわち彼女の人生そのものを創案・構成するものといった意味を帯びる。そうなると黒人が白人になりすまして冒険するという、アンジェラ幼少期における同じく肌の白い母マティとの毎週「土曜の街歩き」(18)で既に描写済みの筋書きを「シナリオ作家が思い描けるであろうものとは全然違う」とするのは無理がある。アンジェラの前に伸びる「進路(career)」の先では、フィラデルフィア時代とは異なり彼女の人種を可視化する黒人の家族・友人や彼女の黒人アイデンティティを知る白人が一人もいない——つまりそこでは彼女はこれまで以上に人種を持たない——ことを考慮すると、この「シナリオ作家」の想像力の限界とは、メアリーやシールズ講師のそれと同様に人種アイデンティティそのものの危うさに関わるものなのではないだろうか。

実際に引用の後半部では、アンジェラ自身まったく意識しないままに、人種の印のついていない身体を白人のそれに変換する過程が、二重の語りを通して再現される。傍点を付けた第七文も、三人称の語り手による付加語句 (she wondered) やアンジェラの行動の客観描写と、彼女の途切れ途切れな思考に由来する挿入句と読点だらけの自由間接話法の両方とが、一つの文の中で同時に起きている。この文でアンジェラは周りの観客たちについて思いを巡らすのだが、人種隔離された劇場の白人席に座っていて白人に見える人たち——だからといって白人とは限らないことを彼女自身が証明しているのにもかかわらず——が実は黒人であるという可能性は全く想像だにしない。そのため第八文の自由間接話法で明らかにされるように、彼女の問う内容は隣の女性が果たして本当に白人なのかではなく、この女性が黒人としての自分に対してどのような反応を示すかなのだ。この女性の人種への言及がアンジェラの意識の流れにのみ現れるということは、全知の語りのレヴェルでは彼女に人種という印が付けられていないこと、そして自由間接話法のレヴェルではアンジェラがそれを自動的に白人と見なしていることを示唆する[9]。その想定の下でアンジェラはこの女性の「アメリカ白人たちが時折見せる意地悪な態度」を思い描き、想像上の白人アイデンティティからこれまた想像上の人種差別的パフォーマンスを導き出す。その差別の対象であることにより自分の黒人アイデンティティが再認識され、その結果自らのなりすましが実は反駁しているところの白人対黒人の二項対立が循環論法的に再構築されるのだ。

ボーダーレスという脅威

それではなぜフォーセットは、人種区分の虚構性と脆さについての洞察を主人公アンジェラに付与せず、彼女の意識できない語りの層に埋めたのだろうか。

『プラム・バン』と同じく一九二九年発表の『パッシング』についてマクダウェルは、作者ラーセンが黒人女性は性的に奔放だという当時の偏見を助長しない形で書かなければならなかったとし、その結果として黒人が白人になりすます「安全な」プロットの奥に、同性愛という「危険な」プロットを埋め込んだという語りの構造を指摘する（Introduction to *Quicksand; And, Passing* xxvi）。隠された要素はここではジェンダーに関するものであり、なりすましの別の側面ではない。しかしながら当時の白人読者層の持つ固定観念が、「危険な」内容を技巧を尽くして隠匿することを黒人作家に強いるという点で、重要な類似性が見られる。つまりフォーセットは『プラム・バン』で白人アイデンティティそのものの不安定さを、黒人・白人間の確固とした違いに乗じて人種を偽るという「安全な」なりすまし物語の中に紛れ込ませたのだ。

実際その長編小説四本すべてを白人の出版社から発表することになるフォーセットにとって、白人読者の反応を慮ることは作家として生きていく上で必要不可欠であった。しかしながら当時の黒人読者たちが批判した彼女の「模倣的」アプローチは、白人読者にとっても別の意味で問題を孕むものであり、自分たちと変わらない黒人像をなかなか受け入れられない白人読者や編集者のせいで出版社を探すのにも苦労することになったと後に彼女は述懐している（Starkey 219）。一部の優れた黒人が白人の属性・

生活を模倣しうることと、その命題に込められた白人の優越性という前提自体が虚構であること、この両者の違いが白人たちにとっていかに重要であるかをフォーセットが十分に意識していたことは、言及それ自体が禁忌とされた人種間の「社会的平等」を、アンジェラがレイチェルを助けたいまさにそのために強く否定しなければならない場面に痛々しいほどに表れている（344）。

『プラム・バン』最終章は、アンジェラ・ヴァージニアともにその恋愛物語が成就に向かい、表面的にはハッピーエンドに見える。しかしながらそれはまた、アンジェラとアンソニーという小説内のなりすまし登場人物たちが黒人であることを告白しアメリカを離れる——またそれによって、彼女とロジャーとの交際に代表される人種混交の可能性がなくなる——さらには肌の色の薄い黒人同士、濃い黒人同士がそれぞれ結ばれるという、秩序立った人種区分が再導入される結末でもある。[10] 白人コミュニティへの黒人の侵入に対する（性的な含意を多分に帯びた）懸念と拒否反応が、一九二〇年代になってもなお南部白人による黒人の私刑を多く誘発した強迫観念の一形態だったことを考えると、この結末にもまたどこかに隠れた物語の層があるのかもしれない。アメリカ時代の各章とは異なり、この最終章は安定した三人称全知の語りが一元的に支配していて、本論文で議論した二重の語りの跡は見られない。しかしながら物語の前景にいる主要登場人物たちの大団円の裏側で、アンジェラの言う「何百人いや何千人」そしてフォーセットの言う「二万人」のなりすまし白人たちは、実は人種を持っていることに気づかれないままアメリカ社会を生きているのだ。

注

（1）「一滴の血」が白人か黒人かを決定するこの社会慣習的な「掟」とは異なり、法的な線引きの仕方は州法によって変わってくる。しかしそこでも同様に、前世代から受け継がれる「血」の重要性と、純粋とされる白人性に対して異物とされる黒人性の混交度合いによって人種が決まるという前提が基本となっている。ジョン・クリスチャン・サッグズは、二〇世紀初頭アメリカの人種関連法の状況を以下のように要約する。「[……]ほとんどの州は、世代間の「血」の相続に基づいた形式的体系に従って人種を決定した。一九一〇年までにはすべての州で、少なくとも片親が黒人ならば本人もニグロであるとした。そしてオハイオ州を除くすべての州では、祖父母のうち一人でも黒人ならば本人もニグロであるとした。（祖父母レヴェルであるところの）クォーター以降の扱いは、州によって大きく異なった」（Suggs 185）。

（2）『プラム・バン』におけるフォーセットの人種なりすましの取り扱い、および本論考の主題・内容を考慮して、本論文では以下に引用するスィネアド・モイニハンによる定義を採用している。

> 広義の定義において「なりすます」とは、法律・医学・社会・文化に由来する支配的言説によって通常割り当てられるものとは異なる社会的サブグループに属しているように見えることである。「黒人」が白人になりすますことは、[……]人種を示す証拠が――肌の色、髪の質、爪[……]といった――不変とされる物理的特徴によって常に視覚的に得られるはずだ、という想定に対立することである。（Moynihan 8）

この定義はまた、「悲劇的な混血女」（tragic mulatta）という登場人物類型に代表され、実際のなりすましでも相当数がそうであったところの、本人にその意図がないのに周りの思い込みのせいでなりすましてしまう場合も含んでいる。モイニハンは「私の定義における「に見える」という言い回しは、偶然と意図との間、つまりなりすますことと「なりすまさせられる」こととの間の曖昧さを含意している」とし、このような無意識下のなりすましも考慮に入れることが、「人種なりすまし物語を歴史から切り離してしまうのを避けるため」にも重要だと説く（8）。

(3) アメリカ黒人による白人なりすましという意味での passing という用語・概念は古くから存在し、奴隷制時代にまで遡る。また最古の例は逃亡奴隷を捕えるために発行された広告だとされる。「「なりすまし」――最初は「非奴隷」への、そして後には(その半同義語である)「白人」への――という用語は、そのような広告の引用によってアメリカ小説に導入されたようだ」とワーナー・ソローズは推論し、最初の文学的言及と考えられるリチャード・ヒルドレスの一八三六年の小説『奴隷――アーチー・モアの記憶』を例示している(Sollors 255)。

(4) マイケル・ナウリンは二〇世紀初頭黒人文学のモダニズム前衛運動への関与が限定的だったことを、当時の文学史コンテクストから説明している。彼によると、黒人作家たちの相談役のような存在であったジェイムズ・ウェルドン・ジョンソンは、白人モダニズム作家たちの実験的手法には精通していたものの、黒人文学については「普通の文学」を推奨し、保守的な手法とそれが可能とする著名な出版社からの作品発表を後押しした(Nowlin)。

(5) アンジェラのなりすまし行為に「ヴィクトリア朝道徳からモダニズムの精神へ」(Pfeiffer 108) の移行を見出すキャスリーン・ファイファーの分析が、その一例である。

(6) アンジェラの地元フィラデルフィアの黒人の友人ポーターも、モダニズム文学を志向する登場人物である。彼は大学歯学部在籍中から学業も疎かに詩作に専心し、「モダンな韻文」を友達に披露する(68)。また学位は取得するものの歯科医にはならず、モダニズム詩発展に大きく貢献した――ハリエット・モンローによる『ポエトリー』などに代表される――小規模・低予算・前衛的な「リトル・マガジン」(little magazine) を彷彿とさせるような「小規模な週刊誌」(155) の編集者となる。彼もラルフと同様に独立した思想の持主であり、歯科医として黒人の社会的地位向上に貢献しないのをマシューに咎められた際も、人種区分に縛られた存在に甘んじることに疑義を呈し、物理的・精神的活動を制限されてきたアメリカ黒人の歴史を暗示する言い回しで「一流の歯科医になって人間性を閉じ込められる (cabined and confined) のと、君の言う半人前な詩人として自分自身であり続けるのと、どちらが僕にとっていいと思う?」と問う(68)。彼は自分の芸術家としての問題意識が人種に関する支配的言説への批判能力を生み出していることを意識していて、その証拠に「あたかも肌の色そのものが醜いことであるかのように話す」仲間たちに異議を唱える一方で、「芸術家」であるアンジェラには「肌の色は本当はとても美しいものでありうる」ことが分かっているはずだとする（53）。しかしながらそれを理解しないアンジェラは、彼の言う「肌の色（colour）」を即座に「アメリカで黒人であること（being coloured in America）」に読み替え、「それは呪い以外の何物でもないと私は思うわ」と言い放つ（53）。

（7）白人性研究の研究者たちは、この人種という印の付けられていない基準が白人至上主義イデオロギーの産物であると同時に媒介者でもあることを示してきた。例えばルース・フランケンバーグはその多様で複雑な形態と作用に言及しながらも、白人性が一般に「標準性、すなわち他者に人種の印を付けることによって対照的に獲得された透明性を主張することで、自らを不可視なものにする」（Frankenberg 6）ことを指摘する。

（8）元々この常套句は一八三〇年代のジャクソン流民主主義下での、普通選挙制導入に関する議論の際に広く使われるようになったという（Murrin, et al. 362）。暗黙の適用条件であるところの男性性は――一九世紀初頭のコンテクストではジェンダーにおける印の付けられていない基準として作用し――明示されないため、それが後に女性そして恋愛ジャンルにも応用される余地を生み出すこととなった。

（9）作中でこの女性の人種が明らかになることはないが、フォーセットはこのような過程で構築される白人アイデンティティが実体のない想定に過ぎないことを、同様の想定が後に誤りと判明する例を直後に挿入することによって示す。実際に直後の章でアンジェラは、アンソニーは白人であるという想定に基づき、自らの人種について「もし彼が知ったら何というだろう」と自問する（102）。

（10）メアリー・コンデも同様で、「登場人物をヨーロッパに送り出すのは、窮地を脱させるのに使われる、アメリカ文学ではよく知られた手法」（Condé 99）であることに鑑みて、この結末をハッピーエンドとは見なさない。アメリカの人種問題をヨーロッパという異国の舞台でうやむやにするこの「かなり調子のいい大団円」は、「パリでは実現できたとしても［……］母国アメリカだったらそうは上手くはいかなかっただろう」と彼女は推論する（101）。

引用文献

Anonymous. "Careful Lyncher! He May Be Your Brother." *Passing*, by Nella Larsen, edited by Carla Kaplan, W. W. Norton, 2007, pp. 124-25. Originally published in *The Philadelphia Tribune*, 21 Jan. 1932.

Belluscio, Steven J. *To Be Suddenly White: Literary Realism and Racial Passing*. U of Missouri P, 2006.

Condé, Mary. "Passing in the Fiction of Jessie Redmon Fauset and Nella Larsen." *Yearbook of English Studies*, vol. 24, 1994, pp. 94-104.

Fauset, Jessie Redmon. "New Literature on the Negro." *The Crisis*, vol. 20, no. 2, 1920, pp. 78-83.

——. *Plum Bun: A Novel Without a Moral*. 1929. Beacon P, 1990.

——. "There Are 20,000 Persons 'Passing' Says Noted Author." Interview by Florence Smith Vincent. *The Pittsburgh Courier*, 11 May 1929.

Frankenberg, Ruth. "Introduction: Local Whitenesses, Localizing Whiteness." *Displacing Whiteness: Essays in Social and Cultural Criticism*, edited by Frankenberg, Duke UP, 1997, pp. 1-33.

Garcia, Claire Oberon. "Jessie Redmon Fauset Reconsidered." *The Harlem Renaissance Revisited: Politics, Arts, and Letters*, edited by Jeffrey O. G. Ogbar, Johns Hopkins UP, 2010, pp. 93-108.

Lodge, David. *The Art of Fiction*, Penguin Books, 1992.

McDowell, Deborah E. Introduction. *Quicksand; And, Passing*. By Nella Larsen. Rutgers UP, 1986, pp. ix-xxxi.

——. Introduction. "Regulating Midwives." *Plum Bun: A Novel Without a Moral*, by Fauset, Beacon P, 1990, pp. ix-xxxiii.

McLendon, Jacquelyn Y. *The Politics of Color in the Fiction of Jessie Fauset and Nella Larsen*. U of Virginia P, 1995.

Moynihan, Sinéad. *Passing into the Present: Contemporary American Fiction of Racial and Gender Passing*. Manchester UP, 2010.

Murrin, John M., et al. *Liberty, Equality, Power: A History of the American People*. 7th ed. Cengage Learning, 2015.

Nowlin, Michael. "Race Literature, Modernism, and Normal Literature: James Weldon Johnson's Groundwork for an African American Literary Renaissance, 1912-20." *Modernism/modernity*, vol. 20, no. 3, 2013, pp. 503-18.

Pfeiffer, Kathleen. *Race Passing and American Individualism*. U of Massachusetts P, 2003.

Sanders, Mark A. "American Modernism and the New Negro Renaissance." *The Cambridge Companion to American Modernism*, edited by Walter Kalaidjian, Cambridge UP, 2005, pp. 129-56.

Sollors, Werner. *Neither Black nor White yet Both: Thematic Explorations of Interracial Literature*. Harvard UP, 1999.

Starkey, Marion L. "Jessie Fauset." *The Southern Workman*, May 1932, pp. 217-20.

Suggs, Jon-Christian. *Whispered Consolations: Law and Narrative in African American Life*. U of Michigan P, 2000.

第４部　テクストの外で

「山」はいずこに
――イーディス・ウォートンの『夏』再読

水野尚之

見逃されてきた「山」

本稿は、イーディス・ウォートンの中編小説『夏』について、これまで光を当てられることの少なかった「山」に関する調査をもとに、この小説の新たな読みの可能性を探ろうとするものである。ウォートンの『夏』は、その六年前に書かれた『イーサン・フローム』の姉妹編と見られることが多い。どちらもニューイングランドのバークシャー地方を舞台にして、主として貧しい人々の苦悩が描かれている。実際、作者自身も『夏』を「暑いイーサン（hot Ethan）」と呼んでいるほか、『夏』には、ヒロインのチャリティー・ロイアルが入れられそうになる寄宿学校のある場所として、前作でフローム家が住んでいる架空の地名スタークフィールドへの言及さえある（Lewis 396; Price 95-96）。

ニューヨークの上流階級に生まれたイーディスは、同じく上流出身の銀行家テディー・ウォートンと結婚したが、その結婚生活は円満とは言い難かった。彼女は一八八〇年代後半から九〇年代初頭にかけて鬱状態に陥り、医者の勧めで小説の執筆を始めている。その後夫妻は一九〇一年にバークシャー地方のレノックス郊外に豪奢な「マウント」（The Mount）を建てるが、夫妻がこの邸宅に住んだのは、一九〇二年から一一年に売却するまでの九年間ほどだった（それも連続して滞在していたわけではなく、毎年数か月は「マウント」を離れている）。夫妻は「マウント」を去った二年後の一九一三年に離婚した。子供はいなかった。また「マウント」居住中にイーディスは、ヘンリー・ジェイムズの滞在を機に知り合った自分より三歳年下のモートン・フラートンと深い関係になった。その関係は一九〇六年から〇九年まで続いたと推測されている。イーディスが後に書いた『イーサン・フローム』と『夏』には、「マウント」居住中に彼女が接したバークシャー地方の人々や風土とともに、フラートンとの関係が彼女にもたらした様々な感情が投影されていると見る研究者もいる（Ammons xii-xiii; Fedorko 76）。

一九一四年からイーディスはパリに滞在する。ヨーロッパではドイツとの戦争が始まっており、多くの若者が戦場に去った。パリには、少なくなった若者の代わりに難民や失業者があふれていた。こうした人々を救済するために、彼女は募金活動などの様々な慈善事業を行なった。なかなか参戦しない母国アメリカに対して怒りを感じつつ、戦争の犠牲者たちを救済する事業に奔走する間――この功績により彼女はフランス政府から勲章を授与され、ますます多忙になった――に、イーディスはかろうじて見つけた創作の時間を『夏』の執筆に当てた。[1] しかしその作品の舞台は、戦火のヨーロッパではなく、かつて彼女が滞在したバークシャー地方であった。また当初はフランス語で書かれ始めた。ここに『夏』の創作をとりまく特殊な事情がある。この中編小説には、彼女がフランスで目にした荒れ果てた農地や見捨てられた家屋などの風景や、パリに流入してきた難民や孤児たちの姿が投影されている、と見る批評家は少なくない。たとえば『夏』のヒロインであるチャリティー・ロイアルの「髪はごわごわしたダーク(rough dark hair)」(Wharton, *Summer* 80 以下この作品については、引用後にページ数のみ記す)で、肌は「浅黒い(swarthy)」(4)と描写されているが、それをイーディスがヨーロッパで目にした難民の容姿、あるいは彼女がアフリカ旅行で見た黒人たちの投影と見る批評家もいる。[2] またシャリ・ベンストックはウォートンの伝記の中で、次のような興味深い指摘を行なっている。

エリジナ・タイラー[3]は以下のように説明している。イーディスは『イーサン・フローム』より『夏』を好んだ。イーディスがこの小説を書いたのは、「チャリティー・ロイアル」が行なった犯罪の新聞記事を見たからだった。「チャリティー・ロイアル」は、ロイアル家の南部の分家がかつて所有していた奴隷の子孫である黒人の娘だった。彼女の「立派な」名前がイーディスの想像力を捉えたのだ。
(Benstock 327)

これらの指摘の真偽や解釈の妥当性を検証することは本稿の目的ではないが、『夏』という作品の解釈においては、やはりヒロインの生き方について論じたものが多い。いや『夏』は、ジェンダー問題を扱った作品として、格好の分析対象となってきた観さえある。一方、チャリティーの養父のロイアル弁護士が主人公であるという見方もある。作者ウォートン自身が「もちろん彼が小説なのです（Of course *he's* the book.）」などとも言っており（Lewis 397）、ロイアル弁護士を中心にした作品解釈も盛んになされてきた。とはいえ『夏』は、他の登場人物よりまずヒロインのチャリティー・ロイアルの物語であると見るのが自然だろう。小説の視点は常にチャリティーに固定されており、読者は彼女の不満、覚醒、幸福感、挫折といった心の曲折を共にする。

ヒロインについて分析する上で避けて通れないのが、彼女が生まれて五歳まで育った「山（the Mountain）」の存在である。ただ、多くの批評がこの「山」について、養親の住まいのある麓の架空の村ノースドーマーとの対比において二項対立の図式でしか考察していない。たとえば、チャリティーの女性としての生き方を見事に説明するアモンズは、「山」についてノースドーマーと比較して以下のような図式化をしている。

> そこは荒れた無法の地で、そこでは通常の、「正常な」西欧の社会構造がまったく崩壊している。「山」は、我々が有するあらゆる見方において、飲酒、暴力、怠惰、絶望という特徴を有する。そこは文明の外側の人間生活の恐るべき様相を見せ、文明化した西洋が構築した秩序と法が存在しない場所である。（Ammons xxii）

またウォートンについて浩瀚な伝記を書き、彼女が密かに近親相姦をテーマにした小説「ベアトリス・パルマート」を書いていたことを明らかにしたルイスも、バークシャー地方の田舎と「山」の相違については次のように述べているのみである。

『夏』はまた、もっと暗い、奇妙で不気味なもの、すなわちウォートンが通常幽霊物語でのみ近づく経験の領域、の暗示を放出している。それは小さな村の上に不吉にのしかかっている「山」によって表象されている。そこは文盲の無法者たちの住処であり、冷えびえする汚辱の、言語や動作の暴力の、そしておそらくは近親相姦的な熱情の場である。(Lewis 397)

またチャリティーの女性性について詳細に論じるフェドルコは、『夏』の描写の様々な特徴は、「山」が女性性の象徴である可能性をウォートンが認識していたことを示している、と論じている。

『夏』においてウォートンが「山」を大文字にしていること、「山」をチャリティーについてと同じように「ごわごわしている(rough)」と描写していること、「山」をチャリティーの故郷でありチャリティーが死んだ母を見る場所として強調していること、さらにはチャリティーが自分の性や妊娠を自覚した時に逃げ込んだこと、これらすべては、「山」が女性性の象徴である原型的な可能性をウォートンが認識していたことを示している。(Fedorko 78)

これまでの研究の多くは、「山」についてそれ以上を探ろうとせず、女主人公のジェンダーや境遇を分析したり、ウォートンの他の作品との関連や、執筆当時のウォートンの実人生とのかかわりなどから

『夏』について論じてきた。それらの解釈はそれなりに明快でしっかりした図式や対比――都会と田舎、文明と未開、一九世紀後半から二〇世紀初頭の男性と女性の社会的立場、教養と無知、健全な結婚と近親相姦、「フェアー」と「ダーク」、西洋と東洋など――の上に成り立っているが、筆者にはどこか安易な二項対立や類型に依拠して抽象的に論じているものが多いように思える。ウォートンが九年あまり住んだバークシャー地方に実際に身を置いて、「山」、ノースドーマー、そしてネトルトンのモデルと思われる土地に接する時、『夏』はもう少し厚みのある作品であり、ウォートンが描こうとした他の要素が見逃されてきたように思われるのだ。

地形と自然の描写から

『夏』に描かれている「山」についての疑問を解こうとする時、まず注目されるのはウォートン自身の回想記『振り返りて』の中の記述である。「長年の間、私はニューイングランドの見捨てられた山の村々の生活をありのままに描きたいと思っていた。先輩作家メアリー・ウィルキンズやセアラ・オーン・ジュエットのバラ色の眼鏡を通して見られるものとまったく異なる生活を描きたかったのだ」（*A Backward Glance* 273）というウォートンらしい決意――自分は安易なロマンティシズムで物語を彩る「地方色」作家とは違うという自負――で始まる文に続いて、「山」については次のように書かれている。

『夏』に記載されている山の酔っぱらいの無法者たちの集落についてのあらゆる細部は、レノックス（私たちはその近くに住んでいた）の教会の牧師が語ったものであり、私が「山」と呼んだ淋しい山は、実際は「ベアマウンテン」、私たちの家から一二マイルと離れていない孤立した山頂だと言ってもいい。(4) 牧師は、評判の良くない女に埋葬用の聖歌を読んでほしいという山の無法者の頼みを聞き、そこへ連れていかれた。牧師が着いたとき、喪中の家にいた者たちは皆酔っていて、すでに述べたように葬儀は行なわれた。その牧師の前任者（レノックスの上流の教区にいた）もかつて同じ役割を頼まれたが、用心深い人で、行くのを断ったのだろうと思う。しかし私の友人は行くのが自分の義務だと考え、その無法者とともに一人で馬車に乗っていった。そして帰ってきた時には、目には恐怖を浮かべ、心には苦悶と憐憫を湛えていた。（273-74）

牧師のこの話が、『夏』のクライマックスを成すチャリティーの母の葬儀の場面のインスピレーションになっていることは、想像に難くない。「ベアマウンテン（Bear Mountain）」という名称の地は、マサチューセッツ州や隣接の州にいくつか見られる。筆者はひとつひとつの「ベアマウンテン」が『夏』の「山」である可能性を探ったが、どれもウォートンの「マウント」から離れすぎ、彼女が小説に見られるような細部まで克明に描いたにしては遠すぎることが分かった（まったくの想像だけでは、あるいは数度行っただけでは、あそこまで長期間にわたる微細な自然描写ができないのでは、と思ったのだ）。現在の地図には、「マウント」から比較的近いところに「ベアマウンテン」という地名や山は見当たらない。しかしウォートンが「マウント」に滞在していた時期（一九〇二年から一一年まで）に呼ばれていた地名を当時の地図で探す時、「ベアマウンテン」が現れてくる。つまり、現在「ベアタウン州立森林公園（Beartown State Forest）」と呼ばれる広大な森林公園内にある山が、「山」のモデルとしておそらく最も可能性が高いことが分かった。この山はウォートンが「マウント」に滞在した当時、「ベアマウンテン（Bear Mountain）」と呼ばれていたのだ。[5]その山はティリンガム（Tyringham）のほぼ真西にあり、「マウント」の南西一〇キロメートル余りのところにあった。

当時の地図を見ると、さらにいくつかのことが明らかになる。小説の中でチャリティーがハーニーと鉄道で遊びに行くネトルトンがピッツフィールドをモデルにしていることは、ウォートン自身が認めている。「二人の若者が七月四日の花火を見に行くネトルトンは、同じ目的で自分たちがかつて訪れたピッツフィールドです、とイーディスはラプスリーに語った」[6]（Lewis 396）。ウォートンの「マウント」の近くには、比較的大きな都市としてレノックスがあり、南方にリー（Lee）が、北方にピッツフィールドがある。これら三つの都市は、「マウント」の東に壁のように聳えるオクトーバーマウンテン（現在は州立森林公園）の西側斜面に沿って、ほぼ南北に並んでいる。この谷間を鉄道が通っていた。すなわち、ウォートンが「マウント」に滞在していた当時、南のリーから北へ向かい、「マウント」の東側の傾斜の前を通り、レノックスの東に作られたニューレノックス駅（近くに溶鉱炉があった）を経由し、ピッツフィールドを結ぶ鉄道が敷かれていた[7]（現在は廃線）。つまり『夏』は、登場人物たちが――東西の多少の振れ幅はあるものの――オクトーバーマウンテンの西側斜面にほぼ南北に沿ったいくつかの場所を移動することで展開する物語だったのだ。もちろん、チャリティーが五歳からロイアル弁護士夫妻（夫人はチャリティーを引き取って七、八年後に死去）に育てられたノースドーマーは架空の村であり、その場所についての安易な憶測は慎むべきであろう。ただ、小説の中の人物の移動距離や気象の変化などの描写を見るとき、ノースドーマーのモデルの村についても、ある程度の推測は可能であると思われる。

それでは現地調査で得られた結果からの推測を、『夏』の実際の描写と比べて検証してみよう。『夏』において登場人物の生き方に劣らず丁寧に描かれているのは、バークシャー地方の地形であり自然描写である。その特徴はこの小説の冒頭から如実に表れている。『夏』が春に始まり秋に終わる物語であり、それは主人公チャリティー・ロイアルの目覚め、高揚、挫折、諦念のプロセスと重なることはよく論じられるが、それに劣らず地形や気象の描写も丁寧になされていることは見落とされがちである。小説の冒頭を見てみよう。

ノースドーマーの通りの端にあるロイアル弁護士の家から、少女が出てきて、戸口に立った。六月の午後が始まってすぐのことだった。春らしく澄んだ空が、村の家々の屋根にそして村のまわりの草地やカラマツに、銀色の陽光の雨を降り注いでいた。かすかな風が丘の峰の丸く白い雲のあいだを流れ、その影に野原を横切らせ、草の生えた道を下らせた。［……］ノースドーマーは高い平野に位置し、もっと木々に覆われたニューイングランドの村のような豊かな木陰を欠いていた。鴨の池のまわりのシダレヤナギの茂みやハチャードの門の前のドイツトウヒが、ロイアル弁護士の家と、村の反対側の端で道が教会の上へと上っていき墓地を囲む黒いドクニンジンの塀沿いを通る間に、ほぼ唯一、路傍の影を投げかけていた。(3)

小説の冒頭は読者に物語への期待を抱かせる大事な部分であるが、右の引用では、作者が自然や風景の描写を入念に行なっていることが分かる。架空の村ノースドーマー（架空のイーグル郡にある）は、いかにも名前の通り――Dormer はフランス語の dormir（眠り）を連想させる――、ほとんど変化のない、眠ったような村である。五歳からこの退屈な村で育てられたチャリティーは、かつてネトルトンに行ったことを次のように覚えている。

そしてノースドーマーの未来を担う一〇人ほどの少年少女が荷馬車に乗せられ、山を越えてヘップバーンに運ばれ、さらに列車（way-train）に乗せられてネトルトンまで連れていかれた。そのすばらしい日、チャリティー・ロイアルは初めてそしてただ一度、鉄道の旅を経験し、正面が板ガラスの店を覗き、ココナッツパイを味わい、映画館に座り、画面の前で男の人が理解できないことを言うのを聞いていた。(4)

チャリティーはノースドーマーからヘップバーンまで荷馬車に、そしてそこから「列車に乗せられてネトルトンまで」行った。ヘップバーンも架空の地名だが、鉄道の駅があるところからおそらくリーと推測される。リー――名前の由来は、南北戦争時の南軍の司令官ロバート・リーではなく、独立戦争時の将軍チャールズ・リー――は一九世紀初頭から製紙工業で発展したが、世紀後半には良質の大理石の採掘で栄え、採掘された大理石は鉄道で運ばれていた。ヘップバーン（リー）からネトルトン（ピッツフィールド）までは約二〇キロメートルである。「山」とノースドーマーの位置関係も、小説冒頭近くですぐに示される。

彼女は「山から連れて」こられた。イーグル山脈のわずかな坂の上に陰鬱な壁となり、寂しい谷間に対して絶えず暗い背景となっている断崖から連れてこられたのだ。山はたっぷり一五マイル離れていたが、それは低い丘から突如として聳えていたので、その影をノースドーマーに投げかけんばかりに見えた。そして巨大な磁石のように雲を引き寄せ、嵐の時には谷を越えてその雲を振りまいた。ノースドーマーの澄んだ夏の空に一筋の蒸気が尾を引くとしたら、船が渦巻きに漂っていくようにその蒸気は山に向かって流れていき、岩に当たって引き裂かれ数を増やし、雨や暗闇となって村に戻ってきた。（6　強調原文）

ノースドーマーから「山」を臨むこの風景は、ふもとの架空の村からベアマウンテンを臨むというよりは、実はウォートンが「マウント」からローレル湖（Laurel Lake）の向こうに毎日見ていたオクトーバーマウンテン（当時も現在も、名称はオクトーバーマウンテン）を臨む風景ではないか、と想像させるほど微細に描かれている。実際、ウォートン自身も次のように回想している。

しかし『イーサン・フローム』のフランス語訳の試みと挫折から数年後、「マウント」に滞在していたある年の夏、遠くにベアマウンテンを見ているうちにイーサンのことが記憶によみがえってきた。そしてその年の冬にパリで、私は今あるような物語『夏』を書いた。自動車や電話の到来前の半ば打ち捨てられた村々での生活を、私と同じくらいよく知っていたウォルター・ベリー[8]に、午前中の執筆分を毎晩音読しながら書いたのだった。(*A Backward Glance* 275)

ここで注意すべきは、場所についてのウォートンのすり替えである。「マウント」からベアマウンテン（それが一番近い「山」であっても）は、実際には直接見ることは困難である。「マウント」からすぐに見えるのは、東に堂々と聳えているオクトーバーマウンテンと、南東のリーなどがある平野である。このすり替えが意図的になされたかどうかは分からないが、「山」から麓のノースドーマーに降りてくる雲の描写――「ノースドーマーの澄んだ夏の空に一筋の蒸気が尾を引くとしたら、船が渦巻きに漂っていくようにその蒸気は山に向かって流れていき、岩に当たって引き裂かれ数を増やし、雨や暗闇となって村に戻ってきた。」――などは、オクトーバーマウンテンから「マウント」に流れてくる雲の動きを長らく見ていたウォートンの記憶に負うところが大きいと思われる。

ふたたび小説に戻る。

しかしハチャードの門から若い男が入ってくるのを見たことで、彼女はネトルトンの華やかな通りの光景を思い出した。そして自分の古い日よけ帽が恥ずかしくなり、ノースドーマーに嫌気がさし、その青い目をネトルトンの光輝よりも輝かしいどこか遠くへと向けて開いていたスプリングフィールドのアナベル・ボールチを嫉妬まじりに意識した。(6)

「山」に生まれ、髪が「ダーク」(80)であるチャリティーに対し、金髪で青い目のアナベル・ボールチはスプリングフィールド（ノースドーマーから見て東にはるか遠くの実在の都市）出身、そして引用中の「若い男」ルーシアス・ハーニーもスプリングフィールド出身である。スプリングフィールドは、アメリカ独立戦争後に国策として兵器工場が作られ、ウォートンが「マウント」に滞在していたころには拳銃の製造でも栄えたマサチューセッツ州屈指の都市である。出身が同じスプリングフィールドのアナベル――「その青い目をネトルトンの光輝よりも輝かしいどこか遠くへと向けて開いていた」――とハーニーはやがて結婚し、ニューヨークへ去る。良家の娘を妻にし、大都会で建築技師として名を成そうとするハーニーの上昇志向がうかがわれる。ハーニーがノースドーマーに来たのは、山々に散在するかつては名のある様式で建てられた建築物のスケッチをするためだった。無知なノースドーマーの人々は見向きもしない廃屋の建築様式に興味を持ち、スケッチをしに来たハーニーの教養の高さが表れている。またチャリティーがロイアル弁護士に頼んで強引に司書となったノースドーマーの小さな図書館では、古い本が誰にも借りられることなく埃を積もらせている。その図書館を訪れ、収蔵本の放置ぶりに驚いたのがハーニーだった。このように、小説の冒頭から、田舎と都会の対比が、風景だけでなく文化の扱いの違いとしても明確に描かれている。そうした中でも、チャリティーの女性としての目覚めは、彼女を取り巻く自然の描写とともに微細に記される。

彼女は多くのことに無知で無感覚であり、ぼんやりとそれが分かっていた。しかし光と空気、香りと色彩をもつものすべてに対しては、彼女の血のすべてが反応した。手の平の下の乾いた山の草の荒々しさ、顔を埋めた麝香草の香り、彼女の髪を撫で綿のブラウスに吹き込む風、そしてカラマツが風になびく音を愛したのだ。

　風を感じ、頬を草にこするのがただ好きだったために、彼女はしばしばノースドーマーのはずれの丘を上り、ひとりで横になった。そのような時には大抵、彼女は何も考えず、ぼんやりとした幸福感に浸って横たわっていた。(12)

またチャリティーの目覚めが「これまで」にない六月の「穏やかな美しい日」が続く中で起こる様が、風景に絡めて描かれている点にも注目すべきである。その描写は多分に性的である。

　イーグル郡ではこんな六月はこれまでなかった。いつもは陰鬱な月であり、遅い霜と夏の暑さが突然交互に訪れた。今年は毎日、穏やかな美しい日が続いた。毎朝、そよ風が丘から着実に吹いてきた。昼頃には白い雲の大きな天蓋を作り、野原や森に涼しい雲を投げかけた。そして日暮れ前には雲はふたたび崩れ、西の光が遮られることなく谷に明るさを振りかけた。[……]樹液の泡や葉鞘の流れや蕚(がく)のほとばしりのすべてが、芳香の入り混じった流れとなって彼女に運ばれてきた。あらゆる葉や芽や葉身があたりに染みわたる甘美さに一役買っているように見え、錫杖草の刺激臭が麝香草の香味や羊歯の希薄な香りに勝っていた。こうしたすべての香りが、陽を浴びて温まった巨大な動物の息のような湿った土の匂いに溶け込んでいた。(34)

さらには、ドゥワイトが指摘するように、ハーニーに対するチャリティーの愛情の深まりも植物のイメージを使って生々しく描かれる。(9)

唯一の現実は、彼女の新たな自我の驚くべき開花であり、収縮したあらゆる巻きひげが光に向かって伸びる様だった。彼女はこれまでずっと、使われなかったがために感受性が萎えてしまったように見える人々の間で生きてきた。そして最初ハーニーの愛情表現よりも素晴らしかったのは、感受性の一部をなすその言葉だった。彼女はこれまでずっと、愛を分かりにくく密やかなものと思っていた。しかしハーニーは愛を、夏の空気のように明るく開放的なものにした。(116)

刻々と変化する自然の描写とともに、夏の訪れの予感や、植物の放つ芳香がヒロインの五感を刺激する様が丁寧に描写され、また人間の愛情さえも植物の成長に比して描かれている。『夏』の世界を、そしてヒロインの目覚めを、その舞台の風土とともに差し出そうとする作者の強い意思を感じさせる。

ふたたび「山」に戻る。チャリティーの出自を知る以前に、ハーニーは彼女に「山」について次のように語っている。

クレストンで聞いた話では、そこの最初の住民はスプリングフィールドからネトルトンまでの鉄道を作るために四、五〇年前に働いていた人たちだったらしいのです。酒浸りになったり警察と揉めたりする連中がいて、どこかへ行きました。森の中に消えたのです。一、二年後に、彼らが「山」で生活していると伝えられました。それからおそらく他の人たちも加わり、子供が生まれたのでしょう。あそこには一〇〇人以上の人がいるという噂です。（42）

実際、スプリングフィールドからピッツフィールド（ネトルトン）までの鉄道は、リーを経由して北上する（つまりオクトーバーマウンテンの西側を通る）線と、スプリングフィールドからオクトーバーマウンテンの東側を通ってピッツフィールドまで行く線があり、どちらも一九世紀半ばにはすでに存在していた。[10] そして現在ではベアタウン州立森林公園になっているとはいえ、当時の地図にはベアマウンテン周辺にいくつかの集落が記されている。森林公園の中に打ち捨てられた墓地が残っていることも、その名残であろう。[11]

「山」の人々の言葉

「山」の風土を表すものとして、ウォートンはその独特な言葉遣いを丁寧に再現しようとしている。たとえば、「山」に生まれて麓の村と行き来して生活しているリフ・ハイアットは、チャリティーが寝転ぶ丘の斜面に「赤い泥だらけの擦り切れた大きな靴」（35）を履いて登場する。その靴が花を踏もうとしているのを見たチャリティーは、「キイチゴの花を踏まないで、このうすのろ！」（35）と叫び、「あんたはなんにも分からないの、リフ・ハイアット？」と畳みかけるが、リフはただニヤリとするだけで

「お前を見た！　だからやってきたんだ（He grinned. "I seen you! That's what I come down for."）」（35）と言うのみである。過去時制の代わりに完了形からhaveを省いた表現は、小説や映画で教育程度の低い登場人物をステレオタイプとして示すのにしばしば用いられる。

また、「山」へ向かう道の途中には「福音テント」があり、「山」にいる母親に会うためにそこを通りかかったチャリティーに、黒いアルパカコートを着た若者が近づいてきて「シスター、あなたの救い主はすべてをご存じです。中に入り、あなたの罪を主の御前に差し出すのです（Sister, your Saviour knows everything. Won't you come in and lay your guilt before Him?）」（104）などと言い、手を彼女の腕に乗せてくる。このような細部にわたる描写にも、ウォートンらしいこだわりが感じられる。

そしてチャリティーが「山」に着き、死んだばかりの母親の葬儀を見る場面は、理解しづらい言葉が飛び交い、凄惨を極める。酔って寝ているうちに汚いベッドから落ちたらしい母親は、ぼろぼろの乱れた服のまま、目を見開いて床のマットレスの上に寝かされていた。「いつもこんな風だ。昨日の晩も彼女に言ったんだ、もう止めないと。彼女に言ったんだ［……］(It was like this: I says to her on'y the night before: if you don't take and quit, I says to her . . .)」（162）と老人がつぶやいている。そしてチャリティーは、集まっている人々に、マイルズ牧師から「この子はメアリー・ハイアットの娘です」と紹介される（ノースドーマー近くでリフに会った時、彼は自分と血がつながっているかもしれない、とチャリティーが思ったことが、読者には思い出される）。さらに棺桶が用意されていないことについて、次のような言葉が飛び交う。

「棺桶はもってこなくちゃ。こんなところのどこにあるわけ？　知りたいもんさ」［……］「さっきから言ってるでしょ。棺桶がある人はもっと良く寝れるって」老婆がつぶやいた。「それにメアリーはベッドを持ってたこともないし。［……］」「ストーブだってメアリーのじゃなかったし」まっすぐな髪の男が弁解がましく言った。

"You'd oughter brough it with you. Where'd we get one here, I'd like ter know?" [. . .] "That's what I say: them that has it sleeps better," an old woman murmured. "But then she never had no bed. . . ." "And the stove war't hers," said the lank-haired man, on the defensive.（163-64）

このようなおぞましい光景を目にし、死んだ母親が寝かされていたマットレスでその晩横になりながら、チャリティーは、かつて自分をノースドーマーの弁護士夫妻に渡した母親の心が今やっと理解できるようになったと思う（「悲しい開眼（tragic initiation）」（170）という表現がされている）。また、自分にはこの「山」に留まることはできず、かといってノースドーマーのロイアル弁護士の家に戻ることもできないと思ったチャリティーは、翌朝「山」を下り、お腹の子を産んで育てるために（つまりかつてのジュリア・ホーズのように怪しい職業に就くために）ネトルトンへ向かって歩き出す。しかし耐え難い疲労感と孤独を覚えた彼女は、「山」まで迎えにきたロイアル弁護士の馬車に乗ってしまい、彼の求婚を受け入れ、養父と結婚するためにやはりネトルトンへ向かうのである。

ネトルトンという場所

ネトルトン（ピッツフィールド）も小説の中で重要な役割を果たす。ピッツフィールドには実際にトローリーがオノタ湖（Lake Onota）まで走っていたが、小説の中のネトルトンでも、七月四日の独立記念日に駅に着いたチャリティーは、ハーニーと湖——小説ではネトルトン湖（Nettleton Lake）——までトローリーに乗っていき、ボートに乗っている。そして湖上の船でジュリア・ホーズと酒を飲んで遊んでいた養父のロイアル弁護士が船から降りようとするところにばったり出くわし、皆の前で「売春婦」と罵られる。このジュリアこそ、ノースドーマーにいたころ都会から来た若者に騙され、妊娠し、ネトルトンに来て怪しげな仕事をしている、いわばチャリティーが辿ろうとしている道の先輩なのである。ハーニーと付き合い始めた時にチャリティーが考える「都会の男と出歩く」(40) とか「危険な冒険の犠牲者になる」(40) といった表現は、主にジュリアのことを指している。そしてチャリティーの母親も、かつてネトルトンで妊娠し、「山」へ行ってチャリティーを生み、その子が五歳の時にロイアル弁護士夫妻に渡した。ハーニーの子を身ごもったチャリティーが「山」へ行って子供を産み、そこで育てれば、結局自分を生んだ母と同じ轍を歩むことになる。このように、同じ運命をたどる女たちの生き方が、ネトルトンを舞台に残酷なまでに鮮明に描かれている。また都会のネトルトンには産婦人科の医者が開業しており、おそらくジュリアはそこで堕胎した。[12] チャリティーもそこへ行って妊娠を告げられるが、ジュリアのように堕胎することを選ばない。またチャリティーは、「山」へ行って自分の母の死とそこでの生活の現実を目にし、自分には母と同じ道をたどることはできないと悟る。そして「山」から下りる途中で、迎えにきたロイアル弁護士の馬車に乗り――つまりチャリティーは、生涯に二度、ロイアル弁護士によって「山」から麓に連れてこられる――、彼の求婚を受け入れ、ネトルトンの教会で結婚式を挙げる（チャリティーのお腹の子は法律上の父親を見つけたと言えなくもなく、この小説の結末をハッピーエンドと解することも不可能ではないだろう）。結婚式のあとでホテルに泊まったチャリティーは、翌日、ここで過去の清算をする。[13] すなわち、かつて診察を受けた産婦人科――妊娠の有無を調べてもらったが診察代が払えず、ハーニーが（お祭りの日にここネトルトンで）買ってくれた青いブローチを借金の形(かた)として置いてきた――を訪れ、法外な額を請求されて、ロイアル弁護士から衣服代として渡されていた金をそこへ置き、[14] ブローチをつかんで逃げるように出る。この時のチャリティーの心理は、「彼女はそのブローチを生まれてくる子のために欲しいと思った。それが、何か奇妙な方法ながら、ハーニーの子供と未知の父親との絆のように思えた」（188）と語られている。また彼女は郵便局に立ち寄り、ロイアル氏と結婚した旨の手紙をハーニー宛に書き、投函する。

ネトルトン（ピッツフィールド）で日中にこうした用事をこなし、チャリティーは今や夫となったロイアル弁護士とともに、（鉄道でおそらくリーまで南下し）、そこから馬車に乗ってノースドーマーに帰る。そして「その晩遅く、冷たい秋の月光の中を、二人は赤い家のドアに着いた」（190）。しばしば指摘されるように、小説の冒頭で「全部嫌い！」と言ってノースドーマーのロイアル弁護士の赤い家のドアから外を見ていたチャリティーは、外の世界へ出て冒険するうちに子供を宿し、かつての養父を夫として、この家に帰ったのである。春の日差しを浴びて外の世界へ出た娘が、若さにまかせた文字通りの「夏」を経験し、もとの場所に戻る。その帰還が「冷たい秋の月光の中」であるのは、彼女の冒険が幸福な結末を迎えたとは言い難いことの暗示だろう。

おわりに

前作『イーサン・フローム』は、自分の置かれた境遇から脱出しようとして、取り返しのつかない体の傷を負ってもとの場所に戻ってきたイーサンの物語であった。しかしウォートンは次の作品――同じく自分の置かれた境遇から脱出しようとして、冒険の結果を諦めとともに受け入れつつ戻ってきた女性の物語――のタイトルを、ヒロインの名を取って『チャリティー・ロイアル』とせず『夏』とした。『夏』はチャリティーの物語であると同時に、ウォートンが「マウント」に滞在した時に日々体験しあるいは見聞きした風土を、想像力を存分に働かせて描いた物語なのである。そして小説の細部を丹念に照合すれば、その細部は史実と実際の地形にかなりの程度基づいていることが分かった。『振り返りて』の以下の文章は、ニューイングランドの風土を正確に描くことも『夏』の重要な目的であったことを端的に示している。

その物語の「雰囲気」の正確さを二重に確かめるために、私たちは一ページごとに話し合った。こんなことを言うのは、あるアメリカ人文芸批評家の評論の中で、『イーサン・フローム』のことを、ニューイングランドについて何も知らない人によって書かれ、成功したニューイングランドの物語の興味深い例、と書かれているのを見たからだ！　『イーサン・フローム』はその舞台となっている高地地域に私が一〇年過ごした後で書かれた。その年月の間に、高地の人々の様子、方言、精神的・道徳的態度を私はよく知るようになった。『夏』が『イーサン・フローム』に描かれたのと同じ階級やタイプを扱っており、舞台も同じであるという事実は、そのような伝説を覆すのに十分だったかもしれない。(*A Backward Glance* 275)

ウォートンが『夏』の執筆に際して、自分にとって親しいものとなった土地や風土をいかに正確に描こうとしたか、その地方のことを何も知らない作家が書いたなどという偏見をいかに本気で覆そうとしたかが、明確に記されている。そして女性として様々な成功と挫折を経て、またおそらくその経験のいくつかをヒロインに投影しつつ、しかしもう一方で懐かしいバークシャー地方の風土を正確に丁寧に描くことを怠らなかった成果として、『夏』は誕生したのである。

注

(1) アラン・プライスは *The End of the Age of Innocence* において、ウォートンが『夏』執筆当時慈善活動やフランス政府からの勲章 (Chevalier of the French Legion of Honor) 授与でいかに忙しくしており、かろうじて見つけた時間で何とか『夏』を執筆、出版できたかという状況を詳述している。(Price 103-05)

(2) イーディスは、夫のテディーの不貞を理由に、一九一三年四月にパリ法廷から離婚を勝ち取っている(職業名として「ウォートン」姓は保持した)。ルイスは、彼女がアフリカ旅行(一九一四年三月から五月)をしたのは、

異国への憧れとともに離婚も影響していたと見ている。(Lewis 357)

(3) エリジナ・タイラー (Elisina Tyler) ——イタリアの貴族階級出身のウォートンの友人。

(4) 「マウント」に集められたウォートンの蔵書の『振り返りて』初版においても、この個所は加筆されていない。

(5) "The Barnes & Farnum 1904 Atlas of Berkshire County" および "Atlas of Berkshire County Massachusetts - WardMaps LLC" (https://www.wardmaps.com) 参照。

(6) ラプスリー (Gaillard Lapsley) ——ウォートンの友人。彼女の北アフリカ旅行にも同行した。ウォートンが嫌うシビル・カッティングと結婚したことで疎遠になった。

(7) "Railroad Maps, 1828 to 1900, Available Online, Massachusetts." (https://www.loc.gov/collections/railroad-maps-1828-to-1900/?fa=subject:massachusetts) および Map, Massachusetts, Railroads | Library of Congress (https://www.loc.gov/maps/?fa=location%3Amassachusetts%7Csubject%3Arailroads&all=true) 参照。

(8) ウォルター・ベリー (Walter Berry) ——パリ生まれのアメリカ人法律家、外交官。ヘンリー・ジェイムズ、ウォートン、マルセル・プルーストらと交友した。

(9) cf. Eleanor Dwight, *Edith Wharton: An Extraordinary Life*, p. 206.

(10) "Rail road & township map of Massachusetts, published at the Boston Map Store, 1879." (https://www.loc.gov/collections/railroad-maps-1828-to-1900/?fa=subject:massachusetts)

(11) Bernard A. Drew and Henry M. White, eds., *Bear Town Mountain and Burgoyne Pass*, pp. 10-13.

(12) 『夏』が出版された時、ピッツフィールド公立図書館はこの小説を受け入れるのを拒否した。ネトルトンがピッツフィールドをモデルにしているのは明らかであり、小説ではそこは妊娠や堕胎の場、怪しげな職業の女性や法外な診察費を請求する産婦人科医がいる都市、と描かれていたためか。(Price 139; Wharton to Alice Garrett, December 2, 1917, Evergreen House)

(13) 翌朝チャリティーはネトルトン湖に面したホテルの窓から湖——かつて独立記念日の祭りでハーニーとボートに乗った湖——を見おろしているが、部屋に入ってきたロイアル弁護士がブラインドを降ろす。かつてこの湖で独立記念日にチャリティーの幸福の時間を邪魔した養父ロイアル弁護士が、今度は夫となって彼女の視界を遮っている。Cf.　Blackall, "Charity at the Window," pp. 282-83.

(14) 金を置かず、ブローチをつかんで診察所を出た、とする版もある。

引用・参考文献

Ammons, Elizabeth. Introduction. *Summer*, by Edith Wharton, Penguin, 1993.

"Atlas of Berkshire County Massachusetts - WardMaps LLC." www.wardmaps.com.

"The Barnes & Farnum 1904 Atlas of Berkshire County."

Benstock, Shari. *No Gifts from Chance: A Biography of Edith Wharton*. Charles Scribner's Sons, 1994.

Blackall, Jean Frantz. "Charity at the Window." *Edith Wharton: Ethan Frome and Summer*, edited by Denise D. Knight, Houghton Mifflin, 2004.

Drew, Bernard A. and Henry M. White, editors. *Bear Town Mountain and Burgoyne Pass*. Attic Revivals Press, 2011.

Dwight, Eleanor. *Edith Wharton: An Extraordinary Life*. Harry N. Abrams, 1994.

Fedorko, Kathy A. *Gender and the Gothic in the Fiction of Edith Wharton*, U of Alabama P, 1995.

Lewis, R. W. B. *Edith Wharton: A Biography*. Harper & Row, 1975.

"Map, Massachusetts, Railroads | Library of Congress." www.loc.gov/maps/?fa=location%3Amassachusetts%7Csubject%3Arailroads&all=true.

Price, Alan. *The End of the Age of Innocence: Edith Wharton and the First World War*. St. Martin's Press, 1996.

"Rail Road & Township Map of Massachusetts, published at the Boston Map Store, 1879." www.loc.gov/collections/railroad-maps-1828-to-1900/?fa=subject:massachusetts.

"Railroad Maps, 1828 to 1900, Available Online, Massachusetts." www.loc.gov/collections/railroad-maps-1828-to-1900/?fa=subject:massachusetts.

Wharton, Edith. *A Backward Glance*, Appleton, 1934.

——. *Summer*, Penguin, 1993.

不眠症と神への祈り
——ヘミングウェイの戦争後遺症再考

高野泰志

ヘミングウェイと戦争後遺症

アーネスト・ヘミングウェイは第一次世界大戦中、ピアーヴェ川流域のフォッサルタで迫撃砲とマシンガンによる狙撃によって全身二二七箇所に負傷をした。この経験がヘミングウェイ文学の最初の一〇年間において中心的なモチーフとなり、作品中で何度も語り直されていることはいまさら繰り返すまでもない。スケッチ集『ワレラノ時代ニ』に収められたスケッチのいくつか、「とても短い話」、「兵士の故郷」、「ビッグ・トゥー・ハーティッド・リヴァー」、「異国にて」、「身を横たえて」、『武器よさらば』、「並外れた苦境」[1]など、非常に多くの作品で直接的、間接的に負傷のモチーフが描きこまれている。マルカム・カウリーは『ポータブル・ヘミングウェイ』を編集する際、戦争後遺症こそがヘミングウェイ作品全体の背後に横たわるモチーフであると示唆したが、フィリップ・ヤングはカウリーを引き継ぎ、いわゆるトラウマ説という理論でヘミングウェイ研究の基礎を作り上げた（Young, Cowley）。ヤングのトラウマ説がその後一九八〇年代にいたるまで強い影響力を持ち続けたことからも、これまで第一次世界大戦での負傷がいかにヘミングウェイ研究の中心的関心であったかがよく分かるだろう。

しかし実のところ負傷から一〇年後に書かれた『武器よさらば』までは、ヘミングウェイは直接負傷の瞬間を描くことを避けている。ヘミングウェイがそれまで描いたのは兵士の後遺症であり、とりわけ印象的なのはその後遺症のひとつと考えられた不眠症のモチーフである。アーサー・ウォルドーンは以下のように主張している。

一九五〇年代初頭、ヘミングウェイは次のように述べた。「戦争体験はどんなものであれ、作家にとって貴重なものだ。しかしあまりにも戦争を体験しすぎると、むしろ害になる」。爆撃によってヘミングウェイの身体は大怪我を負ったが、その影響は比喩的には精神にまで達していたのだ。精神の被った傷は身体の傷以上に長く尾を引き、ずっと深いところまで蝕んでいた。ひとつの直接的な結果が不眠症であり、暗い場所でまったく眠ることができなくなったことである。負傷から五年後、妻とともにパリに住んでいたころ、ヘミングウェイはいまだ電灯をつけておかないと眠ることができなかった。眠ることのできない人物はヘミングウェイ作品のいたるところに登場する。『日はまた昇る』のジェイク・バーンズ、『武器よさらば』のフレデリック・ヘンリー、ニック・アダムズ、『ギャンブラーと尼僧とラジオ』のフレイザー氏、『キリマンジャロの雪』のハリー、「清潔で明るい場所」の年配のウェイターなどはみな、不眠症を患い、暗い場所を恐れている（Waldhorn 8-9）

このウォルドーンの見解はヘミングウェイと戦争に関して述べたごく一般的なものであると言えるだろう。しかしトラウマ説にもとづいた研究は、しばしば作品によってヘミングウェイの伝記を語るか、あるいはその反対に伝記によって作品を解釈するかという不毛な循環を招くことにもなってきた。確かにヘミングウェイの人生において第一次世界大戦での負傷体験がきわめて重要な影響を及ぼしたことは間違いないであろうし、実際一九二〇年代を通して作中で非常に頻繁にその負傷が描かれていることも確かである。そのために研究者はこれまでこの負傷をめぐってあまりにも無批判に伝記と作品を結びつけてきたのである。上に引用したウォルドーンの論はその典型的なものであり、特別根拠もなく、ヘミングウェイ自身が不眠症を患っていたと主張しているが、晩年の服薬の影響で生じたものを除くと、今日に至るまでヘミングウェイが不眠症を患っていたという根拠は見つかっていない。ジェイムズ・ネイグルは負傷直後のヘミングウェイに毎日付き添っていた看護師で恋人のアグネス・フォン・クロウスキーや、隣の病室に入院していたヘンリー・ヴィラードの証言をもとにして、「ふたりともヘミングウェイになんらかのシェル・ショックの徴候があったことをまったく目撃していない」と述べている。また作品中のニック・アダムズはしばしば脚だけでなく頭部も負傷しており、深刻な後遺症を受けていることが描かれるが、「アグネスはヘミングウェイの頭部に傷があったとも記憶していない。ヘミングウェイが故郷に宛てて送った手紙にも精神的な病状があったという徴候は見られない」。ネイグルによると

「ミラノのアメリカ赤十字病院の公式記録では、シェル・ショックにかかった患者はひとりも記載されていない。またアグネスが後年話しているように、そのような患者を収容したことも一度もなかったのだ」という（Villard and Nagel 213-14）。

しかしネイグルは作品の描写にもとづいてヘミングウェイの伝記を構成することの問題点を指摘しながらも、作品に描かれる不眠症が登場人物たちの戦争後遺症であるという伝統的解釈に関して異議を唱えているわけではない。「戦争によって被った心理的ダメージの問題全般こそがヘミングウェイ作品における主要なテーマ」であると明言しているのである（213）。しかし作中の不眠症が戦争後遺症の表象であるかどうかも改めて検討する必要があるように思われる。なぜなら先の引用でウォルドーンが列挙した作品のリストを見れば分かるように、必ずしも不眠症を描いた作品のすべてが戦争と関連しているわけではないからである。「清潔で明るい場所」などはスペインのカフェを舞台とした作品であり、戦争のことは一切触れられていない。にもかかわらずトラウマ説を無理やり正当化するためにこのウェイターが従軍経験者であるという解釈が加えられたりもするのである。とりわけこのトラウマ説ではまったく説明できないのが、「三発の銃声」であろう。この作品はもともと「インディアン・キャンプ」の一部でありながら出版時に削除され、後にフィリップ・ヤングによって『ニック・アダムズ物語』に収録された。「インディアン・キャンプ」同様ここでは幼少期のニックが描かれるが、幼いニックはもちろん戦争体験などしているはずがないにもかかわらず、夜に明かりのないところで眠ることができず、夜通し常夜灯の下で本を読んで過ごすのである。

一九八〇年代に入り、ケネス・リンはヤングのトラウマ説が伝記から導き出されたものに過ぎず、作品の中に根拠がないと強く批判している。

このように、物語を戦傷から解釈することはテクスト上の根拠によるのではなく、批評家が作家の人生について知っている内容に――いやむしろ批評家が作家の人生について知っていると思い込んでいる内容にもとづいているのである。(Lynn 106)

リンはこういった不眠症の描写はすべて母親との葛藤の結果生まれたものであると主張しているが(46)、家族の問題が不眠症表象の背後にあるとするならば、「三発の銃声」をはじめとする兵士でない人物が不眠症にかかっている理由の説明はできるだろうし、眠れない負傷兵を主人公とした「身を横たえて」などが戦争よりもむしろ幼少期の家族を回想することを中心に描いていることの説明にもなる。しかしトラウマ説が伝記から解釈を導き出していると非難しておきながら、リンの主張する母親との葛藤説もまた、作品からではなく伝記から根拠を導き出していることは非常に大きな問題であろう。(2)

ヘミングウェイの描く複数の負傷兵が不眠症を患っているらしいことからも、戦場での負傷と不眠症になんらかの関連がありそうなことは間違いないだろうが、それだけですべての不眠症表象の説明がつかないことは先に述べたとおりである。とはいえヘミングウェイの描く不眠症の圧倒的多数が負傷兵であることから考えても、リンのようにまったく負傷と無関係であると断じるのも大きな問題であろう。従来の研究が陥っていた過ちは、不眠症を戦争後遺症と短絡的に結びつけたこと、そしてそのことによって確たる証拠がないにもかかわらず作家の不眠症を伝記的事実と想定したこと、そしてその想定に基づいて作品解釈を行ったことである。ヘミングウェイの不眠症表象は戦場における負傷の問題を超えて幅広い人物に及んでおり、さらに時間的にも不眠症を描いた作品は長い期間に及んでいる。戦場での負傷を中心的に描いた「身を横たえて」や『武器よさらば』を書いたのは負傷から一〇年後のことであり、伝記と作品の関連を論じるのであればこの一〇年間の時間的ずれも考慮に入れなければならない。本稿では不眠症の表象をたんに作家自身の戦争後遺症の病理としてのみ理解するのではなく、また負傷と無関係の問題として捉えるのでもなく、負傷後の伝記的事実を加味することで従来の見解とは異なった新たな解釈を導き出したい。そうすることによって、ヘミングウェイの描く兵士の後遺症がなぜ不眠症として表象されなければならないのか、そして兵士以外の登場人物にも不眠症の傾向がみられるのはなぜなのかを明らかにする。

描かれなかった負傷体験

『武器よさらば』でフレデリック・ヘンリーの負傷は以下のように描かれている。

私はチーズの端にかぶりつき、ワインをあおった。ほかの騒音の合間から咳のような音が、続いてチャ、チャヤチャ、チャという音が聞こえてきた――それから溶鉱炉のドアが急に開いたように閃光が差し込み、轟音とともに白く光り、赤く変化して突風の中でいつまでも続いた。私は息をしようとしたが息を吐くことができず、身体ごと自分自身から飛び出したように感じ、そのまま外へ外へ外へとずっと身体ごと風にもまれていた。私は速やかに身体の外に出て、私のすべてが外に出て、そして自分が死んだことを知った。人は死ぬときには死ぬだけだと思っていたのは間違いだったのだ。それから空中に浮きあがり、そのまま上り続けるのかと思ったらもとの身体に舞い戻った。そしてやっと息ができて生き返った。地面は引き裂かれ、目の前には梁の木材が粉々に砕けていた。

(*FTA* 47)

先にも述べたとおり、ヘミングウェイが兵士の負傷の瞬間を描いたのはこの場面が初めてであった。そしてここでフレデリックが「自分が死んだことを知った」と発言していることに注意したい。もちろんフレデリックは実際に「死んだ」わけではないので、この表現は一見すると誇張表現のようである。しかし「息をしようとしたが息を吐くことができ」なくなると同時に「死んだことを知」り、「やっと息ができて生き返った」とフレデリックは語るように呼吸と生死が関連しているように見える。呼吸ができなくなることと死とのこの関連は『武器よさらば』全体を通して一貫してみられるモチーフである。手術の後、麻酔から覚めたフレデリックは、「目を覚ましたとき、私は消えてはいなかった。消えたりはしない。ただ息ができなくなるのだ。死ぬときとは違ってただ感じないように薬品で息をできなくするのだ」と麻酔による窒息の感覚と死に際しての呼吸停止との違いを述べる (93)。またキャサリンの死産に際しては「おそらく赤ん坊はずっと息ができなかったのだろう。かわいそうな子だ。私のほうがあんなふうに息ができなくなっていればよかったのに。いやそんなことはない。でもこんなふうに死を経験しなくてよければいいのだが」と、やはり死ぬことを「息ができなくな」ることと結びつける

(279)。そう考えると上に引用した負傷の瞬間もたんなる誇張表現ではなく、フレデリックにとっては文字通りの「死」として経験されていたのではないだろうか。

当たり前のことながら人は自分の死を経験することはできない。それは体験の中に秩序化することができないのであり、言語が失われる瞬間である。ヘミングウェイにとって、迫撃砲で吹き飛ばされる負傷の瞬間の「息の喪失」は、ことばの喪失、そして死を意味していたのであり、死と同様に「体験」として言語化し得ない概念化以前の未分明な「なにか」であったのではないだろうか。したがって自らの負傷を語ろうとするとき、先行する体験語りを繰り返すことしかできず、語りを試みることでいわば多くの戦争帰還兵の語りが織りなすインターテクスチュアリティの網の目に取り込まれてしまう。その結果「体験」そのものを描くことからはむしろ遠ざかってしまうのである。そのジレンマこそが、ヘミングウェイが「兵士の故郷」で描こうとしたものだったのではないだろうか。クレブズは「[戦争について]聞いてもらおうとすると嘘をつかなければならないということに気づ」くが、「自分のついた嘘のせいで、戦争中自分の身に起こったことすべてに対する嫌悪感が生じ」る。そして「彼のついた嘘は全然重要なものではなく、ほかの連中が見たり言ったり聞いたりしたことを自分のこととして語る程度のことだったし、兵士なら誰もが知っているような出所の疑わしい事件を事実として伝える程度のことだった」(CSS 111-12)。クレブズは大きな負傷こそしていないらしいが、戦争体験を語ることが常に他者の体験を繰り返すことにしかならないために、決して自分の体験を伝えることができないのである。ヘミングウェイ本人はハイスクールでの講演をはじめ、何度も自分の負傷体験を身近な人々に語ったが(3)、おそらくはその語りが自分の体験を伝えるものでないことに気づいていた。だからこそ、「兵士の故郷」

のような作品が生まれたのだろう。

「兵士の故郷」が語りの不可能性を表現する作品であったとすれば、その後書かれた兵士の戦争後遺症を描く物語が負傷そのものを描くことを避けているのは当然のことのように思われる。いわば後遺症を描くこととは、負傷体験そのものに触れることなくその外側を塗りつぶすことで、体験そのものを浮き彫りにしようとする苦肉の策であったのだ。そう考えるとヘミングウェイは自らの負傷体験を結局のところ描くことができなかった作家であると言っても過言ではないだろう。『武器よさらば』のフレデリックもまた、自分の負傷体験にもとづいているように見えながらも、あくまでフレデリックを虚構の人物として創作し、そのフレデリックを自分の体験とはかなり異なる状況下に置くというふうに、実体験から慎重に距離を取っているのである。ヘミングウェイ自身はチョコレートやたばこを配る非戦闘員であったが、自ら重傷を負いながらも他の負傷兵を助け出すなど、ある意味でヒロイックな活躍をしたと言ってもよいだろう。しかしフレデリックの負傷は先の引用に見られるように「チーズの端にかぶりつき、ワインをあおった」ときに迫撃砲で吹き飛ばされたのであり、その後も部下に助け出されるまで無力なままであった。またマイケル・レノルズの古典的な研究書『ヘミングウェイの最初の戦争――『武器よさらば』の創作』が詳細に論じているように、『『武器よさらば』を書くにあたってヘミングウェイは他人の前線に戻り、本や地図や一次資料からその経験を再構成したのだ。この作品はヘミングウェイが個人的に行ったことのない土地を舞台にした唯一の小説なのである。そこでヘミングウェイの想像力は軍事史の助けを借りて一九一五年から一七年までのオーストリア―イタリア戦線を他のどの作家よりも活き活きと再現してみせたのである」(Reynolds, *First* 15)。したがって『武器よさらば』の負傷もまたヘミングウェイの体験の再現ではとうていなく、むしろ他のどの作品よりも虚構化されたものなのである。

したがって作品の負傷の描写からヘミングウェイの伝記をそのまま導き出すのは非常に危険である。むしろ自らの負傷体験を一度も描くことができず、それを戦争後遺症という形でのみ提示しようとしていたのだとすれば、その後遺症が眠りへの不安という形で描かれ、そして兵士以外の登場人物にまで及んでいるということにこそ、ヘミングウェイの苦悩の正体が隠されているのではないだろうか。

父を求めて

従来は夜に明かりを消して眠れない主人公の姿は「不眠症」（insomnia）という病理として理解されてきたが、ヘミングウェイ自身は全作品中で「不眠症」という病名を二度しか使っていない。ひとつは「五万ドル」で試合前にナーバスになっているボクサーが「おれは不眠症なんだ」と言う場面であるが（CSS 234）、これは戦争とは明らかに異なるコンテクストであり、たんにナーバスになっていることを表現している以上の意味がないことは明らかである。もうひとつは「清潔で明るい場所」の最後で年配のウェイターの言う有名なことば「結局のところただの不眠症なのかもしれない、と彼は思った。多くの人がかかっているのだから」（291）である。この引用が示唆しているように、この物語で描かれる、夜に暗い場所で眠れない人の苦しみは「ただの不眠症」ではない何かであり、医学的病理ではない状況を、あえてこのウェイターは「ただの不眠症」であると思い込もうとしているのである。他のヘミングウェイ作品にも数多く見られる「眠れない」状態は、同様に「ただの不眠症」ではない何かを表現しているのではないか。

この眠りに対する不安の正体は「身を横たえて」でもっとも直接的に扱われている。「身を横たえて」というタイトルの由来が、子どもが寝る前に唱える祈りのことばであることはよく知られている。

私は今我が身を横たえ眠りにつきます
主よ、どうか私の魂をお預かりください
目覚める前に死んでしまうのなら
主よ、どうか私の魂をお連れください

Now I lay me down to sleep,
I pray the Lord my soul to keep,
If I shall die before I wake,
I pray the Lord my soul to take.

この祈りのことばを念頭に置いて、「身を横たえて」冒頭の段落を見てみると、ここで語り手の主張しているのが神（"the Lord"）に対する疑いであることが分かる。「長いあいだずっと暗闇で目を閉じて意識を解き放つと、魂が身体から抜け出すのだと思って生きていた。夜、爆撃で吹き飛ばされ、魂が身体から抜け出して離れていき、そして戻ってくるのを感じて以来ずっと長いあいだ、そんな感じだっい。

た」(276)。そう言って夜眠らないニックは、魂を預かる(“keep”)神に対して疑いを抱いているらし

従来この作品で描かれるニックの眠りに対する不安は、戦場で負傷したことの精神的外傷（トラウマ）という個人的な病理として理解されてきたが、むしろこれは神への疑いという信仰の問題と深く結びついているように見えてくる。[4]なぜなら上記の場面を含め、ヘミングウェイの負傷や不眠症に関わる記述はかなりの頻度で神と関連して描かれるからである。第一次世界大戦は史上初の機械化された戦争と言われ、個人がなんの意味もなく死んでいく大量虐殺を招いた。戦後「失われた世代」と呼ばれた作家たちが神への信頼を失い、確たる価値観を持てないまま国籍離脱者となったことは改めて説明するまでもないが、ヘミングウェイがここで描こうとしているのは、そのような戦後の社会的混乱の中で個人的に神を信じられなくなったことの苦しみではないかと考えられる。

これまでの先行研究では先にも説明したように、ヘミングウェイの描く不眠症はヤング以来、伝統的に戦争後遺症として解釈されるか、あるいはリンのようにあえて戦争と切り離して両親との関係として見ようとするかの両極に分かれていた。しかし戦場を目撃した結果、自らがよって立つ秩序を失ったことを不眠症を通して描こうとしているのなら、戦争の後遺症と家族の問題は実は密接に関係する。なぜなら両親の与えてくれた神を中心とする秩序を戦場で失ったことが問題の根源であるからである。

また不眠症のモチーフが使われる「三発の銃声」や「清潔で明るい場所」などは一見戦争とは関係ないにもかかわらず不眠症の症状が描かれる。これらの作品に描かれる不眠症がたんに病理ではなく、信仰へのゆらぎとして（つまり魂を“keep”してくれるはずの神への疑いとして）眠りに不安を感じてい

るのだとすれば、幼少期を描いた作品や戦争と関係のない作品で不眠症が描かれていても不思議ではない。ヘミングウェイにとってはむしろ、負傷したことそのものよりも、負傷をきっかけに神への信頼、すなわち安定した世界観が揺らいだことのほうが大きな問題であったからである。そしてこれら不眠症を描く作品に共通しているのは、闇の中で光を必要とする人物を描いているということである。ヘミングウェイの短編のタイトル「世の光」とは、聖書においてはキリストを表すメタファーであるが、闇の中の光は神の存在、信仰の光を表していると考えられる。しかしこれらの人物たちはみな、光を求めながらそこには電灯などの「人工の光」しか手に入れられないのである。これは戦争をきっかけに人々の信仰が揺らぎ始めた時代を表象していると言えるだろう。したがってこれら不眠症表象はヘミングウェイ個人の病理ではない。あるいはヘミングウェイがなんらかの戦争後遺症を受けていたとすれば、それはヘミングウェイの精神に対してではなく、魂に加えられたものではないだろうか。

「身を横たえて」において、眠れないニックは夜の長い時間を潰すために幼少期の記憶に退行し、そこに現れたあらゆる人びとに祈りを捧げる。ニックのたどるもっとも古い記憶は両親のウェディングケーキと父親の集めた蛇の標本である。そしてその情景はすぐさま、その蛇の標本が火に燃やされ、グロテスクに破壊されていく様子につながっていく。この標本を燃やしたのが誰なのかは明示されていないが、ニックの次の記憶に現れるのは、父親が収集して地下室に保存していたネイティヴ・アメリカンの斧やナイフや鏃(やじり)などを母親がすべて「そこにあるべきではない」と言って焼却処分してしまう様子である。そしてそれに文句も言えず、燃えかすの中から自分の収集物をかき集める父親の姿は、全能であるはずの父が母親に屈服する姿に他ならない。繰り返し描かれる蛇やショットガンがあからさまなファリックシンボルであることは言うまでもないが、ここでその蛇が燃やされ、ショットガンが芝生の上に置き去りにされているのは、ニックの父親が母親によって去勢されていることの表れであると言えるだろう。つまり戦場で父なる神という秩序を失ったニックは、秩序を与えてくれる父を探して幼少期まで記憶をたどるが、結局はそこでも全能であるはずの父は無力である。

眠れないニックは記憶に登場するあらゆる人物に「主の祈り」と「聖母への祈り」を唱えるが[5]、時として「祈りの文句すら思い出せない」（278）と語られる。この祈りの失敗には、父親＝神＝秩序を失ったニックの苦しみが明確に描き出されているのである。しかしもう一度作品冒頭に戻ると、ここでニックは「今は魂が実際に抜け出したりしないことがかなりはっきり分かっているが、あの夏にはまだ試してみる気にはならなかったのだ」（276）と言う。ここにヘミングウェイの戦争小説のもうひとつの特徴が見られる。それは必ず時を隔てた語り手が回想しているという点である。そして「今は魂が実際に抜け出したりしないことがかなりはっきり分かっている」ニックは、語りの時点では少なくとも「かなり」は神への信頼を取り戻している、あるいは神に代わる秩序を手に入れているように見える。

魂の行方

「身を横たえて」が書かれたのは一九二六年一一月から一二月のことである。当時ヘミングウェイはハドリーとの最初の結婚生活が破綻しており、この作品を書いている最中の一二月上旬に離婚手続きに入っている。離婚の原因となったのは厳格なカトリック教徒として育てられたポーリーン・ファイファーとの不倫関係であった。カトリックでは離婚が認められていないので、ヘミングウェイは教会に最初の婚姻自体が無効であることを認めてもらわねばならなかった。その際の手続きはなかなか複雑で打算的である。友人のガイ・ヒコックとともにイタリアに赴き、第一次世界大戦の負傷の際に終油の秘蹟を施してくれたカトリックの神父ジュセッペ・ビアンキを探し出し、その秘蹟をもってカトリックに改宗していた証拠としたのである。最初の結婚より前からカトリック教徒であることが証明できれば、教会に離婚を認めてもらうことができる。なぜなら婚姻を結ぶもののうち片方が非カトリック教徒であり、それが原因でカトリック教徒の信仰を妨げる場合、ほかのカトリック教徒と結婚する権利が与えられるからであり、これは絶対的婚姻障害、あるいは「パウロの特権」と呼ばれている。ヘミングウェイの最初の妻ハドリーはプロテスタントであり、カトリック教徒ではなかったので、結果的に四月一四日にパリの法廷で離婚の承認がなされ、同月二五日にパリ大司教区の聖堂参事会における査問で絶対的婚姻障害が認められる。そしてその直後の五月一〇日にポーリーンと二度目の結婚をすることになるのである。以上のように、ヘミングウェイにとっては私生活に大きな変化があったとともに、両親の宗教(会衆派)からカトリックに改宗をした時期でもあったのである。『武器よさらば』はその後最初に書かれた長編小説であった。

前節で見たように、ヘミングウェイの描く負傷兵の表象に神への疑いというモチーフが潜んでいるとすれば、このカトリック改宗をめぐる伝記的事実は「身を横たえて」や『武器よさらば』の執筆に大きな影響を与えた可能性がある。しかし『武器よさらば』に目を向けてみても、主人公フレデリックは一見信仰を持っているようには思えない。物語の結末近くでも「信仰を持たない」とはっきり断言しているのである（*FTA* 279）。しかしフレデリックもまた物語の時点から一〇年ほど時間を隔てて語っているのであり、フレデリックの不信仰の断言も物語の時点のものである。[6] また削除された原稿を見ると、当初ヘミングウェイはフレデリックが信仰を持ちたいと思いながら持てないで揺らいでいる様子を細かく描いていたことが分かる。手術直後の場面ではフレデリックが神への信頼を失った理由が描かれる。術後の痛みに耐えながら、フレデリックは「今までは我らが主は我々が耐えられる以上の痛みをお与えにならないのだと思っていたし、痛みがあまりにひどくなったら意識を失うものだといつも信じていた」が、「痛みは骨やあちこちで耐えられる段階をはるかに越えていた」という。その後痛みは徐々に引き始めるが、「しかしだからといって我らが主への信頼は戻らなかった。~~すべて終わったとき、~~我らが主のことなど考えなかったが、ただ痛みがましになっただけだった」（299）。[7] あまりに激しい痛みを感じることから神を疑った、つまり神が自分を助けてくれないから信頼するのをやめたというのは、信仰という観点からは身勝手な論理であると言えるだろう。フレデリックはここで神に対して見返りを求め、見返りがないから信頼しないと言っているのである。

　フレデリックの病室においても夜に人工の光が繰り返し描かれ（「ワイヤーにつられた電球」［59］、「空を動くサーチライトの光」［77］）、フレデリックが悪夢にうなされて目覚め、そのまま明るくなるまで寝られないでいる場面が描かれていることから（77）、多くの研究者はフレデリックもまたニック・アダムズらと同様不眠症にかかっていると解釈している。しかしこれもまたやはり病理としての不眠症ではなく、信仰の問題が深く関わっているのは明らかである。野戦病院での神父との対話の場面で、フレデリックは「ときどき夜になると神が怖くなる」と言っているが（62）、夜に訪れるこの神への恐怖心がフレデリックの最大の問題なのである。神父はそれに対して、「それは愛ではありません。それは激情であり、情欲でしかないのです。愛するとは何かをしてあげたいと願うものです。犠牲になりたいと願うものです。仕えたいと願うものです」と述べる（62）。この神父のことばは作品の価値観を象徴しているとされる非常に有名な愛の定義であるが、見返りがないから神を信じないというフレデリックの身勝手な論理と対極にあるだろう。ここで神父が「激情であり情欲（passion and lust）」ということばを使っているのは、このフレデリックの恐れが売春婦と関係を持つなど姦淫の罪を犯すことが原因であると考えているからであろう。しかし作品後半でグレッフィ伯爵とビリヤードをするとき、すでにキャサリンと恋愛関係にあり、売春婦とかかわっていないにもかかわらずまだ「私の［宗教的感情］は夜にだけ訪れます」と言っていることから、たんに姦淫の罪への罪悪感ではないと考えられる。むしろそれを含め、キャサリンと結婚しないままに[8]関係を持つこと、つまり教会の承認を得ることなくキャサリンと肉体関係を持つことに由来しているのではないだろうか。当時、結婚しない男女の肉体関係は重罪であり、それを理由に『武器よさらば』はボストンで発売禁止になっているのである。

　フレデリックに答えてグレッフィ伯爵は「ではあなたも恋をしているのですね。それが宗教的感情であることを忘れてはいけません」と言う（227）。では神父が「愛ではありません」と言うこの「宗教的感情」とはいかなる意味で「宗教的」なのか。削除された原稿でフレデリックは神父と自分との違いについて思いを巡らせるが、これを見ればフレデリックの抱く「宗教的感情」の正体が明白になる。

　今なら食事仲間の神父が賢明であったことが分かる。あの人は常に神を愛していて、だから幸せだったし、あの人から神を取り上げることなどできないのは確かだ。しかしその賢明さを手に入れるにはどれくらいかかるのだ。そんなふうに生まれつく幸運に恵まれるにはどれくらいかかるのだ。それにもともとそんなふうな人間でなかったらどうするのだ。たまたま愛したものが死ぬべきものだったらどうするのだ。ただ分かっているのは愛したものがいずれは死んでしまうということだけなのだ。いずれ自分も死んでしまうのだし、おそらくはそれが答えなのだろう。不滅のものを愛し、信じる人はその人自身も不滅であり、一緒に生き続ける。しかし死にゆくものを愛し、信じる人は死んでしまうのだし、愛する相手と同様死んだままなのだ。もしそれが本当ならそれはとてもすてきな贈り物だしうまく辻褄があうのだろう。だがもしかすると本当ではないのかもしれない。ただ間違いないのは我々はこの世に生まれたということ、いずれ死ぬということ、そして我々が愛する命を持つすべてのものもまたいずれは死ぬということだ。命を持つものをたくさん愛すれば愛するほど死ぬべきものがたくさんあることになる。だから勝ち馬に乗りたければ不滅の側にいくしかない。そして最終的にはたいていの人がそうするようになるのだ。（302）

フレデリックはここで、不滅のものを愛していればその人もまた不滅なのであり、死にゆくものを愛していればその人もまた死にゆく、という認識に達している。フレデリックが感じる不安とは、不滅の神ではなく、死にゆくものだけを愛しているために、いずれその人を失い、自らも魂の預かり手を失ってしまうからなのである。「だから勝ち馬に乗りたければ不滅の側にいくしかない。そして最終的にはたいていの人がそうするようになる」のである。こう見てくるとフレデリックの「宗教的感情」の正体は明白であろう。神父の愛が神に向けられたものであるのに対し、フレデリックの「宗教的感情」とは神にではなく、死ぬべき運命にある「人」に向けられた愛なのである。したがって現世でいかに人を愛していようと、死ぬべき運命にある相手はいずれは世を去る事になり、また死後の魂の預かり手となることもない。

実際にフレデリックが物語の結末で直面するのが、「宗教的感情」の対象たるキャサリンの死である。漠然と夜への恐怖という形で抱いてきた不安が、ここで具体的な形でフレデリックの前に立ち現れるのである。

私は廊下に出て座っていた。私の中であらゆるものがうつろになった。何も考えていなかった。何も考えられなかった。キャサリンが死ぬだろうとは分かっていたが、死なないでほしいと祈りを捧げた。彼女を死なせないでください。ああ、神様、お願いですから彼女を死なせないでください。彼女を死なせないでくれたら私は何でもします。お願いです、お願いです、お願いです、愛しい神様、彼女を死なせないでください。愛しい神様、彼女を死なせないでください。お願いです、お願いです、お願いです、彼女を死なせないでください。神様お願いですから彼女が死なないようにしてください。彼女を死なせないでくれたらあなたの言うことを何でもします。子どもはかまいませんが、彼女は死なせないでください。そっちはかまわないから彼女は死なせないでください。お願いです、お願いです、愛しい神様、彼女を死なせないでください。(330)

神を疑い、信仰を持てなくなったフレデリックが、それでも神に願わざるを得ない状況に追い込まれるこの様子は強く読者の胸を打つ。しかしそれ以上にこの場面はフレデリックの「宗教的感情」が、死ぬべき運命のキャサリンから「不滅の神」へと向かうターニングポイントでもある。皮肉にも自らの「宗教的感情」の対象であるキャサリンが失われたとき、フレデリックは不滅の神へと向き合わざるを得なくなる。フレデリックにはもはやほかの選択肢が残されていないのである。

『武器よさらば』を執筆するにあたって、出版された原稿に落ち着くまでヘミングウェイは数多くの結末を試みている。退けられた結末のうちのひとつは現行の結末に次のような二文が加えられている。[9]「結局それについてはどうにもできないということだ。神を信じ、神を愛していればそれでよいのだ」(304)。現在形で書かれたこの文は、語りの時点でフレデリックがキャサリンの死を「どうにもできない」こと、つまり神は人の願いを聞き入れたりすることはなく、人が神意を理解することもできないと考えているのである。[10] 信仰とはただ「神を信じ、神を愛して」いることなのである。先に見た神父との対話の場面で、神父は「あなたも神を愛するようになるでしょう」(62)とフレデリックが最後には神を愛するようになることを予言しているが、フレデリックは最後には神に愛を向けるしかなくなったことが、少なくとも削除された原稿には記されていた。

これまで見てきたように、ヘミングウェイの描く不眠症のモチーフは、ヘミングウェイが実際に経験した病理では恐らくなく、自らがよって立つ秩序を失ってしまったことの間接的な表現なのだろう。作家生活最初期から一貫して戦争を描き続けたにもかかわらず、負傷の瞬間だけは描くことができなかったのは、その経験がヘミングウェイにとってことばを奪われ、秩序化できない未分明の何かであり、死にも類する虚無であったからだと思われる。言い換えれば自らの負傷を描くためにはその負傷を位置づける秩序が必要であったのだ。負傷から一〇年余りの年月を経て、ヘミングウェイはこの経験を大きく虚構を交えることによって描きだそうとした。そのために必要としたのは伝記的状況と削除された原稿から考える限り、ふたり目の妻ポーリーンの信じるカトリックの神であったらしい。そして負傷の経験を作品内に捕らえることで、その負傷をきっかけに大きく揺らいだ安定した秩序を取り戻そうとしたのである。ではなぜヘミングウェイは神への信仰を告白する結末を削除したのだろうか。ポーリーンの神を信仰するためにハドリーを裏切ったことの罪の意識であろうか。少なくともこの削除からわかるのは、ヘミングウェイの神をめぐる葛藤がここで解決したわけではないということである。だからこそ『武器よさらば』の後、三〇年代に入っても「並外れた苦境」や「清潔で明るい場所」、「ギャンブラーと尼僧とラジオ」などを見ればわかるように、ヘミングウェイの主人公たちはいまだ眠れぬ夜を過ごしているのである。

注

（1）従来の定訳と異なっているが“A Way You'll Never Be”のことである。

（2）リンのこの説が発表された直後、フレデリック・クルーズがこれを熱烈に支持した（Crews）。非常に強い影響力をもったためにその後も、カール・P・エビィ、ジェイムズ・フェラン、マーゴット・センプレオーラなどがヘミングウェイのトラウマの原因を戦争ではなく、母親との葛藤に求めている（Eby, Phelan, Sempreora）。一方でヘミングウェイ作品における戦争の影響を軽視するこのような流れをマシュー・C・スチュワートは強く批判している（Stewart）。

（3）たとえばReynolds, *Young* 56-57を参照。

（4）ヘミングウェイの宗教観に関しては、これまであまり取り上げられることがなかった。最初期のヘミングウェイ研究では一九六〇年代にジュランヌ・イザベルがこのテーマで著書を発表しているが、事実関係においても解釈に関しても、問題の多い研究であり、信頼に値しない（Isabelle）。比較的最近の研究ではラリー・グライムズの初期作品の宗教性と美学に関する研究（Grimes *Religious Design*, "Religious Odyssey"）以外にはH・R・ストーンバックの一連の論文が長らくこの分野では孤軍奮闘してきた（とりわけStoneback "In the Nominal Country of the Bogus" と題された論文は非常に重要である）。近年マシュー・ニッケルの研究が単著として出版されたが、内容的にはストーンバックを踏襲している（Nickel）。

（5）「聖母への祈り」はカトリックにしかない祈りであり、ここでニックがカトリック教徒であることが分かる。ヘミングウェイの半自伝的登場人物ニックがカトリックであることが最初に明かされる一節としても重要である。ヘミングウェイは第一会衆派教会で洗礼を受け、プロテスタントとして育ったが、後にカトリックに改宗している。高野　七三–七四を参照。

（6）ジェイムズ・ネイグルは一〇年と推定しているが（Nagel 165）、H・R・ストーンバックは五〜六年後としている（Stoneback "Lovers'" 35）。

（7）二〇一二年に出版された『武器よさらば――ヘミングウェイ・ライブラリー・エディション』の付録には出版以前の原稿が収録されている。引用中の取り消し線はヘミングウェイ本人のものであり、原文のままである。

（8）カトリックでは結婚は七つの秘蹟のうちのひとつである。高野　九三–一一六を参照。

（9）ヘミングウェイは全四七種類の結末を試みたが、そのうちの三つが「宗教的結末」と呼ばれ、神への信仰を告げて終わっている。

（10）これはフレデリックが神に見返りを求める段階から脱したことを意味していると考えられる。物語終盤にフレデリックが暖炉の薪の上で火から逃げ惑う蟻を見て「救世主（メシア）になるすばらしい機会」であると考えながら結局何もしなかったことを回想する有名な場面がある（*FTA* 280）。これは従来は虚無主義と捉えられていたが、人間が決して神意を知ることができないことの認識として捉えるならば、むしろキリスト教において非常に一般的な考え方である。

引用文献

Cowley, Malcolm. Introduction. *The Portable Hemingway*, edited by Malcolm Cowley, Viking, 1944.

Crews, Frederick. *The Critics Bear It Away: American Fiction and the Academy.* Random, 1992.

Eby, Carl P. *Hemingway's Fetishism: Psychoanalysis and the Mirror of Manhood.* State U of New York P, 1999.

Grimes, Larry E. *The Religious Design of Hemingway's Early Fiction.* UMI, 1985.

——. "Hemingway's Religious Odyssey: The Oak Park Years." *Ernest Hemingway: The Oak Park Legacy*, edited by James Nagel, U of Alabama P, 1996, pp. 37-58.

Hemingway, Ernest. *A Farewell to Arms: The Hemingway Library Edition.* Scribner, 2012.

——. *Complete Short Stories of Ernest Hemingway: The Finca Vigia Edition.* Scribner, 1998.

Isabelle, Julanne. *Hemingway's Religious Experience.* Vantage, 1964.

Lynn, Kenneth S. *Hemingway.* Harvard UP, 1987.

Nagel, James. "Catherine Barkley and Retrospective Narration." *Ernest Hemingway: Six Decades of Criticism*, edited by Linda W. Wagner, Michigan State UP, 1987, pp. 171-85.

Nickel, Matthew. *Hemingway's Dark Night: Catholic Influences and Intertextualities in the Work of Ernest Hemingway.* New Street, 2013.

Phelan, James. "'Now I Lay Me': Nick's Strange Monologue, Hemingway's Powerful Lyric, and the Reader's Disconcerting

Experience." *New Essays in Short Fiction*, edited by Paul Smith, Cambridge UP, 1998, pp. 47-72.

Reynolds, Michael. *Hemingway's First War: Making of* A Farewell to Arms. Princeton UP, 1976.

——. *The Young Hemingway*. Norton, 1998.

Sempreora, Margot. "'Nick at Night: Nocturnal Metafictions in Three Hemingway Short Stories." *The Hemingway Review*, vol. 22, no. 1, 2002, pp. 19-33.

Stewart, Matthew C. "Ernest Hemingway and World War I: Combatting Recent Psychobiographical Reassessments, Restoring the War." *Hemingway: Eight Decades of Criticism*, edited by Linda Wagner-Martin, Michigan State UP, 2009, pp. 135-54.

Stoneback, H. R. "In the Nominal Country of the Bogus: Hemingway's Catholicism and the Biographies." *Hemingway: Essays of Reassessment*, edited by Frank Scafella, Oxford, 1991, pp. 105-40.

——. "Lovers' Sonnets Turn'd to Holy Psalms: The Soul's Song of Providence, the Scandal of Suffering, and Love in *A Farewell to Arms*." *The Hemingway Review*, vol. 9, no. 1, 1989, pp. 33-76.

Villard, Henry S. and James Nagel. *Hemingway in Love and War: The Lost Diary of Agnes von Kurowsky*. Hyperion, 1989.

Waldhorn, Arthur. *A Reader's Guide to Ernest Hemingway*. Syracuse UP, 2002.

Young, Philip. *Ernest Hemingway: A Reconsideration*. Rev. Ed. Harbinger, 1966.

高野泰志『アーネスト・ヘミングウェイ、神との対話』（松籟社、二〇一五年）

第 5 部　テクストの間で

語り得ぬ亡霊
――『こころ』と「ねじのひねり」

四方朱子

『こころ』の成立背景と「ねじのひねり」

『こころ』は、日本近代文学の中で最も読まれているとされる夏目漱石の代表作のひとつである。[1] この小説は、タイトルどおり、近代日本に於ける「心」を描いたものとして有名である。たとえば養老孟司が、漱石自身におこった身体的抑圧は文学外の側面としてのみ表出されてしまい、文学としては心理的抑圧、つまり内面＝「こころ」内に終始したと語るように、『こころ』というテクストは、もっぱら人間の内面を描写したものとして受け取られているものでもある（養老 八四-八五）。本稿では、ヘンリー・ジェイムズの「ねじのひねり」と、『こころ』を併読することで、『こころ』というテクストが、むしろ、肉体を介してその「こころ」を語ろうとしていることに注目したい。

周知のように『こころ』というテクストの同時代的成立意義は、ざっくりと日本近代文学の始まりを整理することでも明らかである。欧米の literature と日本の「文学」の出会いの中で、文学士の肩書を持った最新鋭の学者である坪内逍遥によって、『小説神髄』が著された。[2] これは、それまでの日本に存在していた書きものに対し、新たな「小説」という書きものを、欧米の novel の訳語として用いると同時に、その地位を確立するための試みであった。[3] その後日本では、この『小説神髄』が、「小説」の在り方の重要な指針のひとつとなるわけであるが、その直接的な影響下に書かれたと言われるのが、二葉亭四迷の『浮雲』である。[4] この『浮雲』が日本近代文学の始まりと言われる所以は、三遊亭圓朝の落語を書き写した言文一致体の文末表現を用いたことなど諸々あるが、中でも最も重要なもののひとつは、人間が声に出さない思い――現在では一般的に「内面」と呼ばれるそれ――を、文字として物語の中に初めて描写したというところにあった。図1を見ていただきたい。

句読点すら未だ定まっていなかった時代にもかかわらず、内面を表現している箇所に西洋の記号である三点リーダーが使用されている。[5] つまり、日本近代文学に於ける初めての内面の表象は、テクストに西洋的な視覚的違和感をもたらすことで顕著になっており、言い換えるなら、肉体に隠されているはずの内面が、新たに導入された西洋の記号を用いることによって、「小説（novel）」という新たなジャンルのもとで視覚的に暴露されたのであった。[6]

このような視覚的な内面描写が更に推し進められて、構造全体に及んでいるのが、夏目漱石の『こころ』である。『浮雲』の二七年後に発表された『こころ』は、この内面描写という近代的な概念を前面

聞くに付け、またしても昨日の我が憶出されて五月雨頃の空と濕める
嘆息もする面白くも無い
ヤ面白からぬ、文三には昨日お勢が「貴君もお出なさるか」ト尋ねた時、行
かぬと答へたら「ヘー然うですか」ト平氣で澄まして落着拂ッてゐたの
が面白からぬ、文三の心持では成らう事なら行けと勸めて貰ひ度かッ
たそれでも尚ほ強情を張ッて行かなければ「貴君と御一所でなきやア私
も罷しませう」とか何とか言て貰ひ度かッた…………
「シカシ是りやア嫉妬ぢやアない…………
と不圖何歟憶出して我と我に分疏を言て見たが、まだ何處歟くすぐら
れるやうで…………不安心で
行くも厭なり留まるも厭なりで氣がムシヤクシヤとして肝癪が起る
誰と云て取留めた相手は無いが腹が立つ何か火急の要事が有るやう

三

【図 1】『浮雲』 国立国会図書館デジタルコレクションより
https://id.ndl.go.jp/bib/000000510349 (visited 2019/11/05)

に押し出して物語化した小説で、それは構成からも明らかである。『こころ』は三章で成っており、前半部である上・中の二章は、語り手「私」が物語の背景を語り、後半の三章目（下）で、「先生」と呼ばれる人物の遺書と思わしき手紙がそのまま提示されている。このように、『こころ』は、一登場人物が抱える秘密を、「遺書＝手記」という形式で「告白」するという、当時の日本近代小説にとっては画期的な構造を持っていたのである。そして言うまでもなく、この構造は、『こころ』の一六年前に発表されていたジェイムズの「ねじのひねり」に於いて、序章で「私（I）」がその後の手記の公表される背景を描く前置きを語り、その後にガヴァネスの手記が記されているという形式とも良く似ている。「ねじのひねり」は、ウィルソンらの、いわゆるフロイト的な「精神分析」的解釈によって、ガヴァネスの性的ヒステリー等の読みが提示され、それをガヴァネス一人に物語を集中させてしまっていると批判するハイルマンや、その見解に賛同するフェルマンによって俯瞰的な視点から分析されるなど、百年以上も世界中の批評家らからの様々な批評に耐え続けているテクストとしても有名であろう[(7)]。

しかし、ジェイムズの小説は、同時代の日本では長らく翻訳すらなされていなかった。日本に於いて明治期に一気に輸入された欧米の小説は、たとえば、ホーソーンの作品を見ると、一八九四年（明治二七年）には『ありふれ物語』（*Twice Told Tales*）が、一九〇三年には『緋文字』が出版されるなど、かなり早い段階から紹介されていた[(8)]。一方で、ジェイムズ小説の翻訳は、平田禿木による一九二五年の「千載一遇」（"A Day of Days"）が最も初期のものであり[(9)]、「ねじのひねり」にいたっては、更に一一年後の富田彬による『ねぢの廻転』まで待たねばならない[(10)]。そんなジェイムズという作家の名前が、日本語で参照された最も初期のものは、実に『こころ』の作者である夏目漱石による言及である。その中でも有名なのは、一九一〇年に発表されたエッセイ「思ひ出す事など」に於いてウィリアム・ジェイムズ死亡の報を受けて書いた一文の中で、兄ウィリアムのものに比べ、ヘンリーの文章は「難渋」だと語るものであった。[11]本論では、『こころ』と「ねじのひねり」を引き較べることで、ヘンリー・ジェイムズの「難解さ」を抽出し、それを元に、『こころ』というテクストの挑戦を再評価してみたい。

立ち現れる「亡霊」

『こころ』の先行研究の圧倒的多数は、「先生の遺書」部分の解釈にのみ焦点を当てており、『こころ』の批評史に一石を投じた小森陽一論文に於いても、この点が真っ先に指摘されている（小森 四一）。『こころ』は、日本近代文学の曙を体現するかのように、先生の「内面」を考察したくなるという読みの誘惑を持つテクストであり、批評史に於いてもそれが体現され続けて来たのである。これは「ねじのひねり」のガヴァネスの手記を、彼女の内面と捉えてその心理を暴こうとしたウィルソンらの読みと相似形をなすものである。これらのテクストには、一旦それに気付いてしまうと、そのような読みを誘発するような仕掛けが張り巡らされている。

たとえば「ねじのひねり」では、手記が始まってまもなく、赴任したブライの屋敷で、その語り手であるガヴァネスが初めて己の全身を鏡で見ることになる。彼女自身が直接的に自らの姿の印象を述べることはないが、このシーンのすぐ後に、家政婦の目を通して「反射（reflection）」という語が用いられ、それがガヴァネスを不安にしたと語られる。そしてそのシーンの後、「ねじのひねり」には、ガヴァネスが、鏡や窓ガラス越しに、見る／見られるシチュエーションが数多く描かれることになる。このような鏡やガラスの表象が特に印象深く象徴的に描かれるのは、手記のまだごく前半部、彼女が窓の外からクイントと思わしき幽霊に覗き込まれ、その真似をして自らが同じ場所に移動し、先のクイント同様に自分が居た場所を覗き込むという箇所である。[12] 先程まで自分の居た場所にやって来てガヴァネスを見た家政婦が「何らかのショック」（"The Turn of the Screw" 407 以降、同作品からの引用は括弧内にページ数のみ記す）を受け「蒼白になり」（407）、それを見たガヴァネスは、自身も「あんなに蒼白になったのだろうか」（408）と考える。しかし、その直後にガヴァネスの元にやって来た家政婦の顔はむしろ「真っ赤」（411）であって、逆に家政婦の方がガヴァネスに向かって「あなたは真っ白な顔をしている」（413）と語りかけるのである。更にこの後すぐに、クイントの髪が真っ赤であることが明らかになることを加味すると、窓ガラスという、透過と反射が同時におこる媒体をとおして、ガヴァネスと家政婦、そして幽霊の境界が、赤と白という色のイメージを介してこの一瞬で曖昧となる仕掛けであることがわかる。そして、それを、ガヴァネス＝語り手が自覚しているとすれば、「私は目隠し（screen）であったのだ。私は彼らの前に立ちはだかろうとしていたのだった。私が見るほどに、彼らは見ずに済むからだった」（534）という謎めいた語りの意味するところも明確になる。ガラスのような透明な媒体では見通してしまうような視線を、ガヴァネスは不透明であるはずの己の肉体で遮断しようとしたのである。一八五一年に開催された第一回万国博覧会の目玉であった鉄とガラス製の水晶宮を皮切りに、ガラスという素材が窓ガラスなどの形で一般家庭にも普及し馴染んだ時代において、亡霊とガヴァネスの間にガラスという媒体を幾度も挟み込んでみせることは、不透明なはずの肉体を透視して内面を覗き見るアナロジーとして、身近で具体的な提示だったことは想像に難くない。また同時に、家政婦がガヴァネスの姿をその視線で反射したように、ガヴァネスの見るという行為は、自らや亡霊の視線を反射することも可能にするだろう。鏡を先に登場させておくことで、他人の心理を追求して覗き込むような行為というものは、むしろ己を映しているに過ぎないのだということを、このテクストはガラスが併せ持つ反射という要素を殊更強調してみせながら、皮肉っているとも言えよう。こうして、「ねじのひねり」では、ガラスという媒体は、その二つの効果により、隔たれているものとそうでないものの境界が曖昧にされる作用をもたらしているのである。

ガラスのモチーフは、『こころ』にも現れる。ただし、こちらでは眼鏡という形をとっていることは、「ねじのひねり」と比較すると興味深い。先述の小森は、「私」が先生と出会うのが、お互いを見つめ合うことではなく、眼鏡を拾うという行為であったことに着目し、「私」と先生が視線を交わし合わないことを指摘する（小森 四六）。またそこで小森が指摘するように、先生の近視がその後強調されるのは、Kの後ろに歩いている「お嬢さん」の姿を見て嫉妬するシーンであり、文字通り、嫉妬で目を曇らせる様が描写されている。小森がそこで指摘するのは、「私」と先生は、観察という「頭」から行われるのではなく、直感という「胸」で行われる感覚で結ばれているということであるが（四六）、「ねじのひねり」で用いられている反射という現象の強調と比較すると、『こころ』では、ガラスという媒体が、反射というよりは、裸眼という肉体に力を加えて、もっぱら相手を「見透かす」ツールとして用いられていることに気付くだろう。しかしその効果は限定的でもあるような扱いとなっている。

これらを念頭に、「ねじのひねり」で、マイルズとの対話後、失意のまま教会から屋敷に戻ったガヴアネスが、ジェセルらしき亡霊と全く同じ場所で同じ姿勢で倒れ込んだシーンを参照してみたい。

数々の困難や障害に打ちのめされた私は、玄関ホールで、階段の下に崩れ落ちたのを覚えています。一番下の階段に倒れ込んだ途端、嫌悪感と共に、それが、一月以上前の夜の暗闇の中で邪悪なるものに屈服せんばかりだった私が、最も恐ろしい女性の亡霊を見たちょうどその場所であったことを思い出しました。

［……］

このような時間が進むうちに、私自身が侵入者であるのではないかという、実に怖気を震うような感覚に襲われました。それに闇雲に反抗しようとしたかのように、私は実際、彼女に向かって、「お前は恐ろしい惨めな女だ！」と言い放ちました。――そして私は、私自身の声が、開いている扉から、長い廊下を通って空っぽの屋敷に鳴り響くのを聞きました。(1105-20)

このシーンでのガヴァネスは、境界が曖昧になっているどころか、亡霊と一体化しているかのように表象されている。そしてその途端、ガヴァネスは「自分の方が侵入者であるのではないか」と感じ、現れ出たジェセルの幽霊をなじるが、それは「私自身の声」を聞いた（I heard myself）という描写に引き継がれ、あたかも、そのなじりが自分自身へ向けた叫びであるかのようにも受け止められ得る語りとなっている。

ここで、『こころ』の第三章「先生の遺書」での、以下のようなくだりに注目したい。

私の胸にはその時分から時々恐ろしい影が閃きました。初めはそれが偶然外から襲って来るのです。私は驚きました。私はぞっとしました。しかししばらくしている中に、私の心がその物凄い閃きに応ずるようになりました。しまいには外から来ないでも、自分の胸の底に生れた時から潜んでいるもののごとくに思われ出して来たのです。私はそうした心持になるたびに、自分の頭がどうかしたのではなかろうかと疑ってみました。けれども私は医者にも誰にも診てもらう気にはなりませんでした。

［……］

死んだつもりで生きて行こうと決心した私の心は、時々外界の刺戟で躍り上がりました。しかし私がどの方面かへ切って出ようと思い立つや否や、恐ろしい力がどこからか出て来て、私の心をぐいと握り締めて少しも動けないようにするのです。そうしてその力が私にお前は何をする資格もない男だと抑え付けるようにいって聞かせます。すると私はその一言で直ぐたりと萎れてしまいます。しばらくしてまた立ち上がろうとすると、また締め付けられます。私は歯を食いしばって、何で他の邪魔をするのかと怒鳴り付けます。不可思議な力は冷やかな声で笑います。自分でよく知っているくせにといいます。私はまたぐたりとなります。（『こころ』四六六六-九一　以降、同作品からの引用は括弧内にKindle版の位置番号のみ記す）

外から来たのか、自分の頭がどうかしたのか判断がつかなくなり、声でなじり合うこのくだりは、まるで先述のガヴァネスの葛藤を、「精神」や「神経」といった当時最先端の医学や心理学、つまり科学的知識の言葉でもって解説しているかのようである。[13]

しかし一方で市川美香子の指摘するように、ガヴァネスが一連の事件の後、手記を書く時点、すなわち、かなりの時間経過の後に当時の出来事を語り直すことになるに至っても、自らの行いに対する反省がさして見られない[14]ことと、『こころ』の先生が、「私は医者にも誰にも診てもらう気にはなりません」と語っていることは重要である。先生はここで、医者にかかることで、自分のこの症状が「頭」に由来するものであり、近代的な「科学」の範疇におさめられてしまうものであるということを、自ら拒否していることになる。これは、フェルマンが、ガヴァネスの語る幽霊を、「性的欲求不満」等の言説に押し込めてしまおうとする、いわゆるフロイト派の読みを批判する箇所を彷彿とさせる。

ウィルソン称する「フロイト派の」批評家は、解答を提示するよう迫られる。語りの問題、つまりは、謎の有する省略的で不完全な構造に対しては、彼はそれを補完することで、すなわち、主人に対する女家庭教師の無意識的欲望の内に「謎の答え」、ミステリーの解決を突き止めることで、答えようとする。奇異な幻想性というテーマ的問題に対しては、診断という概念によって応答する。すなわち、問題とされているのは性的な欲求不満、病的な抑圧に発する異常徴候だというわけである。（フェルマン　三九九）

これを、『こころ』に援用するならば、ウィルソンらのような精神分析的な、つまり、「近代」的なアプローチが科学的根拠に依拠するばかりに、人を診断し、理解したくなるというそのような誘惑、すなわち、人の「こころ」に「解」を求めようとする要求を、先生はテクスト内で自覚的に分析し、撥ねつけ、対峙しようとしているのである。[15]

対峙はしたものの、結局先生は、死を選ぶことになる。そのきっかけは、乃木の「殉死」であったと先生は語る。しかし同時に、先生は「殉死という言葉をほとんど忘れて」おり、「平生使う必要のない字だから、記憶の底に沈んだまま、腐れかけていた」上に、「古い不要な言葉」だったと語るのであるが、この古びた言葉を先生の中に蘇らせたのが、「殉死でもしたらよかろう」という奥さんの言葉であったのは示唆的である。「よかろう」という言い回しは、いかにも間接話法的であり、それまで用いられていた「Ｋさんが生きていたら、あなたもそんなにはならなかったでしょう」（四六一八）というような奥さんの直接話法的な声が消えていることに注目すると、先生自身が語るように、この「奥さんの声」は、実は「自分の胸の底に生れた時から潜んでいるもの」（四六七〇）であったかもしれない疑いすら生じるのである。というのも、その直前に先生は「私の後ろにはいつでも黒い影が括ッ付いていました。私は妻のために、命を引きずって世の中を歩いていたようなものです」（四七一七‐四七一九 強調引用者）と語っているからである。そして、先生の背後にある「黒い影」は、「殉死」という「言葉」によって「新しい意義」を付与されてしまうのだった。この手続は、皮肉にも先生自身が撥ね付けていた「病理に名前を与えて具体的解とする」行為にも似ており、それが先生に「死」という具体的な像を提示してしまったとも言えよう。

このようにして、古びた「殉死」という語に具体的に取り憑かれた先生は、「西南戦争は明治十年ですから、明治四十五年までには三十五年の距離があります。乃木さんはこの三十五年の間死のう死のうと思って、死ぬ機会を待っていたらしい」と理解し、乃木が死ぬのは、明治天皇が死んだ「から」、ではなく、明治天皇の死が自らの死の「機会」、すなわちきっかけとなったからであると語る。つまり、乃木の死は、明治天皇の死という出来事が原因だったのではなく、それはあくまでも「機会」＝「きっかけ」だったのだと先生は理解しているのだ。(16)乃木の自殺という死（＝出来事）は、その「きっかけ」として明治天皇の死と時間的につながってはいる。しかし、それ自体は乃木の自殺の直接的「原因・理由」ではないというのが、先生の読み取った乃木の「殉死」という出来事であった。先生の解釈による乃木の「殉死」の「原因」は、おそらく西南戦争にあって、それが引き起こした「殉死」とは、時間にして三五年もの隔たりがある。先生による乃木の「殉死」への理解は、行為と「きっかけ」は、時間的に連続しているために一見つながっているように見えるかもしれないが、実はその大本となった「原因」とは、傍目には直接つながっていない（つまり、他者には知ることができない）かもしれないという可能性の提示でもある。先生に取り憑いた「黒い影」は、「殉死」という言葉を「きっかけ」にして先生を「死」へと導いた。しかし「殉死」という言葉自体は、その「黒い影」そのものを何ひとつ説明してはいないのである。しかも、先生は、さらに以下のように畳み掛ける。

それから二、三日して、私はとうとう自殺する決心をしたのです。私に乃木さんの死んだ理由がよく解らないように、あなたにも私の自殺する訳が明らかに呑み込めないかも知れませんが、もしそうだとすると、それは時勢の推移から来る人間の相違だから仕方がありません。（四七四五－四八）

先生は、乃木の死の理由が「よく解らない」と告白しているのである。そして、その理由が、「時勢の違い」にあるとも語る。これは、先生による、さきほどの「死」とその「原因」とその「きっかけ」という三者間の時差に引き続く、時間差というものへの重要な指摘である。先生は、「私」にむかって、その「時勢」の差を、事あるごとに強調している。これは上や中の「私」の語りの中ですら、先生が「私」との時勢の違いを語る様子が同じく何度も描写されていることからも見て取れる。

血と肉と「亡霊」

この「時勢」の差に、「ねじのひねり」の構造を巻き込むと、とても興味深い視点が浮かび上がる。というのも、『こころ』と「ねじのひねり」の構成に於ける大きな差異は、『こころ』の外枠である上・中章と、下の手記との間は、手記の書き手が外枠にも存在する先生であるという意味では、先生の過去を語ってはいるものの、手紙の差し出し時と到着時というズレはあれど、その語り手はほぼ同時代に存在していると言えるが、「ねじのひねり」では、その手記の語り手が、何年も前に死者となっているというはっきりとした時差がつけられているからである。つまり、『こころ』の手記とそれ以外の章の時間的な関係は、その前置き部の主要登場人物の過去が、当人によってほぼ同時代に語られており、時間的にはある程度地続きであるが、一方の「ねじのひねり」に於いては、手記の外枠（「序」）の登場人物が（マイルズ＝ダグラス説などがありはするものの）手記内には全く登場しないばかりか、手記と外枠の語り手自体の時間設定に、二、三十年ほどのギャップがあけられ、更にその外枠にも、手記を朗読したダグラスの死という念入りな時間の断絶が明記されている。これを念頭に置きつつ、両枠組で用いられている用語に注目すると、日本語では大抵「亡霊・幽霊」と一括されてしまうその存在を指し示す表記が、「ねじのひねり」に於いては、少なくとも四種類（ghost, apparition, visitation, specter 等）もあることに気付く。その中でもおそらく最もオカルト的なニュアンスで用いられているであろう ghost という語は、手記の外枠である序章部分でしか存在せず、現れるも、すぐさまダグラスによって「それがなんであったにせよ（or whatever it was）」（32）とぼかされてしまう。一方で、この四種の中で、apparition いう語が、現在では、もっぱら幻覚／妄想（hallucination）と呼ばれていることは興味深い。というのも、一八三〇年代には既に、hallucination という語は、フランスの精神科医エスキロールによって、病理としての幻覚という現在の意味を与えられていたからである。クリスティン・ブルック＝ローズが『非現実の修辞』に於いても指摘するように（Brook-Rose 135）、ウィルソンが、エドナ・ケントンの「極端な戯曲化（exquisite dramatization）」という表現を、殊更 hallucination という語を用いることで、より決定的に精神分析的な読みへと導くことになる（Kenton 245-55）よりも遥かに前に、既にこの hallucination という語は病理用語として存在していたことになる。すなわち「ねじのひねり」が発表された時期には、この語は既に周知されつつあり[17]、「ねじのひねり」というテクストを享受する人々（つまり同時代の読者ということになるが）には、このテクストを読みながら、ガヴァネスの手記の中に立ち現れる「亡霊」が、幻覚かもしれないと疑う視線が存在しているということになる。しかし、それでいて「ねじのひねり」の内部に、この語は一切用いられていないことは改めて特筆すべきだろう。これは、「ねじのひねり」とほぼ同時代の小説、H・G・ウェルズの短編「蛾」("The Moth")を参照すると顕著である。

こうして、いまやハプリーは、彼の残された日々を、他の誰も見ることのできない蛾に悩まされながら、クッション材の貼られた保護室で過ごしている。精神科医はそれを幻覚(hallucination)と呼ぶが、それはポーキンズの幽霊(ghost)であり、ゆえに特異な個体であるからして、捕獲するのに十分値するものだと、比較的落ち着いていて会話ができる状態のハプリーは語るのだ。(Wells 220)

この短編は、ライバル科学者ポーキンズの死後、その死に自責の念を抱く蛾の研究者ハプリーが、他の誰にも見えない蛾を見続けて死ぬという話であるが、このテクストに登場するその蛾は、幻覚/妄想(hallucination)、幽霊/亡霊(ghost)、幻覚/幻視(visual illusion)の三種類で表現されており、ハプリー以外の登場人物から「幻覚」と呼ばれているばかりか、ハプリー本人も、それが「幽霊」であると語る。[18] このような「亡霊」の使い分けを楽しめるのが、「ねじのひねり」が発表された時代であり、テクスト内部の、序章(正確には、ダグラスらが存在し、ガヴァネスの手記を聞いている枠組み)の時間もまた、彼女の語る「亡霊」を、「それがなんであったにせよ」、クリスマスの怪談噺として消費してしまえる人々で満たされているのである。

しかし、「ねじのひねり」が大変に思わせぶりに描き出すのは、そのような場にあっても、手記を読み上げるダグラスが、そんな彼らの大多数を相手にはしていないであろう、ということである。「彼は私を凝視し続けた。『あなたなら、簡単にわかるでしょう』と彼は繰り返した。『あ、な、た、な、ら（YOU will）』」（59 強調原文）とあるように、ダグラスは、特定の受け手「私」に向けて「あ、な、た、な、ら、わ、か、る」と語る。そして、その「手記」を死ぬ前に「私」に託している。そしてこの物語自体も「私」が、「読者」にこの枠ごと「手記」にし直して託しているのである。ここには、「亡霊」を含みこむこのテクストが、別の人物に「理解」してもらえるかもしれないという、前向きな意思が垣間見える。「ねじのひねり」という小説は、「亡霊」を「亡霊」のまま、新たな手記へと移し替えることによって、次の世代へと伝えて行く可能性を示唆しているのである。先述した、「死」とその「原因」の乖離を思い起こすと、『こころ』同様に、この「手記」は、ガヴァネスの遺書であったと読み取ることも可能であろうし、これを手渡したダグラスの遺書でもあった可能性を考えると、「ねじのひねり」というテクスト自体が、「序」の「私」による遺書であると考えることも可能であろう。

その一方で先述のとおり、『こころ』は、先生が「私」にすら彼の「こころ」が「解らない」かもしれないと語る、より悲観的な小説でもある。そうして、そんな伝達不可能性を危惧しつつも、先生が「私」へと自らの物語を遺書として書き伝えずにはいられない切実な姿を映し出している。先生のこの悲痛な覚悟は、『こころ』に於けるその描写の生々しさにも通じていて、「亡霊」を、たとえば apparition という語（存在）のままテクストに顕現させることが可能であった「ねじのひねり」とは一線を画している。

私の心臓を立ち割って、温かく流れる血潮を啜ろうとしたからです。その時私はまだ生きていた。

死ぬのが厭であった。それで他日を約して、あなたの要求を斥けてしまった。私は今自分で自分の心臓を破って、その血をあなたの顔に浴びせかけようとしているのです。私の鼓動が停った時、あなたの胸に新しい命が宿る事ができるなら満足です。（二四〇―二〇七）

ここで先生は、心臓を立ち割り、血を浴びせるというような生々しい表現を使って自らの「こころ」を「あなた」（＝前置き部の「私」）へと伝えようとする。しかも、この箇所に於いて先生が呼びかける「あなた」＝「私」は、その前章「両親と私」に於いて、父親の闘病の生々しい肉体と死の気配を目の当たりにしているのであり、先生はそれを十分知っている。『こころ』の生々しさは、たとえばKの死の血にまみれた描写と、「ねじのひねり」がマイルズの死（諸説あるが、少なくとも死と想定されるシーン）に於いて、肉体的生々しさを徹底的に消し去っている箇所とを比較すると更に顕著である。

私は突然Kの頭を抱えるように両手で少し持ち上げました。私はKの死顔が一目見たかったのです。しかし俯伏しになっている彼の顔を、こうして下から覗き込んだ時、私はすぐその手を放してしまいました。慄としたばかりではないのです。彼の頭が非常に重たく感ぜられたのです。私は上から今触った冷たい耳と、平生に変らない五分刈の濃い髪の毛を少時眺めていました。［……］私は震える手で、手紙を巻き収めて、再び封の中へ入れました。私はわざとそれを皆なの眼に着くように、元の通り机の上に置きました。そうして振り返って、襖に迸っている血潮を始めて見たのです。

Ｋは小さなナイフで頸動脈を切って一息に死んでしまったのです。外に創らしいものは何にもありませんでした。私が夢のような薄暗い灯で見た唐紙の血潮は、彼の頸筋から一度に迸ったものと知れました。私は日中の光で明らかにその迹を再び眺めました。そうして人間の血の勢いというものの劇しいのに驚きました。

奥さんと私はできるだけの手際と工夫を用いて、Ｋの室を掃除しました。彼の血潮の大部分は、幸い彼の蒲団に吸収されてしまったので、畳はそれほど汚れないで済みましたから、後始末はまだ楽でした。二人は彼の死骸を私の室に入れて、不断の通り寝ている体に横にしました。（四四二五–八八）

彼は、既に体を捻ってまっすぐ後ろを向き、そこを凝視し、睨みつけましたが、そこに見えたのは穏やかな日差しだけでした。私にはたいそう誇らしく感じられたその喪失に、彼は奈落に落とされた畜生のような叫び声をあげました。私は、彼を摑んでいました。彼を取り戻した私の抱擁は、あたかも彼が転落するのを受け止めたかのようでした。私は、彼を摑んでいました。そう、私は彼を捕まえていました——なんという情熱をもってであったのかは想像に難くないでしょう。しかし、一分ほど後に私は、私が摑んでいるのが本当は一体なんであるのか感じ始めました。私達はふたりきり、穏やかな日差しとともに居り、憑きものは落とされ、彼の小さな心臓（heart）は、止まっていたのでした。（1656-59）

『こころ』のＫの死は、執拗に描かれる流血の様子、その後始末などが、その生々しい肌感覚をもって描かれるのに対し、「ねじのひねり」のマイルズの死の描写は、驚くほど観念的である。それ故、「心臓(heart)」が止まったと描かれる最後のこの場面は、英語のheartという語自体の持つ多義性と相まって、それが実際の死であったのか、それとも実はマイルズが生きていてダグラスその人なのではないか等の論考が未だになされる程に曖昧である。

一方で、英語のheartとは異なり、小説に於いても新聞記事に於いても、『こころ』発表前後二〇年ほどの、当時の日本語表現に於いて「心臓」はもっぱら医学系の用語として用いられており、これを「こころ」、すなわち、精神的な内面の代替物として扱ったものはほぼ見受けられない。[19] ところが、『こころ』に於いては、上章「先生と私」で、「奥さんは私の頭脳に訴える代りに、私の心臓(ハート)を動かし始めた」と書かれており、「心臓」という語に、わざわざ「ハート」とルビが振られているのである。他にも「不意に先生を呼び掛けた時であった。私はその異様の瞬間に、今まで快く流れていた**心臓**の潮流をちょっと鈍らせた。しかしそれは単に一時の結滞に過ぎなかった。私の**心**は五分と経たないうちに平素の弾力を回復した」(三〇八-一一　強調引用者)など、「心臓」と「心」は、ことさら互換性を持たせて語られる。つまり漱石は、「こころ」という日本語の曖昧さに、語り得ない内面であり、具体的な解を与えられないものを仮託しつつも、「血、肉」などの生々しさ、肉体というものに一旦受胎させているのである。先生とのつながりを感じると語る「私」は、なんとかしてそれを表そうとして、以下のように「心臓、血潮、胸、肉、血」などの具体的臓器の言葉を重ねることになる。

> そうして漲る心臓の血潮の奥に、活動活動と打ちつづける鼓動を聞いた。不思議にもその鼓動の音

が、ある微妙な意識状態から、先生の力で強められているように感じた。［……］ただ頭というのはあまりに冷やか過ぎるから、私は胸といい直したい。肉のなかに先生の力が喰い込んでいるといっても、血のなかに先生の命が流れているといっても、その時の私には少しも誇張でないように思われた。（九九四-〇一）

このように『こころ』では、「心臓」という臓器の名を、「ハート」という外来語＝英語でつなぎ、肉体に心を受胎させることによって、ようやく、「こころ」という「亡霊」を日本語の小説の中に表出できているのだった。[20] これは、登場人物の独白を三点リーダーで視覚的に表出しようとした『浮雲』に於ける内面描写を、更に生々しく体現させようとしたものだとも言えよう。

「亡霊」は、見ているものにとって「得体の知れない他者、外界」であり、それはともすると、こちらに悪い事をもたらすかもしれない存在であり得るのと同時に、こちらと「因果関係」のあるものとも読める両義性を持っている。ただし、この因果関係を確認することは、「亡霊」を、「近代的知見である心理学という科学的知見」によって見て解釈してしまうこと、近代的「内面」の「病」に解を見つけて限定してしまうことに他ならない。「亡霊」は、サックスが「幻覚の力を理解するには、当人による一人称の記録によるほかない」（サックス　一四）と述べるように「一人称」で記録されるほかないものである以上、「ねじのひねり」のガヴァネスの「亡霊」は、子供たちにも家政婦にも見えないことは必然である。しかし「ねじのひねり」に於いてジェイムズは、その見えない「亡霊」を亡霊の状態のままで他者へと受け渡す可能性を提示し、一方漱石の『こころ』では、「亡霊」を一旦は肉体へと仮託する必要があった。そのため、肉体というもので阻まれたそれの受け渡しは、その完遂に、より不確定性を残す展開となっていることがわかる。漱石文庫にも残るジェイムズの『黄金の盃』とは異なり、夏目漱石が「ねじのひねり」を読みそこに影響を受けたという証拠は現存しない。しかし、現在に至るまで最も読まれてきた日本文学である『こころ』が、肉体を触媒にすることで、「こころ」という語り得ない概念を他者と共有しようとし、そしてそれは、肉体を触媒にしていることで、同時に極めて困難であることにも自覚的であり、それ自体をも表出しようとしていることが、「ねじのひねり」と比較して読むことでより明確になると言えよう。

注

(1)「漱石没後一〇〇年、人気衰えず　書店で文庫フェア」『日本経済新聞』(電子版、二〇一六年一二月一四日)によると、「一〇〇年以上続く新潮文庫の中で最も売れているのは漱石の「こころ」で、発行七一八万部」とのこと。

(2)同年に『小説神髄』の影響を受け、補完するようなものとして発表されたのが二葉亭四迷による「小説総論」『中央学術雑誌』(団々社、一八八六年)である。坪内逍遥本人も、自ら『当世書生気質』で『小説神髄』の実践を試みているが、これはあまり成功していない。これらの分析については、亀井秀雄『「小説」論――『小説神髄』と近代――』等が詳しい。

(3)トマス・ハーディ(一八八一年)、ウォルター・ベサント(一八八四年)、ヘンリー・ジェイムズ(一八八四年)

らによる複数の「小説の技法（"The Art of Fiction"）」と、その発表時期はほぼ重なっている。

（4）『浮雲』は当初は坪内逍遥の本名「坪内雄蔵」で出版された。

（5）句読点法は、明治二〇年の権田直助による『国文句読考』に於いて一定の規則が定まったと言われている。

（6）先行テクストである「ねじのひねり」では、既に、文字を読みながら「書かれた文字＝手記」を想像するという視覚的イメージを文面から湧き起こさせるような自由な描写が可能となっている。

（7）名本達也「"The Turn of the Screw": 「序文」と『創作ノート』を手がかりに」には、バイドラーによる先行研究に出てくる読みの可能性を網羅したような一覧が紹介されている。

（8）日本初の西洋翻訳小説と言われているのは、リットンの恋愛小説『アーネスト・マルトラヴァーズ（*Ernest Maltravers*）』（一八七八年）で、当時大ヒットした。他にも尾崎紅葉が *Weaker than a Woman* を底本にして『金色夜叉』を執筆したことに代表されるような「翻案」が多数なされていた。

（9）平田禿木訳「千載一遇」『英語青年』一九二五年。

（10）富田彬訳『ねぢの廻転』序文に、学者仲間でヘンリー・ジェイムズは知られていたとある。事実、『読売新聞』では、一九一〇年五月一七日付第五面の「海外文芸消息」欄に於いて、デューク・オブ・ヨーク・シアターでの近代劇の目録の代表格の一つとしてジェイムズの「叫び声」（Outcry）が挙げられており、他にも没後の出版情報などは数件見ることができる。また、ジェイムズの訃報記事は、『朝日新聞』の一九一六年三月一日付第五面に「英著述家逝く」として「二十八日倫敦特派員発」「知名の著述家ヘンリー、ゼームスは今夜倫敦に於て不帰の客となれり」と短く二行ある。

（11）夏目漱石「思ひ出す事など」。ほかに、『文学論』（大倉書店、一九〇七年）三編および四編にも、ヘンリー・ジェイムズの名前が二度見られる。

川島幸希『英語教師夏目漱石』などでは、現代の大学生らと比較することで夏目漱石の英語能力を検証しており、英語力ばかりがその「難渋さ」を生んでいたとは考えにくい。

（12）一九六〇年代から、鏡や繰り返しによる、幽霊との同化について分析しているものは多い。マクマスターはこの物語に於いては反射が優位であり透過して見えるものが幽霊で、反射して見えるものが内面であると図式化する。同氏はこの物語に於いては、反射が優位であるとする（McMaster）。

　また、本邦では町田みどりによる「鏡像としての女家庭教師：『ねじのひとひねり』論」等がある。

(13) ガヴァネスが幽霊と出会うと、時間の感覚を無くすことも興味深い。未完となったヘンリー・ジェイムズの最後の小説『過去の感覚』（一九一七年）には時空を超える状況が出現している。

(14) 市川美香子『ヘンリー・ジェイムズの語り――一人称の語りを中心に』六二頁。

(15) もっと言うならば、『こころ』という小説に於いて、「明治の精神」と先生が心中をしたという点から語ろうとする力学も、このような「解」を求めようとする行為だと言えよう。また、『こころ』に描かれる「明治天皇」像は、渡部直己が『不敬文学論序説』で鋭く指摘するように、前半二章分の語り手である「私」の父と同じ「肉体的」な病で苦しむ徹底的な「肉」の形で表象されるのであって、むしろ父親の下の世話の描写までを克明に記すことで、その有機性を表出していると言える。

(16) 加えて、それを決めたのは明治時代になって新しく設定された「一世一元の制」という新しいシステムの作った区切りであった。「ねじのひねり」も、「世紀末」の小説である。

(17) サックス『幻覚の脳科学』を参照した。

(18) 科学者であるハプリーについては、「心理学にも精通していた彼は、このような幻覚は心理的ストレスが原因することもよく知っていた」（Wells 169）などと本文中に解説されている。

(19) この間、新聞記事でも「心臓」が医学系の話題以外の文脈で使われるのは一度のみであり、『こころ』が掲載されていた『朝日新聞』の同六面（アンナパヴロヴが英露赤十字に義捐する際のコメントとして、「私の心臓は英軍及び祖国の軍隊其他連合軍の為に血を流す、併し私は私の芸術を義捐するより他に仕方がない」とある）であることは興味深い（『朝日新聞』朝刊、六面、一九一一年一一月一五日）。

(20) 「こころ」の表現不可能性の一端は、夏目漱石自身がデザインした岩波書店版『心』の装丁を見ることでも読み取れるだろう。単行本化される際には、表紙には「心」、背表紙には「こゝろ」、扉には篆書体で「心（[illegible]）」、ケースの背表紙に「心」、序文では「こゝろ」とあらゆる表記で描かれている。

参考文献

Beidler, Peter G. *Ghosts, Demons and Henry James: The Turn of the Screw at the Turn of the Century*. U of Missouri P, 1989.

Besant, Walter. "The Art of Fiction." Chatto & Windus, 1884.

Brooke-Rose, Christine. *A Rhetoric of the Unreal: Studies in Narrative and Structure, Especially of the Fantastic*. Cambridge UP, 1981

Clay, Bertha M. *Weaker Than a Woman*. Street & Smith, 1880?.

James, Henry. "The Art of Fiction", Cupples and Hurd, 1884.

——. "The Turn of the Screw." 1898. *The Two Magics*, Macmillan, 1898. Kindle.

Kenton, Edna. "Henry James to the Ruminant Reader: *The Turn of the Screw*." *A Casebook on Henry James's* The Turn of the Screw, edited by Gerald Willen, Crowell, 1960.

McMaster, Juliet. "The Full Image of a Repetition in *The Turn of the Screw*." *Studies in Short Fiction*, vol. 6, no. 4, 1969, pp. 377.

Penny, William K. "Shattered Eden: Subjectivity and the fall out of Language in Henry James's *The Turn of the Screw*." *Literary Imagination*, vol. 18, no. 3, 2016, pp. 255-73.

Siegel, Paul N. "'Miss Jessel': Mirror image of the governess." *Literature and Psychology*, vol. 18, no. 1, 1968, pp. 30-38.

Wells, Herbert G. "A Moth — Genus Novo." *The stolen bacillus and other incidents*. vol.3128 B. Tauchnitz, 1896. Kindle.

市川美香子『ヘンリー・ジェイムズの語り——一人称の語りを中心に』（大阪教育図書、二〇〇三年）

エドマンド・ウィルソン「ヘンリー・ジェイムズの曖昧性」『エドマンド・ウィルソン批評集02』中村紘一／佐々木

徹／若島正訳（みすず書房、二〇〇五年）
亀井秀雄『「小説」論——『小説神髄』と近代』（岩波書店、一九九九年）
川島幸希『英語教師 夏目漱石』（新潮社、二〇〇〇年）
小森陽一「「こころ」を生成する「心臓（ハート）」」『成城国文学』1（成城国文学会、一九八五年）四一–五二頁
オリヴァー・サックス『幻覚の脳科学 見てしまう人びと』太田直子訳（早川書房、二〇一四年）
坪内逍遥『小説神髄』（松林堂、一八八六年）（引用は「坪内逍遥集」『明治文学全集』16（筑摩書房、一九六九年）による）
富田彬訳『ねぢの廻転』（岩波書店、一九三六年）
夏目漱石「思ひ出す事など」（初出：「朝日新聞」一九一〇年十月〜一九一一年四月）（引用は「夏目漱石全集7」（筑摩書房、一九八八年）による）（適宜新仮名遣いに改めた）
——『こころ』（初出『朝日新聞』一九一四年）（引用はKindle版（二〇一二年）による）
名本達也「"The Turn of the Screw": 「序文」と『創作ノート』を手がかりに」『佐賀大学文化教育学部研究論文集』vol.15 no.2（佐賀大学文化教育学部、二〇一一年）二二三–三六頁
平田禿木訳「千載一遇」『英語青年』（一九二五年）（後に『千載一遇』（アルス、一九二六年））
二葉亭四迷『浮雲』（金港堂、一八八七年）
ショシャナ・フェルマン『狂気と文学的事象』土田知則訳（水声社、一九九三年）
堀啓子「明治期の翻訳・翻案における米国廉価版小説の影響」『出版研究』vol.38（二〇〇八年）二七–四四頁
町田みどり, et al.「鏡像としての女家庭教師：『ねじのひとひねり』論」（*Strata 4*、一九八九年）六一–七七頁
養老孟司『身体の文学史』（新潮社、二〇一〇年）
渡部直己『不敬文学論序説』（太田出版、一九九九年）
「海外文芸消息」『読売新聞』（一九一〇年五月一七日 東京 朝刊）第五面
「魯西亜踊の流行子アンナパヴロヴ」『朝日新聞』（一九一一年一一月一五日 東京 朝刊）第六面

「乃木稀典死亡記事」『朝日新聞』（一九一二年九月一四日　東京　朝刊）第四面
「英著述家逝く」『朝日新聞』（一九一六年三月一日　東京　朝刊）第五面
「漱石没後一〇〇年、人気衰えず　書店で文庫フェア」『日本経済新聞』（電子版二〇一六年一二月一四日）

『フィラデルフィア・ファイア』における米国黒人男性版『あらし』と父子の沈黙

山内玲

フィクションと自伝の混淆

二〇世紀後半のアフリカ系米国人男性作家の代表格の一人であるジョン・エドガー・ワイドマンは、その自伝的な要素を作品に取り込み前衛的なモダニズムの手法と黒人英語の融合した多声的な語りを駆使して小説を書くのみならず、そのフィクションの手法を駆使して殺人を犯し投獄された弟とのやり取りを自伝として書き上げる作家でもあり、米国黒人の自伝というジャンルの伝統を引き継ぎながら、フィクションと自伝の境界を解体する作品を紡ぐ作家として、その創作の特質に対する先行研究の議論を経た定評がある。フィクションとして出版された『フィラデルフィア・ファイア』もまた、作家自身の伝記的要素を作品世界に取り込んでいるという意味で、その作家的資質の典型を示す作品と言える。三部構成をなす本作で中心人物となるのは、ワイドマンの分身的存在として描かれる黒人男性作家クジョーである。第一部で一九八五年にＭＯＶＥというアフリカ系米国人の宗教団体が生活していた共同体の地域に、市の警察が爆撃した実際の事件に材を取り、その事件について本を書くために調査し、生き残りの少年シンバの追跡にこだわる作家クジョーの姿が、別れた白人の妻とその子供たち、そして友人の白人夫妻の娘に劣情を催す姿などを交えながら描かれている。第二部は一九六〇年代後半に遡り、文化事業の一環として黒人の少年少女がシェイクスピアの『あらし』を上演するのに際し、クジョーがカリブ海の翻案を踏まえた演出指導を行うものの、最終的に大雨によって野外上演を予定していたものが中止になるという顚末が描かれる。そうしたエピソードと並行して、作者ワイドマンが顔をだし、その創作メモや息子の投獄を中心として作者自身の実人生に対応する出来事の記述が断片的に挿入される。第三部ではメタフィクショナルな装いは影をひそめ、ＪＢというベトナム戦争帰りのルンペンの黒人男性がＭＯＶＥの教主の本を書き直すという体裁を取り、社会の底辺からフィラデルフィアの光景と都市の諸問題が描かれる。最後にクジョーがインディペンデンス・スクエアで開催されるＭＯＶＥの事件の記念式典に参加する場面で幕を閉じる。シカゴの下町を舞台にしたホームウッド三部作と呼ばれる前作とは異なり、フィラデルフィアという都市を舞台にするも、労働者階級から大学へと進学し、大学で教鞭を執り白人女性との結婚を経て中産階級の社会で生きる作家の視点から、その内的矛盾も含めてアフリカ系米国人が被る社会的苦難を描き出す姿勢は一貫している。

しかしながら、殺人を犯し投獄された息子とのやり取りやエピソードを作品に取り込んでいる点に本作の特異性を指摘することができる。それは単にフィクションの中にメタフィクションの形で伝記的記述を埋め込んでいるという小説技法の問題だけに求められるものではない。父子間のコミュニケーションを求める作家自身の欲求と父子関係の断絶を暗示する息子の沈黙と作家の寡黙さ、換言すれば、語りえないことを語ろうとする試みとためらいの間に生じる語りの不透明性こそがその特徴をなしている。本稿はその不透明性こそが、『フィラデルフィア・ファイア』における息子をめぐる断章と『あらし』の翻案の並置の根幹をなすという想定の下に本作第二部の考察を試みることを目的とする。

とはいえ、本稿の目指すものは現実の不透明さそのものの解明ではない。ワイドマンは本作の後、一九九四年に出版された自伝『遥かなる父』以降、現在も獄中にある息子ジェイコブのことを言及することはなくなった。それに呼応するように、ワイドマンをめぐる先行研究において、伝記的な回想録や小説に示されるワイドマン一家とは異なり、ジェイコブ・ワイドマンについては、言及されることはほぼ皆無と言ってよい。その例外となるエリック・サンドクィストによれば、ジェイコブ／ジェイクは「アフリカ系米国人男性と米国のユダヤ系白人女性の息子にして、一六歳でこれといった明確な動機もなく、同年齢のユダヤ系の同級生であるエリック・ケインを刺殺し、終身刑の判決を受けた」(Sundquist 465)。インターネットが普及して十数年、その名で検索をかけるだけでもいくつかのニュース記事が見つかり、現在も終わっていない進行形の事件であることが窺われる。

本稿はそうした進行中の現実とは一線を画し、フィクション中の記述に議論を限定し、そこから読み解きうる父子関係の記述の不透明さの問題を『あらし』の翻案との関係において考察するものである。レスリー・ルイスによれば、キャリバンの発話の欲求は息子の側での発話の欲求とその（不）可能性に結びつく（Lewis 153-56）。だが、『あらし』の翻案を読み解くことで明らかになるのは、人種問題に根を持つと考えられる息子の側での父の否認が仄めかされていることである。とはいえ、この仄めかしをめぐる微細な記述は先行研究で見逃されてきた。この看過の理由は小説の構成にその理由を求めることができるのだが、それに先立ちまず次節では『あらし』の翻案をめぐる先行研究を概観しておきたい。

『あらし』の改変における黒人男性のセクシュアリティ

『フィラデルフィア・ファイア』における『あらし』の改変はカリブ海の反植民地言説をアフリカ系アメリカ人の抵抗の物語として書き換えている。小説の第二部において、作品世界の主人公となるクジョーは、黒人児童に劇の説明をする際にこの戯曲が「植民地主義、帝国主義」（*Philadelphia Fire* 127　以降、同作品からの引用は括弧内にページ数のみ記す）に関するものだと述べる。舞台演出に関する記述の中で、キャリバンの登場する場面について、その風貌を「ドレッドヘア」（120）という脚色によって印象づけた後、その話し方についても「奇妙な訛りがあり、ブロンクス、楽しき英国、片田舎のジョージア、ジャマイカのカリプソ、シエラレオネのクリオ語といった痕跡を残している」（120）と記し、黒人英語によって特徴づけている。しかしながら、その性差別的なミランダとキャリバンの解釈は、物議を醸さざるを得ない。クジョーがキャリバンを性欲旺盛で猥褻な男性として描くのに対し、自分をレイプしようとしたことを非難するミランダの台詞を「フラれた女の講話」（139）と一蹴する。ジョナサン・ゴールドベルグは、先住民キャリバンに言葉を教えた植民者であり支配者であるプロスペロの娘ミランダの批難をまじめでお堅い女教師と嘲笑気味に語るクジョーの演出を取り上げて、教育による植民地化に対する拒絶という形をとった強姦未遂が正当化されているようだと指摘しながら、そのあまりにも露骨な性差別の姿勢に疑念を呈している（Goldberg 180n17）。かくして、ブラックレイピストのステレオタイプのこれ以上ない典型としてキャリバンを描くにとどまらず、ミランダの言動を矮小化し、その父プロスペロにとって「彼女の子宮がその資産を永続させるものである」（141）とするクジョーの解釈は、女性を家父長制社会を維持するための道具とみなす典型的な性差別の言説以外の何物ともいえない。

以上の『あらし』の改変が一九九〇年に出版された本作で展開されていることは、フェミニズム批評の浸透した同時代のアカデミズムの状況に鑑みるならば、時代錯誤的な表象となっていることは否めない。作中では一九六〇年代後半に設定されたエピソードが、第二波フェミニズムが浸透する過渡期でありその影響力の行き届いていない世相の写実的な反映であると仮定してみても、時代の違いを相対化しその差別性を批判し相対化する視点は作中で明示されていない。とはいえ、ここまで露骨に性差別的な黒人男性のセクシュアリティを前景化することは、ワイドマンが大学で教鞭を執りアフリカ系アメリカ人研究のコース設置にも関わったことを考えると、単なる反動と切って捨てることもできないように思われる。

とりわけキャリバン解釈をめぐる議論の系譜を辿ると、ワイドマンが無自覚にミランダを襲うキャリバンを性欲旺盛な黒人男性という類型に結びつけたとは考えにくい。シェイクスピアによる戯曲『あらし』の執筆以来、四〇〇年以上にわたる解釈の歴史を遡ると、その舞台を新大陸と解釈する議論が登場したのは一八世紀末以降であり、一九世紀末以降、キャリバンを先住民の象徴とみなし、旧大陸の文明と対照させる解釈が展開されてきた（Vaughan and Vaughan 118-43）。虐げられた先住民の象徴という解釈をより先鋭化し、他の非白人にまで拡大解釈を行ったのが、レスリー・フィードラーの『シェイクスピアにおける異人』（一九七二）であった。キャリバンという一登場人物の劣情を、抑制のきかない非白人の性欲の象徴として解釈しながらシェイクスピアの差別意識を批判するフィードラーは、アメリカ文化における性欲旺盛な黒人男性というステレオタイプの起源をキャリバンに見出した（Fiedler 234）。

性欲旺盛な黒人男性という類型としてキャリバンを読むこの解釈に対し、アフリカ系米国人男性の作家は意識的にならざるを得なかったはずである。だが、彼らがキャリバンに見出そうとしたのは、カリブ海諸島における反植民地主義運動において展開した『あらし』の翻案に見られる、主人に抵抗する反逆者の姿勢であり、そこに白人に抵抗する黒人の姿を重ね合わせようとしたのであった。しかしながら、男性性の問題はカリブ海における『あらし』の翻案をアフリカ系米国人の男性作家が換骨奪胎する前に内在していた問題であった。ロブ・ニクソンは、カリブ海諸島の反植民地言説におけるアイコンであったキャリバンが七〇年代初頭にその効力を失ったと議論を締めくくるにあたり、キャリバン的英雄の役割を担いうるのが男性だけであり、女性の活躍する場を見出せない点に限界があったと指摘する（Nixon 577）。こうした問題を迂回すべく、米国黒人の男性知識人による『あらし』の翻案は男性性の抹消という形を取った。ヒューストン・ベイカーは『モダニズムとハーレム・ルネッサンス』において、ポストコロニアル批評で参照され、ジェームズ・ボールドウィンも引用した有名なキャリバンの言語習得についての一節を引きながら、米国黒人の知識人が示すジレンマと戦略をキャリバンが具現するという論を展開した（Baker 53-55）。ベイカーによれば、主人であった白人の言語を強いられ、その言語を習得する過程でその価値体系に則って言語を使用することで黒人は白人社会に適応するものの自己卑下あるいは自己否定に陥らざるを得ない。ベイカーは、その価値体系に逆らって抗議の声を上げることで不協和音をもたらすことを、白人の支配する社会において学んだ形式を歪めるという戦略として位置付け、そうした戦略を支える基盤を米国黒人の過去に由来する文化に見出す。他方、こうした男性作家の脱ジェンダー化を批判するのがエレイン・ショーウォルターである。ショーウォルターは米文学におけるミランダの系譜について議論する際にボールドウィンやベイカーの議論を引きながらキャリバンを被支配者即ち黒人の代表者として「一般人（everyman）」「代弁者（spokesperson）」といった言葉で中性化することの問題点を指摘している（Showalter 27-28）。この問題は、『あらし』の具体的なエピソードの忘却あるいは意図的な無視として考えられる。キャリバンに言葉を教えたのはその主人の娘ミランダであり、その言葉を覚えた後に劣情を抱いて彼女に襲いかかろうとしているのである。以上の男性の文学者が黒人の苦難をキャリバンに重ね合わせる際に曖昧にしたのが他ならぬこの劣情の問題であり、フィードラーがキャリバンに結びつけた性欲旺盛な黒人男性という類型を呼び起こしてしまう問題であった。

一九九〇年に出版された『フィラデルフィア・ファイア』において、ワイドマンがキャリバンを米国黒人男性の象徴として描くにあたり、その性欲の解釈をめぐる右記のダブルバインドを意識していなかったはずはない。単に『あらし』のカリブ海版翻案における抵抗言説の換骨奪胎を通じて黒人男性の苦難を示すという理由だけでは、それに伴う性差別の免罪符とはならないことは十分承知していたはずである。だとすれば、そのキャリバンの解釈をめぐる性的欲望の露骨な前景化は、いかなる理由により採用されたのか。こうした問題は、小説全体の構成から見て、単体で議論されるべきではない。このように述べるのは、作家ワイドマンとその息子をめぐる断片的な記述に示される父子関係の問題がキャリバンの描写にそれとはわかりにくい形で暗示されているからである。

父子関係からみる三つのキャリバン像

『フィラデルフィア・ファイア』は、ワイドマンとその息子の関係のみならず、クジョーとシンバの関係など、事実上のものであれ、象徴的なものであれ、父子関係のモチーフを展開している。こうしたモチーフの延長上に作中の『あらし』の翻案を位置づけ、父子関係を指摘する先行研究は多い。この見地からなされた議論を整理すると、二つのタイプに分かれる。一つ目は、キャリバンの代父の位置にプロスペロが収まるとした上で、キャリバンとの疑似的な父子関係を指摘する批評である（例えばCarden 472-500）。こうした批評がその傍証としているのは、キャリバンを反植民地主義のアイコンとする『あらし』のカリブ海版翻案を踏まえて、白人社会に抵抗する米国黒人の物語へと換骨奪胎し、プロスペロを「サイモン・レグリーの模倣」（131）と評することで、奴隷制時代の主人奴隷間のパターナリズムを喚起するクジョーの戯曲の解説である。言い換えるなら、父の座に白人が収まり、それに抵抗する黒人という図式を見出しているといえる。二つ目のタイプは、キャリバンをアフリカ系アメリカ人の父祖とするものである。この解釈もまた、黒人の児童らに『あらし』の解説をするクジョーの言葉にその根拠を見出し、「祖父キャリバン（grandfather Caliban）」（131）と呼ぶことでその父性を暗示させているくだりを参照している（例えばGuzzio 186）。また、キャリバンの独白を黒人英語で演じるクジョー自身もまた子供らに対して父性的な役割を担うことに加え、一九六〇年代後半という過去として語られるこのエピソードに対して物語の現在となる一九八〇年代後半、象徴的な意味でキャリバンの子孫であることを示す「カリバン少年団（Kaliban's Kiddie Korps）」（89）と呼ばれる少年ギャングの一団が、フィラデルフィアの街中にその煽動的な落書きを記し、第三部ではＫＫＫという頭文字が喚起する連想に呼応してＪＢをリンチする。このような形でキャリバンの父性というモチーフは、白人の支配するアメリカにおける黒人の抵抗とその暴力的な性格を暗示する。

他方、クジョーの示すキャリバンの父性は、先に見た黒人男性のセクシュアリティの問題にも結び付く。そのキャリバンの解釈が性欲旺盛なブラックレイピストのステレオタイプを喚起し、弁護の難しい性差別的言辞を展開することはすでに確認したが、父性という点から確認しておきたいのはそうした解釈が子供向けの話ではないとクジョーが述べるくだりで「ダディ・キャリバン」（141）という言葉を用いることの意義である。教条的なミランダに言い返す際に彼女への劣情をまくしたてるキャリバンの台詞について解説する際に使われるこの表現の意義は後に詳らかにするが、ここで確認しておきたいのは、黒人男性になぞらえられたその劣情が、ミランダの子供の父親となること、即ち白人女性を孕ませようとする欲望として示されていることである。この欲望が問題となるのは、単に米国社会で禁忌とされてきた人種混淆の問題を示すだけにとどまらず、作品世界でも現実でも存在している混血の子供の存在を暗示するからである。言うまでもなく、それはクジョーとその別れた妻との間に生まれた子供であり、『あらし』の翻案の記述と並置される断章に示されるワイドマンの息子ジェイクの問題である。

とはいえ、以上見てきた二種類の父子関係の枠組では、クジョーによる『あらし』の翻案と息子との関係をめぐるワイドマンの断章的な記述との関係を説明することは難しい。キャリバンをプロスペロの子供とみなすにしてもその父性に注目するにしても、どちらも先行する米国黒人男性版の『あらし』の翻案との対応関係は指摘できても、ワイドマンとジェイクという個別の父子関係との対応関係を見出すことは至難である。その混血の問題を考えるにしても、ワイドマンの分身的存在であるクジョーが白人の妻との間に子供がいることが冒頭で短く言及されているだけで、作品世界のプロットは黒人男性によって埋め尽くされており、混血児の問題など入る隙間がないかのようですらある。クジョーによる『あらし』の翻案にしても同様で、いかにジェイクをめぐる断章が並置されているにしても、キャリバンを黒人男性の象徴とする枠組みではワイドマンとの父子関係との対応関係を見出すことはできない。

しかしながら、先行研究がこれまで指摘してこなかった第三の父性の問題に着目すると、本作第二部に置かれた『あらし』の翻案がジェイクをめぐる断章と並置されていることの意義がみえてくる。父性をめぐる第三の問題とは、代父プロスペロではなく実の父に関する言及である。この点が先行研究で看過されてきたのも無理はなく、キャリバンが自分の生まれ育った島の所有権を主張するくだりで二行程度の手短な脱線としてしか言及されていない。問題となる箇所は、プロスペロがかつての島の支配者でありキャリバンの母であるシコラックスを追い出して島を支配したことを説明するくだりで、その母を魔女と呼んでなじる話、島に混乱をもたらしてから、その統治によって秩序をもたらしたとする話の直後のことである。少し長くなるが、重要な箇所なので原文も併せて引用したい。

すべてが元のように戻っだが、奴［＝プロスペロ］が最初に盗みやがっだものは別だ。哀れな母からもらっだ俺の島だ。俺から奪っだ島だ。
俺は自分が何者だかわからなくなっぢまっだ。俺、母の息子でどこぞのおっさんの息子だ。そいつが誰だが考えようとしだこだあない。台本じゃ話しでねえからな。誰だか知らねえし、知りでえども思わねえ。島、取り戻しでえだけだ。女王のお袋もだ。奴からあんだの悪口を聞くなんでもう散々だ。

Ebryting restore but what him first stole. Island mine from my poor mother. Island stole from me.
Noting make self. I be her son and *son of some fader*. Don't try guess who. Don't say in de play. I no know, no want to know. Just want island back. Queen Mama back. No time be playing dozens now.（121　強調引用者）

黒人英語で話すキャリバンに扮してクジョーが子供たちに舞台設定の解説をしている場面なので、「台本じゃ話しでねえ」という説明がその言葉に紛れ込んでいるわけだが、ここで強調すべきは台本に書かれていない父に言及していることとである。元の戯曲では、「悪魔」（*The Tempest* I. ii 320）とプロスペロが呼ぶ個所を除いては、実父に関する言及を見つけることはできない。では、なぜそのような追加が『フィラデルフィア・ファイア』における翻案ではなされなければならなかったのか。

ジェイクをめぐる断章との関係を考察するにあたり、ここで注目したいのは何者だか知れない父を語るキャリバンに扮するクジョーが用いる黒人英語である。その「訛り」の例として、引用に見られるように、v音をb音に、thで示される子音をt音ないしはd音で発音することが挙げられる。だが、この例をめぐって一つの疑問が生じる。なぜこのキャリバンは自分自身の母親については“moder”ではなく“mother”と訛りのない英語で発音しているのか。黒人英語の訛りといえども、全てのthの音がdないしはtで発音されるわけではなく、motherという語はthで発音しやすいと説明できるかもしれない。だが、クジョーによる演出の説明が「このクソったれな芝居にほかの終わり方なんかねえのさ(This mother-humping play can't end no oder way)」(122)という言葉で締めくくられるにあたり、m音を除いてはmotherと同じ発音となるはずのotherが訛りを示す形をとっていることを考えると、母について言及する際には故意にthと標準英語の発音を採用していると考えることができる。父(fader)と母(mother)と使い分けるその口調に、黒人英語と白人(=標準)英語の対比が暗示されていると解釈した上で、黒人の父と白人の母から生まれたジェイクを象徴する第三のキャリバン像が暗示されていると主張したい。

この主張を念頭に置きつつ、なぜ抵抗者キャリバンないしは父祖キャリバンというこれ見よがしの黒人男性像の陰で、目立たずわかりにくい形でジェイクと作家の父子関係が暗示されなければならなかったのか、という点を考察していきたい。この点に関して、先に触れた「ダディ・キャリバン」の問題に戻りたい。この言葉がミランダを孕ませたいキャリバンの欲望と対応していることは、クジョーが「島がキャリバンで満ち溢れた(An island full of Calibans)」(140)と述べていることからわかる。この一節の直後に、「ミランダというコピー機を通じて印刷されたくはなかったのだ。善良さという彼女の型板によって彼という型が打ち出され、ガーガー鳴くその声も彼女の教えた言語によって理解可能な意味を持つ言葉に転じてしまう」(140)という一節が続く。ここに窺われるのは、言語を教え獣とみなされる先住民を啓蒙しようとした植民者の娘ミランダのふるまいを白人の植民地主義とみなした上で、キャリバンの卑猥な劣情に満ち溢れた罵りを反植民地主義的な抵抗言説としてクジョーが解釈していることである。ミランダに教わった言葉によってその白人の道徳を内面化するのではなく、彼女を孕ませることで自分自身のコピーを生み出すという欲望を語る抵抗の精神を示している。だが、既に述べた通り、このようにクジョーに語らせるワイドマンは、ボールドウィンやベイカーの『あらし』の解釈における脱性化と対照をなすことを意識していたはずであり、その劣情が性欲旺盛な黒人男性というステレオタイプとの連想を過剰と言っていいほどに前景化している。

ここで強調したいのは、キャリバンの台詞に示される性差別的な男性中心主義が果たす機能である。キャリバンで満ち溢れる島という一節自体は、「お前が邪魔しなければ、この島を俺の子供だらけにしてやったのに（Thou didst prevented me, I had peopled else/ This isle with Calibans）」（*The Tempest* I. ii. 351-52）というプロスペロに向けられた元の戯曲の台詞を踏まえた反復と考えられる。したがって、先に見たキャリバンの実父をめぐるくだりとは異なり、元の戯曲に脚色しているというわけではない。その意味で、クジョーの演出においてミランダを「子宮」とみなすプロスペロの家父長制的な態度と同様、原作でも翻案でも、キャリバンもまた彼女を複数形で示される自分自身の分身を生み出す道具とみなす男性中心主義を示している。その上で問題としたいのは、こうした性差別的な思考を備えたキャリバンにはその子供が母方の特徴を引き継いで生まれる可能性を想像できないことである。というのも、この台詞が黒人男性のセクシュアリティと結び付けられることで人種混淆の問題を呼び起こすからである。繰り返すが、キャリバンが黒人男性の象徴と読み替えられることで、ミランダを襲うその劣情はブラックレイピストのステレオタイプを喚起する。ジェイムズ・コールマンは、白人女性への性欲というネガティヴな型に嵌った欲望に囚われ、そのステレオタイプの再生産を強いられる黒人男性の苦難を「キャリバン的言説」による受難と呼び、その意味で友人の白人夫婦の娘への劣情を抱くクジョーをキャリバンの後継者とみなす（Coleman 19-20）。だがこうした黒人男性の類型的な欲望が前景化される際に盲点となりがちなのが、その欲望が異人種間混淆として現実化したときにおこる生殖の問題である。黒人男性と白人女性の子供が生まれたとき、その存在は、「ワンドロップルール」即ち一滴でも黒人の血が流れていたら黒人とみなされるというアメリカ合衆国固有の制度化された人種観に呼応して、黒人とみなされてしまう。その意味で、元の戯曲の台詞を踏襲し、ミランダに孕ませた子供を自分自身の分身とみなすキャリバンの態度は、カリブ海の反植民地主義を換骨奪胎する黒人の抵抗言説の形をとりながら、その男性中心主義において、混血児を黒人として一緒くたにする米国の人種をめぐる制度をなぞっている。

他方、性欲旺盛な黒人男性というステレオタイプと結びつく男性中心主義は『フィラデルフィア・ファイア』という黒人男性の物語に満ち溢れる作品世界において白人女性の存在を周縁化する。すでに述べた通り、米国黒人の父祖ダディ・キャリバンの子孫は、黒人の少年ギャングＫＫＫとしてその連想を展開している。この米国黒人をめぐる連想は、その黒人性に注意を引き付けることにより、黒人として解釈されたキャリバンが白人ミランダとの間に混血児を儲けていた可能性を後景化する。加えて、クジョーもまた行方不明になった黒人の少年シンバを追跡するという作品の核をなすプロットにおいて同様の機能を果たしている。というのも、少年の追跡を通じて暗示される疑似的な父子関係は、白人の妻との間に儲けた子供を離婚によって失ったことから生じた喪失感に代わるものであるが、作品冒頭で手短に言及される（9）後者のエピソードを後景化する役割を果たしているからである。この点において、先に見たキャリバンの実父をめぐる言及もまた、性欲旺盛な黒人男性というステレオタイプを過剰に体現してしまうキャリバンのイメージの陰で後景化しているといえる。このようにして、混血児をめぐる記述は作品世界を支配する無数の黒人男性のエピソードとイメージにとって代わられる。言い換えるなら、『フィラデルフィア・ファイア』という小説は、読者の目を混血児とその白人の母からそらしアフリカ系アメリカ人の男性同士の結びつきと父子関係を強調する作品構造を備えていると言える。

父の声、息子の沈黙

以上の作品構造を踏まえた上で、ワイドマンとその息子ジェイクの関係をめぐるメタフィクショナルな断章が『あらし』の翻案と並置されることの意義が読み解かれなければならない。とはいえ、その自伝的なノンフィクションの断片は、量質ともに書かれていないことが多すぎる。第二部は合わせて一頁にも満たないメタフィクショナルな創作メモから始まった後、ジェイクからかかってきた電話とそれを通じたやりとりが示される（98-99）。次の断章では、父と息子の関係をめぐる省察がなされるが、電話のやり取りにおける隔たりと通底し、その間に存在する空間を父子間の断絶と見出している（103-104）。数ページ後、息子の自己分裂をめぐる省察を経た後、息子の苦悩を描こうとして描けない作家のためらいに呼応するように、組織としての大学の変化を嘆く学生時代の友人の話が息子の話を遮るように数頁続き、監獄の中の息子の苦悩を想像するくだりが一頁程度でなされる（111-16）。ここから創作メモの断片を交えながら先に見てきたクジョーによる『あらし』の翻案のエピソードが続くのだが、その第二部の最後は作家による息子へのメッセージによって締めくくられる（150-51）。頁数にして僅か七頁程度の記述は、息子とのコミュニケーションの希求の念と父子の関係をめぐる考察、そしてその間にある断絶への絶望感で満ち溢れていることが窺えるが、書かれていないことも多いという意味で、沈黙がこれらの断章を満たしているとも言える。

この意味での作家の寡黙さこそが重要な意味を持つのだが、その問題を考察するのに際して、まずは他の二冊の自伝的ノンフィクションと比較したい。『兄弟』は、ワイドマンの実弟ロビーとの交流を描く回想録である。小説家として功を挙げた兄と強盗と殺人罪のために指名手配を受け投獄される弟の対照が公民権運動以後の二分化する米国黒人男性の分断を象徴しており、さらには事実関係だけで言えば、殺人を犯し投獄されて終身刑を受けたという点でジェイクとその状況が類似している。だが、事実を語る語りの形式という見地から見ると、際立った違いを示している。手紙のやり取りという書簡体小説を思わせる形式が数々の断絶を超える兄弟間の交流を劇的に体現しているのに対し、『フィラデルフィア・ファイアア』の断章は父子の関係を父親の視点からしか示していない。言い換えるなら、自分自身について語る声は物語形式としてジェイクには与えられていないのである。この息子の声の欠落という問題は、もう一つのノンフィクションである『遥かなる父』を参照することでその性格をより明確に説明することができる。ワイドマン自身の父親との関係を中心としながら、ワイドマンの省察は米国の黒人男性が経験してきた苦難の歴史にその父性の問題の根を探り出そうとする。ワイドマンの個別の問題てを抜きにして抽象化された議論として考えるなら、その省察は米国の黒人男性が顕在化する父親としての機能不全という問題に深い洞察を示している。だが黒人男性の連帯意識の延長に父子関係を捉えようとする姿勢で盲点となるのは、白人の母親との間に生まれたジェイクの示す混血の問題である。このノンフィクションは混血の問題を不可視の問題としてしまうという点で、黒人男性の苦難で満ち溢れた『フィラデルフィア・ファイア』の作品世界と軌を一にしている。

ここにおいて、ジェイクをめぐる断章と並置される三つのキャリバン像の意義が明らかとなる。抵抗者としての側面と性欲旺盛なステレオタイプの側面という二つのこれ見よがしの黒人男性の象徴として描かれるキャリバンに対し、実父について語る第三のキャリバン像は、その見知らぬ父を特定することを拒むその姿勢において、声を与えられないジェイクの代わりに父への拒絶を象徴していると解釈できる。加えて、クジョーの扮するキャリバンが父と母に言及する際に訛りの使い分けによって仄めかされた父と母の人種の違いは、父が何者であるかということへの無関心とは対照的に母への愛着を示すことにより、黒人の父よりも白人の母への親和性が高い息子の感情を暗示していると解釈してみたい。言い換えれば、父との不和と母への愛着が人種化された感情として暗示されているといえる。このような解釈を経た上で、息子の分裂症的な苦悩をめぐるワイドマンの省察は、単に裁判の被告側の主張として持ち出されるものの判事から否認された精神科医の診断結果（116）に由来するというだけにとどまらず、その点を短い断章の中で取り上げることを通じて白人と黒人という二重のルーツに引き裂かれる自己の問題を暗示しているとも考えられる。

とはいえ、作品の構成上、こうした解釈は推測の域を超えない。先に見た白人女性の周縁化という物語構造について、ローレンス・ホッグは女性を性的欲望の対象としてモノ化する作品構造の延長上にジェイクの母親であるジュディが位置付けられており、その息子を案じる声が作品から奪われていると指摘した（Hogue 98）。こうした作品構成に加え、白人の母に加え息子にも語りの声を与えず、一方的に黒人男性の父として父子の連帯を求める作家自らの声しか記録しない。その結果、混血児の象徴としてのキャリバンとジェイクとの連想は後景化し、性欲旺盛なダディ・キャリバンという父性的な黒人男性像と作中の中心人物であるクジョーとの連想が前景化する。こうした『あらし』の翻案をめぐる構成は、黒人男性の苦難を主題とする小説において採用されることで、単に混血の問題をあいまいにするカモフラージュとなるだけにとどまらない。もしキャリバンをジェイクの象徴として読むならば、混血児として生まれた子供が過剰なまでに米国黒人としての男性性を象徴するダディへの成長を暗示する物語の中に取り込まれているといえる。その『あらし』の翻案に基づく上演が中止で終わるという顚末は、そうした米国黒人男性という枠組みに置かれる父子の物語が機能しない混血者としてのジェイクの困難を暗示していると考えられる。

以上『フィラデルフィア・ファイア』というフィクションにおける『あらし』の翻案が作家の息子をめぐる断章と並置される構成について考察してきた。性欲旺盛な黒人男性と女性のモノ化といったネガティヴなイメージを喚起するキャリバンの解釈は、息子とのコミュニケーションを望みながら混血としての苦難を持つ息子の否認をほのめかすにとどまる黒人男性作家の困難において解釈されなければならない。ノンフィクションという観点から見れば、作家自身が多くを語らず、現在も継続している現実について理解できることなど、ほんの一握りもないことは言うまでもない。その上で、『フィラデルフィア・ファイア』という作品において息子の沈黙を記す作家の沈黙が暗示しているのは、黒人男性の物語として回収できない混血の問題を語ることの困難であったと結論付けることで本稿の考察を終えたい。

引用文献

Baker, Houston A. *Modernism and the Harlem Renaissance*. U of Chicago P, 1989.

Carden, Mary Paniccia. "'If the City Is a Man': Founders and Fathers, Cities and Sons in John Edgar Wideman's *Philadelphia Fire*." *Contemporary Literature*, vol. 44, no. 3, 2003, pp. 472-500.

Coleman, James W. *Black Male Fiction and the Legacy of Caliban*. UP of Kentucky, 2001.

Fiedler, Leslie. *The Stranger in Shakespeare: Studies in the Archetypal Underworld of the Plays*. Barnes & Noble Publishing, 2006.

Goldberg, Jonathan. *Tempest in the Caribbean*. U of Minnesota P, 2004.

Guzzio, Tracie Church. "'All my Father's Texts': John Edgar Wideman's Historical Vision in *Philadelphia Fire*, *The Cattle Killing*, and *Fatheralong*." TuSmith and Byerman, pp. 175-89.

Hogue, W. Lawrence. *Postmodernism, Traditional Cultural Forms, and African American Narratives*. State U of New York P, 2013.

Lewis, Leslie W. "*Philadelphia Fire* and *The Fire Next Time*: Wideman Responds to Baldwin." TuSmith and Byerman, pp. 145-60.

Nixon, Rob. "Caribbean and African Appropriations of *The Tempest*." *Critical Inquiry*, vol. 13, no. 3, 1987, pp. 557-78.

Shakespeare, William. *The Tempest*. edited by Virginia Mason Vaughan and Alden T. Vaughan, The Arden Shakespeare, 2000.

Showalter, Elaine. *Sister's Choice: Tradition and Change in American Women's Writing*. Oxford UP, 1994.

Sundquist, Eric J. *Strangers in the Land: Blacks, Jews, Post-Holocaust America*. Harvard UP, 2005.

TuSmith, Bonnie, and Keith Eldon Byerman, editors. *Critical Essays on John Edgar Wideman*. U of Tennessee P, 2006.

Vaughan, Alden T. and Virginia Mason Vaughan. *Shakespeare's Caliban: A Cultural History*. Cambridge UP, 1993.

Wideman, John Edgar. *Philadelphia Fire*. Houghton Mifflin Company, 2005.

あとがき

コロナ禍の三月、京都大学大学院人間・環境学研究科の名物教授であった水野尚之先生が、皆に惜しまれながら退職された。それを一つの機会として、水野先生の下で学んだ研究者たちによって企画されたのが本書である。統一主題が設けられている論集が多いなか、本書ではあえてテーマや方法論を統一しないことにした。なぜなら、執筆者各自が最も得意とする分野で筆を揮うことが、この企画の趣旨にふさわしいとの結論に至ったからである。「まえがき」でも説明されているように、本書は文学テクストとの「戯れ合い」あるいは「絡み合い」が織りなす絨毯である。その自由で真面目なテクストとの格闘は、学生の自主性を重んじる水野先生から受けた薫陶のたまものなのである。

改めて説明するまでもないが、水野先生は日本を代表するヘンリー・ジェイムズ研究者であり、日本アメリカ文学会の会長も務めておられる。先生の御業績のうち代表的なものはジェイムズの自伝の共訳であるが、この長大で難解なジェイムズ晩年作の日本語訳が本邦のジェイムズ研究に寄与した貢献は計り知れない。また、アイルランドにおけるジェイムズ家についての調査研究は、ジェイムズ研究の新境地を切り開くものである。

教育者としての水野先生は、すでに述べたように、つねに学生の自主性を最大限に重んじてくださっている。筆者が学生の頃は（失礼ながら）「兄貴分」のような存在で、水野先生の前では、より自由な言動を見せる学生が多かったように思う。多くを認めるという先生の信念は筆者が大学院を去った後もずっと変わらず、特にここ数年は、先生の門下にはさまざまな学生が集まっていた。

その水野先生が京都大学を退職されたのは残念極まりないが、ご退職をお祝いする行事が延期となってしまったこともあって、いまだ京都大学水野教授というイメージがある。実際には京都大学名誉教授になられ、大学という枠組みを離れられた今もますますご活躍されていることは、周知のとおりである。ましてや、コロナ禍では、一人ひとりが孤独に思索を深め、世界と自分の関係性を見直す手段として、文学の担う役割が再認識されるのは必定である。アメリカ文学研究の第一線での水野先生のご活躍が今後も続くことは間違いない。自主性と自律性を尊重されながら研究を続けてきた執筆者一同も、もちろん追随したい。

本書出版にあたっては、松籟社の木村浩之氏に多大なるご協力をいただいた。丁寧な校正は言うまでもなく、論集の方向性についてもご意見をいただき、大変心強く出版作業を進めることができた。ここで改めてお礼を申し上げたい。木村氏もまた、水野先生に薫陶を受けたお一人である。特に、学部生の頃は水野先生が顧問を務めておられたプロレス研究会にも顔を出しておられたとのことなので、執筆者たちが知らない水野先生の横顔をきっとご存じであろう。

さらに表紙を手掛けてくださったMississippi氏もまた、京都大学大学院人間・環境学研究科のご出身という縁がある。氏は水野先生のどんなエピソードをお持ちなのか、一度うかがいたいものである。

竹井智子

二〇二〇年師走

The Isolated Coexistence of Values in Henry James's "The Velvet Glove"

Tomoko TAKEI

Diverse People, Similar Manners: The Influence of Jim Crow in *The Wild Palms*"

Kayoko SHIMANUKI

Racial Passing and Modernism in Jessie Redmon Fauset's *Plum Bun*

Masami SUGIMORI

Where is "the Mountain"?: Re-reading Edith Wharton's *Summer*

Naoyuki MIZUNO

Prayers to God in Sleepless Nights: Reconsidering the Aftereffects of Hemingway's War Wound

Yasushi TAKANO

Whereof one cannot speak: the Apparition in *Kokoro* and "The Turn of the Screw"

Shuko SHIKATA

An Afro-American Adaptation of *The Tempest*, Black Masculinity, and Silence of Father and Son in *Philadelphia Fire*.

Ryo YAMAUCHI

Afterword

Tomoko TAKEI

Table of Contents

◉ 索 引 ◉

・本文および注で言及した人名、作品名、媒体名、歴史的事項等を配列した。
・作品名には括弧書きで作者名を添えた。

水野尚之　Naoyuki MIZUNO

京都大学名誉教授

［主要業績］

（共著）*Irish Literature in the British Context and Beyond: New Perspectives from Kyoto* (Peter Lang, 2020)

（共訳）ヘンリー・ジェイムズ『ヘンリー・ジェイムズ自伝――ある少年の思い出――』（臨川書店）

（共訳）ヘンリー・ジェイムズ『ある青年の覚え書・道半ば――ヘンリー・ジェイムズ自伝　第二巻、第三巻』（大阪教育図書）

四方朱子　Shuko SHIKATA

京都大学非常勤講師

［主要業績］

（論文）「「他人の足」当事者であるということ」『日本研究』Vol. 60

（論文）「『個人的な体験』論」『北海道大学大学院文学研究科研究論集』第2号

（共著論文）“Vocabulary Size in Speech May Be an Early Indicator of Cognitive Impairment.” PLOS ONE, 11 (5)

山内玲　Ryo YAMAUCHI

東北大学大学院国際文化研究科准教授

［主要業績］

（共著）*Faulkner and García Márquez* (Southeast Missouri State University Press)

（論文）「『百年の孤独』の豚の尻尾再考：先住民の周縁化をめぐる動物化の主題と修辞」『ラテンアメリカ研究年報』第40号

吉田恭子　Kyoko YOSHIDA

立命館大学文学部教授

［主要業績］

（共編著）『精読という迷宮――アメリカ文学のメタリーディング』（松籟社）

（単著）『ベースボールを読む』（慶應義塾大学出版会）

（共訳）レベッカ・L・ウォルコウィッツ『生まれつき翻訳（ボーン・トランスレーテッド）』（近刊、松籟社）

島貫香代子　Kayoko SHIMANUKI

関西学院大学商学部准教授

［主要業績］

（共著）『精読という迷宮――アメリカ文学のメタリーディング』（松籟社）

（共著）『ノンフィクションの英米文学』（金星堂）

（共著）『悪夢への変貌――作家たちの見たアメリカ』（松籟社）

杉森雅美　Masami SUGIMORI

フロリダ・ガルフコースト大学言語文学部准教授

［主要業績］

（共著）『精読という迷宮――アメリカ文学のメタリーディング』（松籟社）

（論文）“Black Subjects’ ‘Literal’ Resistance in Jessie Redmon Fauset’s ‘Emmy’ and ‘There Was One Time!’”（*MELUS: Multi-Ethnic Literature of the United States*, vol. 43, no. 3）

（論文）“Narrative Order, Racial Hierarchy, and ‘White’ Discourse in James Weldon Johnson’s *The Autobiography of an Ex-Colored Man* and *Along This Way*”（*MELUS: Multi-Ethnic Literature of the United States*, vol. 36, no. 3）

柳楽有里　Yuri NAGIRA

岐阜市立女子短期大学国際文化学科専任講師

［主要業績］

（論文）"Closed Doors and Windows in Gloria Naylor's *Linden Hills*"『関西アメリカ文学』54号

（論文）"*Mama Day* as Conjuring Monologue: Figurative Language for Unreliable Listeners"『関西英文学研究』8号

森本光　Hikari MORIMOTO

近畿大学非常勤講師

［主要業績］

（論文）「Poe の黒い道化芝居―― "Never Bet the Devil Your Head" とミンストレル・ショウ」（『アメリカ文学研究』第 53 号）

（論文）「呪われた部分――ポー作品における『瘤』の存在論」（『ポー研究』第 11 号）

（共著）「年表」その他（集英社 ポケットマスターピース 09『E・A・ポー』）

玉井潤野　Junya TAMAI

三重大学大学院工学研究科特任助教

［主要業績］

（論文）"The Voice of the Void: A Critical Reading of *Gravity's Rainbow*." *The Journal of the American Literature Society of Japan*. 2016, No. 15.（Shusuke Tamai 名義での発表）

（論文）"Reconciliatory Maternity: Resistance to Violence in Thomas Pynchon's *Bleeding Edge*." *The Journal of the American Literature Society of Japan*. 2019, No. 18.

（論文）"Enraged Fathers: The Critique of Patriarchy in Thomas Pynchon's *Against the Day*."『関西アメリカ文学』57号

◉編著者紹介◉

高野泰志　Yasushi TAKANO

九州大学大学院人文科学研究院准教授

［主要業績］

（単著）『アーネスト・ヘミングウェイ、神との対話』（松籟社）

（単著）『下半身から読むアメリカ小説』（松籟社）

（翻訳）『マクティーグ――サンフランシスコの物語』（幻戯書房）

竹井智子　Tomoko TAKEI

京都工芸繊維大学准教授

［主要業績］

（共編著）『精読という迷宮――アメリカ文学のメタリーディング』（松籟社）

（共著）『悪夢への変貌――作者たちの見たアメリカ』（松籟社）

（共著）『ホーソーンの文学的遺産――ロマンスと歴史の変貌』（開文社）

◉著者紹介◉（掲載順）

中西佳世子　Kayoko NAKANISHI

京都産業大学文化学部教授

［主要業績］

（単著）『ホーソーンのプロヴィデンス――芸術思想と長編創作の技法』（開文社出版）

（共編著）『海洋国家アメリカの文学的想像力――海軍言説とアンテベラムの作家たち』（開文社出版）

（共著）『精読という迷宮――アメリカ文学のメタリーディング』（松籟社）

テクストと戯れる——アメリカ文学をどう読むか

2021年2月25日　初版第1刷発行　　定価はカバーに表示しています

編著者　高野泰志・竹井智子
著　者　中西佳世子・柳楽有里・森本光・玉井潤野・
吉田恭子・島貫香代子・杉森雅美・水野尚之・
四方朱子・山内玲

発行者　相坂　一

発行所　松籟社（しょうらいしゃ）
〒612-0801　京都市伏見区深草正覚町1-34
電話　075-531-2878　振替　01040-3-13030
url　http://www.shoraisha.com/

印刷・製本　モリモト印刷株式会社
カバー装画　MISSISSIPPI
装幀　安藤紫野（こゆるぎデザイン）

Printed in Japan

 ISBN978-4-87984-401-9　C0098